井中人

洪放——著

三辰影库音像出版社

图书在版编目（CIP）数据

　　井中人／洪放著．－－北京：三辰影库电子音像出版社，2018.5

　　ISBN 978-7-83000-332-6

　　Ⅰ．①井… Ⅱ．①洪… Ⅲ．①长篇小说－中国－当代 Ⅳ．①I247.5

中国版本图书馆CIP数据核字（2018）第053799号

书　　名：	井中人
作　　者：	洪放 著
出版发行：	三辰影库音像出版社
地　　址：	北京市朝阳区北苑路媒体村天畅园2号楼
出 版 人：	王六一
印　　制：	三河市天功达印刷有限公司
开　　本：	880毫米×1230毫米　1/32
印　　张：	9
版　　次：	2018年6月第1版
印　　次：	2018年6月第1次印刷
印　　数：	1－5000
书　　号：	ISBN 978-7-83000-332-6
定　　价：	36.00元

版权所有　翻版必究

凡购买本社图书，如有缺页、倒页、脱页，由发行公司负责退换

星空浩茫
世事倥偬
江流石转
岁月不居

　　——题记

人既沉默,
大理石也无需开口。

——博尔赫斯

目 录

第一章　　曲折一生 / 001

第二章　　百花井人 / 014

第三章　　庐州沧海 / 029

第四章　　初闻桂香 / 040

第五章　　白雪光升 / 053

第六章　　天山精灵 / 067

第七章　　商场情场 / 079

第八章　　紫蓬故人 / 090

第九章　　顽石观雪 / 102

第十章　　逃亡插曲 / 114

第十一章　情天恨海 / 126

第十二章　家家有经 / 138

第十三章　　一错再错 / 150

第十四章　　沧海一粟 / 163

第十五章　　追思华年 / 175

第十六章　　命中注定 / 188

第十七章　　孽缘孽果 / 201

第十八章　　终有月圆 / 211

第十九章　　碎雪无声 / 224

第二十章　　一生沉默 / 236

第二十一章　历史洪流 / 249

第二十二章　不问前尘 / 262

第二十三章　井中人生 / 274

第一章
曲折一生

丁成龙清楚地记得,他这一生到现在为止,总共有三次真真切切地想到了死亡。

丁成龙八十岁了。一九二八年农历戊辰年,龙年,这年也是民国十七年。闰二月的最后一天,他倒着头从母亲的肚子里出来。彼时,鲁北那个小山村里,还飘着雪花。他的第一声啼哭,吸引了雪天里停在枯树枝头的老鸹。

老鸹一共叫了三声。

父亲捏着他的紫红的小脸蛋儿,说:"这孩子一生曲折!"

父亲用的是"曲折"。教私塾的父亲年前刚刚从淮河边上赶回来。本来,他应该在半个月前就去新东家那里,但为了等他的第三个孩子,他留在了响堂庄上。他托着刚刚洗净的三儿子,叹了口气。

祖父拄着拐杖,坐在堂屋的椅子上,摇了摇头。

站在祖父边上的是三姨太。祖母逝去经年,大姨太、二姨太也已去世。如今家里只有这个比父亲年龄还小的三姨太。有三房姨太,至少能让人想起丁家从前的光鲜,但时光与荣耀已不复存在。当下的丁家,在响堂庄上,已破落到靠父亲教私塾的碎银子来维持。

然而终究是大家庭。祖父摇摇头后,吩咐三姨太:"摆几桌席,请庄子里的人都来喝酒!"

父亲将嫩如小鼠的三儿子放到母亲怀里。他告诉祖父:"必须得去东家那里了"。人家的孩子正在等着他念四书五经。家里的事,就得靠祖父来操办了。

祖父咳嗽着应答。三姨太拿眼瞟着父亲,她的目光纠缠混乱。父亲却不理会,径自收拾行李,出发到远离响堂二百里的临淮。

当然,谁都不会想到:父亲自此一去,再没回过响堂。

酒席照摆,大醉如常。祖父怪罪父亲临走时居然没有给孩子取个名字,他思忖再三,决定让这个三孙子大名叫"丁成龙"。至于这名字有何意义,三姨太问了两遍,俱无解释。母亲觉得这名字读着有些拗口,但既是祖父之意,她也不便违拗,只好听从。其实母亲心里明镜一般知晓:父亲对这个三儿子并无多大兴趣。年前归家,父亲望着捧着大肚子的母亲,说:"倘若是个女娃才好!"父亲希望有个女娃,母亲也是如此希望。可是,偏偏还是男娃。民国十七年,兵荒马乱。连续几年庄稼欠收,不远的运河里,鱼虾也越来越少。大概是被不断树立的那些漆黑的帆船和拖驳所吓跑了。虽然家道中落,但有父亲教私塾的碎银子,加上祖父每年从院中树下掏出的一小袋银元,日子倒也对付得过去。日子能过,希望便多。想生个女娃,给这丁家添一星弄瓦之喜,也是人之常情。

就在酒席过后三天,临淮那边传来消息:父亲被乱兵给抓走了。

丁成龙当然不可能看见这些。丁成龙即使活到了八十岁，他也不可能看见他的父亲。不过，如此说又有些不太准确，他是看见过他父亲的。他出生时，父亲手托着他，还捏了捏他的小脸蛋，然而一切毫无印象。丁家因为丁成龙父亲的突然消失，碎银子也成了梦想。祖父叹息着从院中树下挖出最后一袋银元，但第二天早晨却不翼而飞。连同银元一道飞走的还有三姨太。人世苍凉，人心不古，祖父大哭，呕血而死。母亲领着三个孩子，大的八岁，二的五岁，小的还未满月，站在雪花之中，看新坟渐起，黄土越来越厚，不由得泣不成声。大儿子丁成江拉了拉母亲的衣角。而此时，丁成龙正熟睡着。他没听见鞭炮声，他也没看见黄土，他只闻见了母亲的气息，雪花的气息，黄土的气息，迷蒙一片的天空的气息。

但世事总是迷幻。在后来丁成龙八十多年的岁月中，雪花总是一次一次猝不及防地到来。母亲从他三岁开始，不断地叙说丁家的过往。母亲细眉，圆脸，皮肤却粗糙。鲁北风沙大，她日日在风沙中讨生活，自然难以滋润。直到如今，差不多七十多年后，丁成龙依然记得母亲粗糙的皮肤。他用手摸着，鳞壳一般。可是，这种抚摸也只维持了十年。民国二十七年，一九三八年冬天，更大的雪天。母亲到河边沙地里背地瓜，当地瓜背上肩时，她却一头栽倒。她一句话也没留给孩子们，如同父亲十年前突然消失一样。父亲和母亲，用几乎相同的决绝的方式，离断了他们同三个儿子的关联。

那年，大哥丁成江十八岁，二哥丁成海十五岁。

丁成龙十岁。

丁成龙如今坐在庐州城里淝河边上的小花园里。

"曲折",这个由两个字组成的词,此刻便幻现在丁成龙的脑子里。他顺着这"曲折"二字,清清楚楚地回想着这一生三次关于死亡的细节。

人到如此岁数,风花雪月已是尘埃。所有的回想,核心已不在此,而是更加触及内在。比如死亡。二十七年前,丁成龙重回庐州。那时,死亡对他来说,只是一个曾在脑海里短暂停留的概念。当然,那也是经过了淬火的磨炼。因为淬过火,便有了钢铁般的冷静。他更有理由束之高阁,不再理会。可是,自从今年入秋以来,死亡这个词,连同"曲折",顽固又执着地凿击他。或许这是在提醒他:是该回头望望自己这一生了。人生一世,草木一秋。总得有次回望。总结也好,叹息也罢,既是自己走过来的路,何妨再慢慢地重溯一回?

丁成龙听着小花园里的落叶声。淝水比早些年更加浑浊了,也更加缓慢。这是他这两年来的发现。同样是一条河流,水有流得快也有流得慢的时候。河流亦如人心,只是子非鱼,安知鱼之意?

这样,丁成龙在这个下午,又进入了他所想到的第一次死亡。

那不是母亲的突然栽倒。母亲栽倒在沙地上后,大雪很快覆盖了沙地。母亲成了一个倒卧在雪地里的雪人。安静,宁静,甚至是死寂。黄昏时,在小镇子上逛了一天的大哥丁成江回到家,问到母亲。丁成海和丁成龙一下子愣了,母亲呢?他们怎么也不会想到:母亲正在黄泉路上跋涉。丁成江领着丁成海和丁成龙,从庄子东头寻到庄子西头,再到庄子北头、南头,最后,他们在沙地里一无所获。白雪覆盖了一切,母亲同所有的沙丘一样,安然不动。丁成江开始哭泣,丁成海跟着哭泣。丁成龙瞪着眼睛,他没哭。他这极少哭泣的天性,从出生开始一直保持到了如今。他站在沙地上,不哭,心里头却一阵阵地收紧。他来回奔跑,左冲右突,如同被人鞭打着。最后,他被一团沙丘绊倒。而在他倒下之后,他感到了沙丘的绵软,甚至还有一丝丝的温暖。他将手伸进沙丘,他准确无误地摸到了母亲粗糙的皮肤。他没有喊,他喊不出来。喉咙里有腥咸味,有血丝味,有细小的绳子勒紧的感觉。

他伏在沙丘上。

丁成江走过来,哭着问:"咋啦?"

他不说。

丁成海也走过来,问:"咋啦嘛?"

他依然不说。

丁成江走到他身边,想拉他起来。他死活不动,丁成江弯下腰,他却用了劲,将丁成江拉倒在沙丘上。丁成江一下子明白了,丁成江的哭声更大了。

母亲就葬在沙地里。

母亲真正地成了一块沙丘。

第二年春天,丁成江带着丁成海、丁成龙离开了响堂庄。

临淮镇是淮河边上的一个大镇。早晨,临淮镇上热气蒸腾。大铁锅煮着辣糊汤,胡椒的气味,直入天空。牛羊杂碎,大馍发糕,一应世上百般好吃,全在这家家户户的店面前陈列着。丁成江领着两个小的,就在这临淮镇上混生活。按丁成江的说法是:既要混口饭吃，也还得捎带着寻寻父亲。父亲当年就是在来临淮镇的路上被抓走的。这些年，母亲从未停止过对父亲消息的打探。虽然零星，也理不出眉目，但总是使人感觉到三星两点的期待。丁成江也便是凭着这期待，在临淮镇的码头上做搬运工。他有力气，年轻，能睡。而且，还有两个小的跟在后面，他有动力。他夜以继日，除了在码头上劳作，就是三个人一道在镇子上闲逛。

临淮镇上新鲜的东西太多。丁成龙喜欢看那些贴在街门上的对联。

大红的纸，好看的毛笔字。丁成龙虽然不认识那些字，但他喜欢。他一看见这些字，就像被施了魔法，挪不动腿。大哥也拉过几次，后来便不拉了。有一晚，三个人睡在码头边上的工棚里，漆黑之中，大哥突然说："成龙，明天送你到镇上去读书！"

"读书？"丁成龙似乎被人一下子推向了远方。

"是的，读书！"大哥用粗糙的手摸着丁成龙的头说，"看得出来，你喜欢读书，也是读书的料。那就读书吧！记得母亲曾说，你出世时，父亲说这孩子一生曲折。我也不懂这曲折的意思，那就是读书吧！只有读书人才算得上曲折！"

丁成龙说："我不读，我得跟着你们干活去。"

二哥一直沉默着。这天上午，大哥才带着他到码头上第一次扛包。他的背现在酸疼难忍。

大哥将手从丁成龙头上拿下，说："就这么定了，明天上午我送你去学校。睡了！"

淝河贯穿庐州城。

河水即使再广阔浩大，但倘若深入进去，其实还是"曲折"二字。这是丁成龙从前想也不敢想的念头。没有多少人曾看见过淝河水的曲折，人们看见的都是满河的流水，携带着落叶、垃圾、树木的碎片、花花绿绿的广告纸……

现在，丁成龙理解了当年父亲所说的"曲折"。

临淮镇上的学校一共有两所，一所是临淮一中。那是相对来说有钱人才能上的学校。另一所，就是丁成龙所上的临淮小学。小学建在文庙之后，高大的文庙大殿，将小学校笼罩在阴影之中。小学其实仅有平房五间。其中教室三间，老师办公室一间，食堂一间。或许真的有命数，也甚至人世间其实有冥冥注定，丁成龙看见那些端正的汉字，就感到亲切、兴奋、快活。先生念："子曰：学而时习之，不亦乐乎？"

他跟着念："子曰：学而时习之，不亦乐乎？"

然后，他又加了一句："乐哉！"

先生笑了，旁边的三五个同学也笑了。

这笑声，虽然这么些年过去，丁成龙还是觉得这笑声清澈。后来的岁月中，他听过无数的笑声。但像如此清澈的笑声，他很少再能听到。他记得的也就两次。一次是当年在新疆，他送女儿丁昌吉去连队小学上学。才七岁的小昌吉抱着他的腿，不让他离开。他只好哄着，直到上课铃响。他抱着昌吉坐到教室里的课桌前，那一刻那个漂亮的小蒋老师和全班的小朋友都笑了。笑声像无边无际的向日葵被风吹动，还潜藏着小小的波浪。还有一次，是李光雪第一次到百花井时。那应该是一九八四年，丁成龙重回庐州的第三年。李光雪跟在哥哥李光升的后面，到孟浩长家里做客。李光雪十七岁，正上高二。她额头光洁，笑容灿烂。孟浩长给丁成龙介绍说："这是东大圩的光升和光雪兄妹俩，他们的母亲就是小书。"

"啊！记得。难怪！"丁成龙一下子想起了当年在百花井孟家老屋里的那个年轻女人。

他又望了哥哥李光升一眼，再看李光雪。就在这个时候，李光雪清澈地笑了一声。丁成龙也就在那声清澈的笑声之后，认定了这个女孩子。当然，那个时候。丁成龙也绝对不会想到：这个有着清澈笑声的孩子，将来会跟丁家发生许许多多剪不断理还乱的故事。比起这些故事，他更愿意听到李光雪的笑声，那么清澈，明媚，珠玉一般，浑然天成。

四年后，丁成龙离开临淮小学时，正是他第一次直面死亡的那一天。

一九四四年十月十六日，农历八月十五，中秋节。

很多人一辈子会不止一次的遇到死亡，甚至与死亡擦肩而过。但是，直面死亡且去思索死亡，却并不是所有人都曾有过的。死亡如同一个怪物，时时刻刻都存在于人世间之中。它唯一的任务就是选择。它选择那些应该死亡的，或者说必须死亡的，也许是不应该死亡但是被人世的罪恶杀戮了的，它选择好后，便守在人世的上空，注视着这个即将死亡的人。它是端正而庄严的，它把每一次死亡都当成仪式。虽然死亡在事实上，往往出乎意料。丁成龙有生以来第一次直面死亡，并不是他的母亲，而是哥哥丁成江。

丁成江是被刺刀挑的。

丁成江被绑在小学院子里的那棵大柳树上。柳树一段一段地结着老疤子，刚刚下过的秋雨，还汪在这些疤子里。丁成江的前后，就是一块碗大的疤子，雨水正慢慢地往外渗出，他身上被扯破了的黑夹袄，渐渐地现出了潮湿的痕迹。丁成江不言不语，眉头紧皱。他左眼已经没了，血糊在眼眶上。而他的右眼，正努力地睁大。

小学校的孩子们被集中着赶出了教室。一大批日本人围在院子周围。校长似乎和日本人争论了几句，结果引来了一阵咆哮。然后是静寂。

丁成龙一出教室门，就看见了绑在树上的哥哥，但他并没有冲出去。六十多年后，他回想起这一幕，他也不明白当时自己为什么没有冲出去。而他更加清楚地记得的是：他刚出教室门，就被两个老师有意无意地夹在中间。他跟着老师，站在了柳树前。他与哥哥仅两丈远。他闻见了哥哥身上的血腥味。而哥哥丁成江，只看了丁成龙一眼，便迅速地掉转了头。

瘦长的翻译在日本人说过后，作了古怪的转述——丁成江是临淮抗日游击队的情报员，被捕获后，拒不交代。日本军官决定就地正法，以儆效尤。

丁成江耸了耸肩膀，左眼的血水顺着脸往下滴落。瘦长的翻译问了日本兵几句，接着，他闪向一边。校长对着站成两排的学生们说："别怕！闭上眼。"

丁成龙并没闭眼，他站在第二排，两边是老师。他盯着哥哥。就在看见哥哥转头的一刹那，两条三尺来高的大狗从校门口冲了过来。两条狗直冲向老柳树上的丁成江。接着是惨烈的叫声，狗的撕扯声，骨头的折裂声，以及孩子们往下瘫倒的微弱的呼吸声……

死亡如此迅疾、如此不堪地撞击着丁成龙。

而他更不曾想到的是，在大哥丁成江惨烈地死去的同时，二哥丁成海也在码头上被杀害了。二哥仅仅因为是丁成江的弟弟，所以理所当然的也必须一同去死。然而，日本人还是忽略了丁成龙。丁成龙在一夕之间，孤身一人。小学校的校长拿出两块银元，让他火速离开临淮。他甚至没有回到工棚收取日常衣物，便出了临淮镇。淮河千里，茫茫无涯。他一直走到天黑，然后沿着河坝，下到一处草丘。他的到来惊起了一只正欲眠在草丛中的野鸟，野鸟扑棱着飞向河面。河水巨大而平静，但丁成龙知道，在这巨大的平静下面，是急速的漩涡。他望着野鸟飞远，自己便卧进草丛。他刚一接触到柔软的秋草，喉咙里一股浓烈的腥咸直冲上来。他猛地呕吐起来，他吐得没有停歇，直吐到满嘴苦味，一地黄汁。

星光照耀着广大的淮河。

丁成龙躺在草丘上。往事历历，从母亲栽倒在老家沙丘上开始，到大哥带着他们兄弟来到临淮，如今三个人只剩下他一个了。多年来，他们不断地寻找父亲。父亲杳无音信，大哥二哥又惨遭毒手。他心头发疼，脑袋发疼，身子颤抖，他在迷迷糊糊中，进入了另一重世界。

那是一重怎样的世界呢？

六十多年后，坐在溮河边的小花园里，丁成龙还在苦苦地思索着。当死亡将黑色的大手按向它所选择的头颅时,那重世界也许就以另外一种方式在打开。丁成龙看见父亲、母亲、两个哥哥,依次走进了那一重世界。那里,水是弯曲、透明的,山是温和、敦厚的,而花草是清新、可爱的。人,则是自由而愉悦的。他想起小学老师教他的《论语》,还想起老子的《道德经》。明礼,大同,就是那一重世界的本质吗?谁也不曾真正地说明过,谁也不曾真正地从那一重世界回来过。因此,那一重世界,只能是一重思想中的揣度。

那是父亲的世界吗?

那是母亲的世界吗?

那是大哥丁成江的世界吗?

或许都是,或许都不是,那只是丁成龙的世界。丁成龙在日后六十多年的生涯中,往往被那一重世界所困扰。他曾无数次感到自己走了进去,却只是在其门外痛苦地徘徊。对于那一重世界,他是永远的流浪者。

淮河不语,大河的觉悟正在于它的沉默。丁成龙卧在草丛里,秋夜已然寒冷,他有一瞬间想到了追随大哥二哥而去。河水正好接纳一切。但是,他又迅速而果决地切断了这种念头。他看着启明星升起,河水哗哗流动,东方一道绛紫。他启程,沿着淮河,往上游走。三天后,他在一处河湾里被人截住。来人说是奉了组织之命来找他,且护送他到根据地。他半是疑惑,半是相信,随了来人进入了桐柏山区。

倘若没有一九四四年的中秋,没有大哥丁成江和二哥丁成海的被杀,丁成龙也许就不会坐在今天的沱河边的小花园里。城市正在身边扩张、硬化、长高,长得冰冷而森严。算起来,他看着这个城市,已经五十七年了。一九五一年,他跟随部队第一次进入这座城市。那时这座城市仅仅五万人口,三条大街,围绕着一座城隍庙。金斗河从溮河引入,横穿城区。街上行人稀少,除了城隍庙一带,几乎没有商业网点。部队是晚上入城的,在他们之前,先头部队已经解放了这座城市和完成了初步管理。他们的到来,完全是因为这座城市即将由一座普通的城市变成省会。省会从长江边迁至此地,一大批军政干部被从各个地方调来。丁成龙跟在进城的队伍中,当时万万不会想到:从此会与这座城市血肉相连。

他更不曾想到的是:五年后,他会以一个逃犯的身份,逃离这座城市。而三十年后,他又顶着另一重身份,在秋风萧瑟中,再次回到这座城市。

小花园里人来人往,没有人注意到丁成龙。丁成龙坐着,时光如流水,他成了一枚被时光打磨的石子。他今年八十了,他想起了十七岁那年在淮河边上的草丛中所想到的那一重世界。

也快了吧!

他掏出小女儿丁昌吉前几天刚从新疆寄过来的手机。这是一款巨大的手机,大屏幕、大字、大按键。女儿说这手机好用。而且,女儿已经将一些常用号码设置成了一到十的阿拉伯数字。女儿在去新疆前还专门为他请了个保姆。本来,她是要带他一道回新疆的。女儿一直用"回",而他一直说"去"。他拒绝了,也同时拒绝了去养老院。他说我还能动,而且,还想在这百花井边上多待几天。

这一生,没人能改变他,女儿自然也不会。

他按了个三,耐心地听着拨号音。他自语道:"孟浩长,你一辈子就这么磨蹭!"

终于接了。他大声说:"浩长,晚上过来喝一杯!"

"好。我也正想呢。回头见!"孟浩长还是小生嗓子,蜻蜓点水。

丁成龙起身,他得去三孝口切一盘吴山贡鹅。

第二章
百花井人

孟浩长这一生有三件东西一直不曾离开。

一是书，二是贡鹅，三是百花井。

书是孟浩长来到人世间看到的第一件物品。那书是发黄的长卷，被当军官的父亲放置在卧室的南窗前。他出生第三天的时候，眼睛开始能看见光。光线引着他，看见了那挂在南窗上的长卷。父亲喜欢将书籍整理成长卷，这个习惯，一直保存到父亲进入法音寺。在法音寺里，有一年秋天，孟浩长过去看望父亲。父亲上山采药去了，但他看见了父亲挂在寺里窗前的那些经书。有些已然发黄，有些开始脱落，然而一旦挂起，光线通过书卷，漫漶不已，则立即有了前尘旧事的幻觉。他站在父亲的僧舍里，黯然无语。

而他自己，这一生几乎不曾与书有稍长时间的分离。三岁开蒙，五岁家中延请先生为他讲经，七岁他便上了当时庐州城里最好的小学。庐州城小，虽然向来是兵家必争之地，但很少成为兵家驻守之地。前清时，庐州出过淮军，但淮军驻在巢湖，后来开到了江南；军阀割据时，庐州一带，连年战争，但没有哪一个军阀在这城里安营扎寨；日本人来了后，与中国部队在庐州沿线，形成了长达八年的对峙局面。日本人也曾三进庐州，但很快就退了出去。庐州因此成了整个抗日战争时期相对稳定的一处城池。孟浩长的父亲孟云生是一九四三年调防到庐州来的。按军衔，孟云生是上校，然而只是个名义上的参谋。他的主要工作是为长官提供军事之外的一切文化娱乐。这是个生来腼腆的男人，喜欢唱戏，吟诗，更多的时候喜欢待在家里，翻晒和修补那些旧书。他一到庐州，就让儿子孟浩长入学读书。孟浩长的母亲从前是天津卫银行家李树贤的小女儿。她酷爱唱戏，因之在一次天津卫的私人聚会唱戏的场合认识了孟云生。一见钟情，私订终身，跟随孟云生辗转多地。及至到了庐州，她一下子喜欢上了淝河。她几乎把所有的时光都放在了淝河边的赤阑桥头。流水照花，一九四三年的淝河水，应该是无数次收纳和映照了这个叫李晴儿的女人的身影。

这一生，孟浩长读了多少书？又经手了多少书？

孟浩长说不清楚，也没人能说得清楚。他曾经跟丁成龙说过：书就好比头发，长在头上，但最后又落了。落了又生，循环往复，谁能记得？

孟浩长喜欢且一生不离的第二件东西便是贡鹅。

吴山贡鹅。仅仅是吴山贡鹅，其他地方的鹅他从来不吃。

吴山是离庐州不远的一个小镇子，叫吴山镇。传说是当年吴王墓的所在。吴山出贡鹅，贡的也就是吴王。吴山贡鹅的做法，民间传有三大要素：吴山当地鹅，吴山当地水，吴山当地料，缺一不可。用此三要素做出来的贡鹅，肉嫩，鲜美，有嚼劲，且肥而不腻，爽口清香。孟浩长现在虽然七十二岁了，但他一直记着当年第一次在城隍庙方李记吃吴山贡鹅的情景。那次，穿着旗袍的母亲挽着父亲的左臂，父亲用右手牵着七岁的孟浩长。后面跟着比孟浩长大三岁的高巧云。他们一行四人上了方李记的二楼后，父亲选了个临窗的位置。彼时，抗日烽火正燃遍大江南北，庐州城却格外安逸。窗外，一树香樟，虽是春天，却落叶。孟云生让李晴儿点菜。李晴儿说："让浩长点吧！孩子们想吃什么，就点什么。"

高巧云是孟家到庐州后所延请保姆的女儿。保姆姓汤，清丝亮脚，让李晴儿十分喜欢。女儿十岁，乖巧可爱。有时，保姆会带着女儿一道来孟家。巧云并没读书，却能跟着孟浩长背些四书五经。孟云生尤其喜欢这个女孩，因此出门也带着。

孟浩长看着跑堂的送来的菜谱。他左看看右看看，总是拿不准。倒是旁边的巧云先说了："就点这鹅吧，听说这鹅最好吃。"

"那就点鹅！"孟浩长白净，说话斯文。

李晴儿笑着点点头，说："那就鹅。云生，你再点几个菜吧！"

那天，鹅一共上了三次。孟浩长除了贡鹅外，再没吃别的菜。孟浩长并不曾知道：就是这城隍庙中的贡鹅，锁定了他一生的味蕾。

味蕾决定命运，这当然有些牵强。可是，当八十多岁的孟浩长回首之时，他却难以对此加以否定。即使在最艰难的那些年里，他甚至仅仅靠一小块贡鹅，度过漫漫长夜。贡鹅于他，已不仅仅是一种食物，更是一种与精神相通的凭依。

孟浩长一生无法离弃的第三件东西，严格说不是他无法离弃，而是他根本离不开，那就是百花井。

百花井是庐州城北的一眼古井。传说漫长，又与吴山贡鹅的吴王扯上了干系。百花井之地，当初是吴王府治所在。吴王有女，名百花公主。百花公主命人于院中打井取水，以百花飘于井水之上。井水甘冽，四季不断。逢上大旱之年，井水供全城汲用。后百花公主故去，百花井仍存，百花公主府第周边即被称为百花井。百花井其实也就是一眼小井。青石井台，突出地面约一尺。井圈上可见数道磨痕，乃长年汲水所致。下井台三米，有青苔数株，长年阴凉，青碧可爱。到二十世纪五〇年代，百花井地区已成为庐州城之中心。它东与金斗河相连，西与城隍庙相接。自金斗河边进入百花巷，巷深百米。两旁高墙，生有爬山虎，连绵苍郁。每至初夏，爬山虎开出细碎白花，偶尔风吹，亦能发出微微清香。不过此花开时极短，不到三五日，竟消隐不见。高墙尽头，豁然开朗。似《桃花源记》所载："初极狭，才通人。复行数十步，豁然开朗。"此处亦是豁然开朗。一方约有三亩的空地，靠南亦是高墙，靠西是小学校的后墙，是一长排二层小楼，靠东是老式的百花公主府第，进圆门后，又是一番景象。而百花井，即在这圆门之前，井前有老桂树一株。此树年岁不知，根广数尺，下干中空，内可藏小儿。七岁那年，孟浩长一家第一次到达庐州城，就入住百花公主府第的第一进。那亦是一座别致的小院子，有瓶形月门，三面花墙，唯靠北一排五间房屋。上有两间阁楼。孟浩长一家就住在这五间大房子里。

一个人的一生也许可以说很漫长，但相对一些老物件来说又实在是短之又短。且不与磨痕道道的百花井相比，就拿这五间老房子来说，孟浩长时常觉得人生不过一芥而已。这一粒芥子，恰如画家作画，随手一丢，正好丢在了这五间大房子里。七岁那年，他走进最靠里头的那间属于自己的屋子里，他不可能预见他会在这里生活了快七十年。而且，将来还会在这百花井边终老。不过，作为一粒芥子，他既然扎根在了百花井，那反过来他又成了百花井一切变化的观照与目击者。他曾在同丁成龙一次次地喝酒聊天之中，谈到这井边人生，人生之井，结果他们实在无法找出比"沧海桑田"更加适合形容百花井近百十年变迁的词语。他在六十岁后，给一些同道写条幅，往往就只写这四个字了。别人问何寓意，他亦不作解释。人生如井，越老越空。又如井苔，越来越寂静。

　　这是无法避离的事实。从内心来讲，孟浩长也从来没有想过要离开百花井。三年前，李光升从东大圩过来，要接他去东大圩居住。他侧着脸问光升："你是想我活得长些，还是短些？"

　　光升自然回答："长，越长越好。"

　　"那就让我继续住在这百花井，这井水就是我活下去的仙丹。"孟浩长说着，望着窗外的井台。

　　光升有些疑惑，问："哪还有井水呢？都被盖子盖了。"

　　"这你就不懂了，井被盖子盖着，可是井水的气息还在往上。每天我只要在井边坐上一坐，人就活泛了。"孟浩长又指指北边，说，"何况这里还有你丁老伯，陈老伯。我们仨，可是有过约定的。"

　　"约定？"

　　"至死不离百花井。"

"哈,这是哪年约定的呢?"

"我六十岁时,他们为我做寿。就是那次,我们在百花井台上喝酒。桂花正香,竟然发出新枝。酒到酣处,便有了这约定。"孟浩长道,"光升,我知道你的孝心。等我哪一天真的走了,你再来百花井接我,把我葬到法音寺旁。"

李光升点点头。

后来,这三年,李光升每次过来,再没提接孟浩长去东大圩的事了。

丁成龙回到百花井时,孟浩长刚刚从自己在府前街的旧书店回来。两个人在百花巷口撞上了。

孟浩长动了动鼻子,他很快就嗅见了吴山贡鹅的气味。他笑着,说:"我这也有好东西!"

"好东西?啥好东西?不会是一本破书吧?"丁成龙揶揄道。

孟浩长拉了脸,咳嗽了声,说:"破书?我可没破书,破书抵万金。但今天这可真的不是。"

"那是?"丁成龙兴趣上来了,凑到孟浩长身边,目光盯着他手上的布袋子。

布袋子鼓鼓的,不像是书。看形状,倒像是一瓶酒。他凑近闻了闻,说:"老窖?"

果然是,陈年的庐城老窖。孟浩长旧书店的一位顾客特意送给他,说是其父亲藏了多年的老酒。

酒席就设在丁成龙的屋子里。丁家住在大院子北边,楼上楼下一共六间。从前,这房子是连着北边二层小楼的。六年前,丁昌吉上下疏通,硬是在北边楼的旁边空地上,建起了这座上下六间的别墅。那时,丁成龙的妻子胡满香还在。可现在,就只有丁成龙一个人守着了。贡鹅,花生米,海带丝,保姆又临时炒了三个热菜,打了个汤。陈健康也拄着拐杖过来了,他是三个人当中年龄最小的,可是身体却最不方便。十来年前,酒后一场车祸,让他从此与拐杖结缘。本来,陈健康是跟丁成龙、孟浩长搭不上伴的。可是,住在这百花井的老住户现在仅剩了这三户了。紧算慢算,也是近六十年的邻居。所以,自从陈健康拄着双拐杖后,丁与孟的二人对酌,变成了三人相酌。

酒是好酒,只是年份太长了。一瓶酒只剩了七两,好在三个人都有节制,七两正好。一边喝酒,一边就谈到这铺天盖地的拆迁。

陈健康说:"听春儿说,这次可是动了真格的。百花井也在拆迁之列。"他转向丁成龙,继续道:"丁老师应该更清楚吧,据说石子是这次拆迁的总指挥。"

"我不清楚。"丁成龙说的是实话。他也有半个月没见着小儿子丁石子了。

丁石子是丁为民的小名。丁为民现在是百花井所在的溉河区的副区长。半个月前,丁石子,不,丁为民丁区长曾给父亲丁成龙打过一次电话。在电话里,丁区长语重心长,问及丁老爷子身体,说能吃就吃,能喝就喝,别到处乱跑。然后又说到即将开始的百花井地区的拆迁。

丁成龙没等他说完,就挂了电话。保姆看他黑着脸,便问何事。丁成龙说:"往后这个号码打电话来,就说我不在。"

眼下陈健康提到拆迁之事,孟浩长也看着丁成龙。丁成龙抿了口酒,说:"我没看方案。百花井不能拆,我也不搬。"

"那就好。有丁老师这话,我就放心了。"陈健康端起杯子,说要敬丁成龙一杯。丁成龙摆摆手,说:"忘了老规矩?"

"啊,啊,那是。"陈健康放下杯子。他们三个人喝酒,早就定了规矩,不得互相敬酒。酒要平喝,能喝则喝,不能喝则罢。

又喝了一口,孟浩长对着丁成龙小声问道:"今天在书店还见着一个人,你道是谁?"

"我咋知道?"丁成龙说话一直偏北方方言。

孟浩长迟疑了下,吐出三个字:"冯志国。"

"冯……别提他!"丁成龙摇着头。

孟浩长倒是笑着,说:"丁老师也别总记着了,过去几十年了,都老了。那老冯现在可是一头白发,叶红翠也死了好几年了。唉。"

陈健康问:"就是原来人大的那个冯主任?"

"就是,丁老师当年做的那些事就靠了这冯主任的举报。"孟浩长夹起盘子中最后一块贡鹅,说,"不过那也是那个时代的事,换了现在,他也不会那么做了。"

丁成龙不语。

丁成龙心想:也许真的是因为那个时代,而不是因为冯志国的一封举报信。可是,为着那个时代,为着那封举报信,丁成龙的人生猛然拐了个弯。这个弯不是一般的弯,是让他付出了大半辈子生命和心血的弯。不过,好在这个弯道来临时,他并不曾知道背后有冯志国的一封举报信的事情,他仅仅觉得他被裹挟进了一场他无法回头的斗争中。他必须离开！他必须重新寻找活路！于是，二十八岁的丁成龙，成了这场斗争中第一个畏罪潜逃者。

"俱往矣！"丁成龙叹了句。

陈健康又将话题拉回到了拆迁上，说："这百花井要拆，我倒是喜欢。这房子毕竟太旧了。一下雨，外面大雨，里面小雨。不过，像丁老师这样的房子，估计……"

"我不拆！"丁成龙又泯了口酒。

孟浩长抹着嘴，其实他嘴里还在嚼着最后一块贡鹅。他摇晃着酒瓶，说："完了。走！丁老师，到我那去，看陈兰那丫头画画。"

陈兰是陈健康的小女儿。在陈健康的三个儿女中，陈兰从小就喜欢往孟浩长家跑。那时，百花井是个真正的大杂院。在丁成龙一九八一年重回百花井之前，大杂院里住着近二十户人家。但到了一九九零年代，百花井被列入省级文保单位后，大杂院里的居民陆续搬出。现在，前前后后，只住着五户人家了。除了丁成龙的小别墅，孟浩长的月形门，陈健康家的四间上下二层楼外，还有两户，一户姓王，一户姓焦。但平时，这两户几乎都不见人影。穿过百花巷，倘若小学不上课，这大院里便是一片枯井般的寂静。

刚走到花瓶门前，孟浩长便唱了句：

"风乍起，问团扇几时开？

海棠老，问那人，几时来？"

孟浩长小生嗓子，唱到婉转处，情不自禁地亮起了兰花指。丁成龙听着，这唱词他听了不下百遍，这是孟浩长最喜欢唱的一段。

他也不曾问过这到底是哪出戏的唱词，只觉得这唱词时时刻刻就挂在孟浩长的嘴边上。只要他高兴了，或者他不高兴了，唱词就味溜滑了出来。这段词有味儿，有元曲之味。孟浩长唱着，又有院中老桂花被秋雨全打湿了的况味。

丁成龙的脑子里往往就闪过一个画面——

十八岁的孟浩长一脸白净，站在百花井的桂花树下。他形如满月的脸，更像一个女孩子。而那长长的一字眉，犹如弦月，他望着桂花树影中的那轮明月，明月也似乎在望着他。月与人相对，静静的，尔后就是孟浩长往井台方向甩出的水袖。接着，就是从嘴边氤氲而出的唱词……

而在不远处，高巧云正掩面而立。

那年，丁成龙刚刚从稻香楼那边搬到百花井。原因很简单，他结婚了。结婚了，就得有公房居住，不能再住集体宿舍了。他和胡满香扛着被褥，就在百花井公主府里有了三间平房。那时，院子更大，连靠北的二层楼房也还没有。丁成龙跟胡满香说："我们也做了公主府里的人了。"胡满香只是笑。胡满香只上过几天识字班，她本来在东北老家，去年春天才随着她的父母一道调来庐州。她的父亲胡仁义是市文教局的副局长，也算是刚刚转业到文教局当个副科长的丁成龙的顶头上司。这桩姻缘毫无征兆，却顺理成章。几乎没有恋爱，便直接进入了婚姻生活。胡满香并不懂得公主府第的意思，她前前后后看了一遍这偌大的公主府，然后说："真不小，跟俺们那边的大帅府差不离儿。"

丁成龙第一次听孟浩长唱戏，就在这年的秋天。也就在那之后，丁成龙开始注意起同住在公主府第里的这个白面少年。命运总是严丝合缝，这一唱一见，注定了他们后半生的如水交情。而更让他时时不能忘怀的，是那个掩面站在井台不远处的女子。三十多年后，他在孟浩长的家里，第一次听见李光雪清澈的笑声时，浮在他脑子里的就是这个掩面而立的女子的面容。只是他没有说。一切过往，皆是天机。

陈兰正在案前画一片山水。

孟浩长和丁成龙站在画案前，看着陈兰勾、提、皴、染，宣纸上云烟密布。待陈兰停下画笔，孟浩长说："更有神气了。"

丁成龙点点头。在庐州书画界，孟浩长是个隐逸的大师级人物。世事趋向浮躁，那些活跃在各种笔会、展览和研讨会上的书画家们，人前大红大紫，道行通天，人后却最怕见到孟浩长。但他们又无一例外地期待着能得到孟浩长的指点、批评，当然最好是肯定。孟浩长的评价，不仅仅是对一个书画家艺术的定性，更多的指向其艺术品味之外的道德品味与文化趣味。或许孟浩长也深知其在庐州书画界的地位与影响，他越发隐逸。这十余年来，他只对三位书画家发表过评论。结果是：其中两位不得不离开了庐州，而另一位成了当下庐州书画家的翘楚。

陈兰是个例外。

陈兰是孟浩长收下的第一个学生，也是最后一个学生。孟浩长这一生，公开授徒的就陈兰一人。陈兰现在庐州一中教书，而这里也是孟浩长一辈子工作的地方。孟浩长的工作与他的爱好，或者说与他所取得的成就形成了某种叫人无法理解的反差。他是一个数学老师，大学时期他一开始学的是中文，但到了大二，突然心血来潮，改学数学。数学的严谨,加上他对书画艺术的理解所形成的浪漫,让孟浩长的人生充满了不确定的意味。

他正式收陈兰为学生,已经二十年了。陈兰八岁那年,在百花井的井台上,陈兰正用水彩笔画桂花。孟浩长看见,且笑着,然后他严肃而小心地问陈兰:"愿意做我的学生吗?我是指画画。"

陈兰眼睛明亮,抬着头问:"为什么要做你的学生?"

"因为我想你做我的学生。"孟浩长笑着说。

陈兰想了想,才点头,说:"你要是真想让我做你的学生,也行!不过,这事可不能让我爸妈知道。"

孟浩长又点头。

从八岁到陈兰大学毕业,孟浩长只看陈兰画画,从不指点。陈兰学的是物理,也与画画风马牛不相及,但孟浩长却为此欣然。直到陈兰正式工作了,他才开始正式教她画画。说是教,也只是让她在他的画室里自个儿画。每幅画画好了,他会看一眼。然后说上一两句,都极简。他坚持认为陈兰慧根极深,不必太多指点,指点太多反而成了羁绊。果然,这一两年,陈兰的山水画渐成气候。而孟浩长给她最大的评价是:"是我唯一的学生,而画风却与我最不相似。"

陈兰正在画上题款。孟浩长用小泥壶沏了茶出来,给丁成龙和陈兰各倒了一杯。

茶香弥漫,画纸生烟。丁成龙问陈兰:"小健呢?最近很长时间没见着了。"

陈兰说:"不是去新疆了吗?您不知道?"

丁成龙真的不知道陈小健去了新疆。

陈小健眼看着也快四十的人了，在陈健康的三个孩子中，他排行老大。他长得像他的娘耿丽萍。耿丽萍在女人中算得上是娇小玲珑，脸小，鼻子小，嘴小，眼睛却大，忽溜溜的。陈小健身材像娘，不到一米七。整个身子看起来文弱。然而，这文弱的身形之中却包裹着一颗坚韧的男儿心。

丁成龙问陈小健，一半是因为遇见了陈兰，一半更是因为女儿丁昌吉。

陈小健从什么时候开始爱上了丁昌吉？没有人知道。陈小健也从来不说。丁昌吉回到庐州时，已经是十三岁的小姑娘了。她睫毛又黑又长，脸形颇似个洋娃娃。皮肤白中透红，身材娇小，特别招人喜欢。丁成龙看着十三岁的丁昌吉出现在百花井，他心里其实是有些说不出来的隐忧。胡满香其时正拉着丁昌吉的手，说："这地叫百花井，从此咱们就住在这了。"

"我们不回家了？"丁昌吉所指的家显然是指远在新疆昌吉连队的那座前后都是院子的小平房。

"不回去了，我们就在这住了。"胡满香说，"等过了年，你就到对面的小学去上学，直接上五年级。"

丁昌吉忽闪着睫毛，问："那大哥哥呢？"

"他不回来了，他就在新疆了。"丁昌吉所说的大哥哥是丁成龙的大儿子叫抗美。他已经成家，且有了孩子。而他们的二儿子丁石子，早在一年前，已经先行回到了庐州，现在正在读高二。如同一张网眼太过于疏漏的渔网，丁成龙一生养了三个孩子，年龄差距却让人难以想像。大儿子当年出生在庐州百花井边，那是一九五六年春天的事情。二儿子却是八年后，出生在新疆石河子。最小的女儿丁昌吉，出生在昌吉，那是一九七零年了。

丁昌吉很快就融入了百花井这些孩子之中。她活泼的天性，使她不仅融入了且成了孩子们的头。即使比她大一岁的陈小健，也整天跟在她的后面。每到放学时间，丁昌吉后面总是跟着一小串孩子。孩子们在百花井前的空地上做游戏、讲故事、跳舞。丁昌吉跳起舞来，如同精灵。而她的哥哥丁石子，却是另外一番景象。丁石子内向沉稳，而且自从回到内地，他变得比在新疆更加沉默。有时一天到晚，家里人很难听见他说上一句完整的话。他整天捧着书，坐在窗前。一开始，丁成龙还曾劝导他多出来休息，劳逸结合。但丁石子只用一句话就让丁成龙不敢再说了。丁石子的那句话是："如果我考不上大学，你来负责？"

负责？丁成龙这一生最没弄明白的也许就是这两个字。父亲在他出生时，给他的一生定义为"曲折"。曲折只是人生的一种轨迹，而这个轨迹的运行、推动与结果，却必须有人来负责，可是，谁负责了？

当年在淮河大坝上，十七岁的丁成龙被人找到，然后进入了桐柏山。再后来，他随着工作队到了庐州。如果说这都是相对正常的人生轨迹的话，那么一九五六年那个五月之后，他的人生轨迹便不再是正常的了，至少不再是按照他的内心来运行的了。他常常在深夜扪心自问，却无法获得回答。有时，他会坐在百花井边，任夜露打湿他的白发。他遥望星汉，回想起近半生的浪迹。他痛苦地发现自己从来不曾真正的属于过哪一块土地。鲁北故乡的那片沙丘，早已消逝在天边了。五十多年前的百花井，金斗河，城隍庙，也已慢慢地进入尘封。在他的脑子里，出现最多的还是那迢递逃亡之路。那路悬在天边，他奋力往上，爬着爬着，往往是梦中惊醒，大汗淋漓。

因此，丁成龙对小儿子的诘问，只能保持沉默。

丁昌吉是从哪一天开始突然对自己产生了怀疑？为这事，丁成龙曾同胡满香商讨过，胡满香态度很不友好。胡满香这一生，除了在丁昌吉这件事情上，敢于同丁成龙发脾气外，她从来不敢在丁成龙面前提出任何反对的意见。而丁昌吉之所以怀疑自己，纯粹是因为陈小健的一句提问。

那是在桂花树下，丁昌吉让陈小健为她收集桂花。陈小健用手掌捧着桂花，看着丁昌吉，吞吞吐吐地问道："昌吉，你怎么长得像个维吾尔族人？"

丁昌吉一下子愣了。她反过来问："你见过维吾尔族人？"

"学校里老师们都这么说。我在书店里连环画上也见过，长得跟你特像。都是长睫毛，大眼睛，高鼻梁，都是……"陈小健的话被丁昌吉伸过来的手掌拦腰斩断。他手掌里的桂花也洒了一地。

丁昌吉跑回家，她问胡满香。胡满香惊惶失措，仿佛被人捅破了一个天大的秘密。她背转过脸，丁昌吉却不依不饶。胡满香只好说："你是像维吾尔族人，那是因为你出生在新疆，你只是像！你仔细看看，你不也像爸爸和妈妈吗？"

丁昌吉拿着镜子，反复地照。最后她半信半疑，说："我鼻子像妈妈。嘴，像爸爸。"

胡满香看着女儿，虽然笑着，心里却是针扎般的疼。

第三章
庐州沧海

百花井的拆迁公告上了墙。

公告上说：为服务城市改造，决定对百花井地区进行拆迁重建。所有居民，请在公告发布后一个月内，搬迁完毕。所拆迁房屋，按现行规定，予以补偿。

陈健康盯着公告，看了三遍。看完后，他有些兴奋。回家后对正在看电视的耿丽萍说："终于上墙了。百花井真的要拆迁了。"

"真的？看你高兴的，一辈子就这点出息。"耿丽萍眼睛继续盯着电视，电视里正播放《红楼梦》。

陈健康将拐杖放下，坐到沙发上，说："按现行规定，我们这房子得换两套。"

"两套？"耿丽萍回过头来说，"那像丁老师家，不得换个十套八套的？"

"那……也许是吧！"说到丁成龙家的别墅，陈健康心里就发虚。六年前，丁昌吉不知使了什么法子，竟然在这百花井大院子建上了别墅。陈健康和耿丽萍起初也想跟着建，可刚一有动静，街道上就找来了。说私自建房，违法，即使建好了，也得拆除。耿丽萍问那怎么老丁家就能建？街道上人说他家是办了建房手续的。耿丽萍说那我们家也办？街道上的人眼睛一横，说，你们也办得下来？要知道，老丁家那姑娘可是通天的人物。不然，想在这百花井建房子，连想也别想。耿丽萍就问那丁昌吉不就是个做生意的女人嘛，哪来那么大能量？街道上人说这你还真得另眼相看。那丁昌吉可不仅仅是个做生意的女人，她能耐大得很，连市里领导都得高看她三分。

耿丽萍不再争了。事后，陈健康问过陈小健。陈小健很不高兴，只说了三个字："不知道。"

不管怎样，丁成龙家的别墅还是建了起来。陈健康和耿丽萍有时候看着丁家的别墅，心里自然不是滋味。现在，要拆迁了。陈健康倒是笑出了声。耿丽萍问："傻笑个啥子？捡了元宝了？"

"我是笑丁家那别墅呢，不也要拆了？"

"就这点出息！像你那儿子，一对活宝父子！"

"这跟咱儿子有什么关系？"陈健康想站起来，努力了下，却还是坐了下去。

"你那儿子不就像你，没个出息。这一辈子就被那个小混血给吃定了。"耿丽萍私下里一直叫丁昌吉"小混血"。

"那也未必。"陈健康辩解得一点分量也没有。

耿丽萍又扭过头看《红楼梦》了，电视里刘姥姥正进大观园。

陈健康一个人窝在沙发里。想了想，他拿起电话，开始拨陈小健手机，忙音，再拨，仍是忙音。

陈健康挂了机，嘴里骂了句："忙！忙个屁！忙到四十岁了，还光棍一条……"

从前，陈健康也算是百花井地区有些分量的人物。他自从进入百花井，就注定了与丁成龙一家有解不开的缘分。一九五六年冬天，十一岁的陈健康跟着父母搬到了百花井。他们的房子就紧挨着丁成龙家的房子。那时，丁成龙已经逃亡，家中只剩下胡满香和不到一岁的大儿子丁抗美——丁抗美这名字是丁成龙给取的。不过，丁成龙并没有看到大儿子出生。陈健康一家搬到隔壁，却很少见到胡满香和他儿子。更多的时候胡满香住在娘家。直到五年后，街道上来人将胡满香家的房子腾空，分配给了新的住户。那时候，十来岁的陈健康不会想到，二十多年后，这当年住在隔壁的胡满香，又会重新回到百花井。而且，是一大家子回来的。而且，又在百花井建起了一座别墅。再而且，陈健康最不能容忍的是，他陈健康的儿子陈小健，竟然为着老丁家的小女儿，耗上了大半生时光，甚至到现在仍无着落。

丁成龙从新疆重回百花井时，正是陈健康最风光的时候。三十多岁正当年的陈健康，其时正在街道食品站当站长。计划经济时代，食品站的地位，可想而知。猪肉、糖、豆腐，一应副食品供应，都得经过食品站。虽然站长级别不高，可是手里头有硬货，走在街上，不断有人对他点头哈腰。晚上，百花巷里也经常有人来敲陈健康的家门。耿丽萍总是站在门前，送客人时重复着同样的话："都老熟人了，客气个啥？有事招呼就是了，这么客气！"来人总是笑着，说:"以后还得请陈站长多关照,多关照!"

陈健康那时候当然还是个双腿健全的男人。他抽烟,喝酒。但这些活动从来不在百花井这大院子里。一回到家,他得完全听命于耿丽萍。耿丽萍在嫁给陈健康之前,曾经是庐剧团的演员。只是因为身材太小,加上唱功一般,在剧团里待了七八年后,便转到了钢铁厂。后来经人介绍,嫁给了陈健康。古话说一物降一物,在食品站里风风光光的陈健康,一回家却变成了耿丽萍的靶子。陈健康每个月手头上私自握着的那些肉票、糖票、豆腐票,都被耿丽萍给搜了过去。最后,这一切终于酝酿成了一场大祸。在陈健康担任食品站长的第五个年头,因为克扣供应指标,陈健康被撤职,并被调到街道工厂担任一般工人。也就在那一年,他的大女儿陈春,上课时突然发病,口吐白沫。那年,她才十二岁。十二岁的孩子吐着白沫,浑身哆嗦,在地上打滚,上课的女老师吓得当场哭了。好在校长是个有经验的人,不幸的是他家亦有一个发起病来如此状况的孩子。校长让人拿来筷子,撬开了陈春的嘴,把筷子放在上下牙齿之间,又使劲地掐人中,直掐到陈春安静下来。校医通知耿丽萍到学校来领人。校长问耿丽萍这孩子以前发过这病吗?耿丽萍说从来没有。校长说那以后可就得注意了,这叫癫痫!厉害得很,发作时如果不采取果断对路的措施,会咬断舌头,会死人的。耿丽萍脸色煞白,如土一般。她领着陈春回家。陈健康说这叫羊角疯,得找中医。从此,陈春便成了百花井大院的药罐子。中药的香味,多年来一直飘荡在百花井。

陈春后来考取了中专,然后成了一名幼师。她至今仍是单身。如果说陈小健是因为丁昌吉而未婚，那么陈春的单身却让人费解。这么些年，她除了上学上班，唯一能引起大家注意的就是那中药。她似乎从不与任何男人往来，在她的世界里，压根儿就没有男人的气息。

当然，这都只是陈健康和耿丽萍的猜测。十年前，陈春到幼师当老师后，就搬离了百花井。她几乎不回家，也很少打电话。耿丽萍要想知道大女儿的情况，往往得问小女儿陈兰。陈兰每隔半个月左右会到学校去看看姐姐。回来后会报告说："姐姐长胖了些"，或者说"姐姐学会一个人做菜了。"

一个五口人的家，假如按照正常的轨迹运行，也许早就应该是九口，甚至十口以上的大家庭了。可现在，依然是五口。未来遥遥无期，前途一点也不光明，这是让陈健康和耿丽萍在百花井越来越压抑的原因。直到拆迁公告上墙，陈健康猛拍沙发。耿丽萍骂了句："发神经了？"

"不是神经，是精神！"陈健康说，"我上半年听说百花井要拆迁，就找人问过了。我们家小健和春儿，都没成家，但也老大不小，可以分开，单立户头。那样，拆迁时就可以一人搞一套房子了。"

"有这好事？"耿丽萍挑着眉毛。

"好事要来了，挡都挡不住。明天，我就去找人让他俩单立户。"陈健康感到柳暗花明，一片美好。他禁不住哼起了庐州小调。

自从胡满香去世后，丁成龙就一直住在书房里。

书房就在楼下，窗子朝南，当年丁昌吉建这别墅时，特意给父亲留了这间三十多平米的书房。丁昌吉说："老头子一生都纠缠在书上，没有像样的书房，不像样。"她喜欢将"不像样"三个字挂在嘴上，评论和衡量一件事物好坏时，倘若好，就说"像样"；不好，自然就是"不像样。"其他人不明白这话的来由，但丁成龙清楚：这是从新疆那边连队里学来的。连队里的人来自五湖四海，各种方言交错。方言之间，互相对抗、整合，最后形成了一些独特的或许只有个别连队才说的连队官话。丁成龙所在的十六连，最有影响的官话就是"像样"与"不像样"。

丁成龙是连队里为数极少的不说这官话的人。他的语言体系本来就驳杂，既有鲁北土话，又有豫南方言。五十年代到庐州后，又接受了一些庐州方言。不过，总体上偏向北方普通话。丁昌吉讲话其实也是普通话，只是掺杂着一些连队官话，便显出了与众不同。特别是她到了庐州后，又跟着孩子们学，将"老母鸡"读成"老母资"。这虽然仅仅只是表现在语言上，但却显示出了这孩子个性上的特立独行。

胡满香在世时，每每跟丁成龙吵嘴，到末了，总要加上一句："我知道，你心里就只有昌吉！"

丁成龙立即语塞。

丁昌吉是丁成龙这一生的软肋。这一点，除了胡满香，只有丁成龙自己清楚。

丁成龙每天晚上让保姆回家。保姆住得也不远，就在杏花公园边上。她是北乡人，进城来陪孩子读书，顺带着做保姆。丁成龙就一个人，吃得简单，洗也简单，打扫更简单。因此，这保姆算得上是清闲。虽然是个乡下女人，四十挂边，一开始来丁家还有些拘谨。慢慢地熟悉了，竟然露出喜欢看书的习性。丁成龙就很喜欢，找了家中他认为能让保姆看的书，就拿出来，让保姆自个儿挑着看。这样，有时候丁成龙在书房看书，保姆就在客厅里看书，房子里静悄悄的。丁成龙喜欢这种氛围。大概是一生颠沛的时间太长了，他感觉自己就像一只老龟，越年龄大了，越往身子里面收缩。

最近，丁成龙也在做一件他认为很有些意义的事情，那就是编写《庐州地名志》。

这件事情的缘趣，还是因为孟浩长。

有天黄昏，也就在上次喝老酒之后不久，丁成龙和孟浩长一道出了百花巷，想沿着淝河走走。路上，就碰见几个画家。画家们见了孟浩长，自然恭敬。平时，他们想见他，也不一定能见得着。一见着，马上就上来，问长问短，特别是问最近孟先生都看了哪些人的画，又有哪几位画家有了长进？孟浩长笑而不答。这其中有位留着大胡子的画家，叫叶长风的，问孟浩长："上次托人转送过来的那幅画，不知先生觉得如何？"孟浩长瞥着叶长风的大胡子。孟浩长一生画画，却从来没留过大胡子。他永远是白净面皮。他瞅了很长时间，才问："是那幅《小南门春早》？"

叶长风诺道："是。请先生批评！"

"画且不说。就画中所画的风景，并不是小南门，而是水西门。从前的水西门！"孟浩长说着就拉丁成龙走路。叶长风愣在那里，足足有三五分钟，才喊道："孟先生，我是问那幅画……"

到了淝河边上，水正瘦。岸边的柳正瘦。停泊在河里的船正瘦。

丁成龙说："孟老师，你刚才那样说人，是不是有点太过了？面子上拉不下来。"

"不过,不过。"孟浩长轻轻一笑,接着道:"我倒在想,丁老师你得搞本书,关于庐州地名。免得这些年轻人老是出错!"

"好主意。庐州的不少古地名,现在已经消失了。有些虽然名字还在,但地方发生了变化。搞本书,详细地记录和介绍这些,有意义,有意思。我来搞!反正我现在闲着也是闲着,趁老骨头还能动,就多蹦它几天吧!"丁成龙竟然有些激动。当天晚上回到百花井,他便在书房里铺展开了。

现在,他正写到《城隍庙》。

写着写着,他便又开始行进在五十多年前的庐州城中了。

这本来是一块江淮冲积平原,五万人的庐州城,就依在平原的中间,犹如桑叶中心的一枚嫩蚕。淝河就是桑叶的脉络,而金斗河是更加细小的血管。城隍庙立在庐州城的中间,高大的庙墙,介于黄色与铁红之间。城隍庙前,便是一条一里路长的前街。街上人烟嘈杂,市声不断。

丁成龙随着部队进入庐州城时,庐州正迎来它两千多年历史上最大的一次转折。它刚刚被确定为省会所在地。不断有人从全国各地调来庐州,一些工厂也开始迁往庐州,大规模的城市建设,随即拉开了序幕。

这些从全国各地调来的人群中,部队人员占大多数。而这些人将来会成为这座新兴城市的建设者、经历者、见证者。

三条主干道,一条东西,两条南北,构成了庐州城的道路格局。

丁成龙最初被分配在宣传办。虽然他正式的学校生涯也就四年，但后来到了桐柏根据地后，他又上了军政大学，在部队里也算是个秀才了。他负责宣传简报的采写。每天，他奔忙于城市的各个角落，整个城市，似乎也是一个大战场。东边，正在兴建钢铁厂；城隍庙前，金斗河改造与淝河治理同时进行；而南边，省委、省政府办公区正在建设；西边，电厂和医院以及三所学校，都已破土动工。这火热的场面，真个是"百废俱兴"。丁成龙往往是早晨在南边，中午则到了西边，黄昏时，他却正在淝河边上与施工队长交谈。晚上，在宣传办的简陋的办公室里，他伏案写稿。那时他年轻，才二十多岁，激情充沛，精力饱满。只有每周的周日下午，他才稍有清闲。这清闲时光，他便交给了城隍庙。

城隍庙里已没了供奉，大殿改成了军管会所在地。

丁成龙偶尔进庙去看看。他喜欢看庙顶的斗拱，兴趣好时，他会从后殿的楼梯上到二楼。二楼是个城楼，站在二楼上，他可以对这个正在兴起的城市一览无余。他能看见淝河飘逸着，从城北流过，又向城西而去；而在城东，金斗河从淝河引出，如同一根肠子，蠕动在庐州城中。城里也有高一些的建筑，比如教堂。庙前街一直往东，出口处便是基督教堂，大十字依旧立在哥特式建筑的尖顶上；而向南，另一座圆形建筑格外醒目，蓝色，月形。丁成龙最初也不知其名。他专门跑去看了看，才知那是一座清真寺。基督教堂的尖顶，或许是时下庐州城的最高点。而再向东，还有一座十来层的建筑——教会医院。但是，从城隍庙的二楼上看，教会医院还是比城隍庙低。丁成龙反复比较，最后认定是城隍庙本身所处的位置较高。

这样，他就看出了这座城事实上是以城隍庙为中心，向四周辐射，制高点在城隍庙的城楼上。城隍庙下，向东是庙前街，向西便是原来的庐州县治。如今，县治是临时政府所在地。他当然也看见了从庙前街往东的那条狭长的小巷百花巷。公主府是一大片建筑，被征用后，成了规模最大的宿舍区。不过，住在那里的都是成家的干部家属，像丁成龙那样的单身汉，只能住办公室边上的集体宿舍。

在城隍庙上待得时间久了，天色已暗，丁成龙就会到下边庙前街上吃点小吃。

庐州饮食介于南北之间，以面食为主，兼有米饭。丁成龙喜欢吃三个包子，外加一碗酸辣汤，兴致特别好时，他也切过一两次贡鹅。鹅肉细嫩，入嘴即化。最初那几年，他当然还不曾真正品尝出贡鹅的鲜美。他懂得贡鹅之所以成为贡鹅，是在认识孟浩长之后，那是他住到百花井后的事情了。

最近为着写《庐州地名志》，丁成龙将大把时间都放在跑市区的大街小巷上。他也在家查阅资料，但他更愿意做实地调查。很多地方已然消失，只剩下了地名。有些地方，连地名也改了。往往是，他站在那些地方，恍若隔世。他越发感到了急迫。甚至，他回到百花井，坐在自己的书房里，也觉得或许就在不久的将来，百花井这地名也会成为一个历史和尘封中的地名。那时，与这个地名息息相关了几十年的生命，又会沉沦何方？

从这个意义上，丁成龙不愿意看到百花井的拆迁。

昨天晚上，他给丁石子，也就是丁为民区长打了电话。他问上墙的公告是不是最后的通牒？丁为民在电话里语气短促而肯定，说就是，一个月后，不同意拆迁的，将强行拆迁。丁成龙说那百花井呢？丁为民似乎有些不耐烦，说井留着，行了吧？丁成龙还是追了句：就留一口井？那这公主府第？丁为民大了声，说都得拆，就留那口井！

就留那口井！丁成龙放下电话，心里有些悲哀。他也知道，这拆迁的事不可能是丁石子说了算。留哪里，拆哪里，是政府说了算。可是，这偌大的百花公主府第，建在这庐州城已经一千多年了，真的将消失不见？没有府第，仅仅留一口井，那能说明什么？前些年，邻省还有文史专家专门考证：百花公主后来从庐州嫁到外地，并且死后也葬在外地。庐州城里的百花公主府第并非百花公主真正的宅第，而是其父吴王的府第。为着这个，丁成龙奋笔直书，连写了三篇文章，论证庐州百花井即百花公主府第所在。他一向做事踏实，这三篇文章自然也是有理有据有节，硬是让对方落荒而逃。为此，孟浩长还专门送了他一幅画，名字就叫《百花井边百花人》。

毋庸置疑，城市的发展是大势所趋，庐州城也从当年五万人的小城，发展成了现在三百万人口的大城市。拆迁，犹如一根指挥棒，正悄然指挥着铲车、挖掘机、推土机奔向一处一处古老和陈旧的建筑。有时，你头天黄昏还在某一幢老房子前看夕阳，第二天却发现已是一地尘埃；有时，你刚刚为某一处古建筑感怀不已，再过几天却再也找不到其踪迹。城市生长之快，古旧建筑消逝之疾，令丁成龙这样的老辈人难以适应。丁成龙思忖自己也不是个过于守旧的人。如果他这一辈子安于守旧，那么，在上个世纪五十年代，他就会成了某一处劳改农场中的五类分子。但他没有！

他选择了流亡与荆棘，同时也选择了天山、大漠与胡杨！

第四章

初闻桂香

倘若死者能说话，那么，胡满香应该是个最想说话且最应该说话的人。

新世纪来临前的那一年中秋，胡满香摔倒在百花井边，等到大院子里的人发现她时，她已昏迷。送往医院后，虽然多方抢救，还是没有产生奇迹。她去世时，才63岁。她没有来得及给丁成龙和孩子们留下任何一句话。当然，她或许留下了话，只是丁成龙和孩子们都没听见，而百花井听见了。百花井看见和听见了一个东北女子在异乡的井台边，走过了人生的最后一程。

桂花正开，满院清香。

丧事结束后，丁成龙和三个孩子坐在百花井边，谁都不说话。一切安静，静得能听见井下青苔往水面俯身的声音，能听见幽暗的水滴落向井底的声音。

终于，大儿子叶抗美开口了。

叶抗美个子高，在三个孩子中，他长得最像丁成龙。他喊丁成龙"老头子"，而不是喊"爸"。他说："老头子，我得将妈带回去。"

"回新疆？"丁石子问。

"当然。妈生前就有这愿望。那里有很多她的老熟人，而这边，几乎没有。"叶抗美用手划了一下，对着丁成龙又问了句："老头子，你没意见吧？"

"你们说呢？"丁成龙望着二儿子和女儿。

丁昌吉叹了口气，说："要是妈真的有那想法，就回去吧！"

"可是，那样不是……一辈子了，死了，还得葬在异乡。"丁石子心事重重，又说，"将来要是上个坟什么的，还得跑到新疆去？"

"那倒不必，有我在就行了。"叶抗美态度坚决。

丁成龙站起来，他瘦高的个子，使他看着就像一块尖石，竖在桂花树下。他绕着井台走了三圈，然后道："就让你妈跟抗美回新疆去吧！"说罢，他头也不回地回到了书房。

头七刚过，叶抗美就带着妈妈胡满香的骨灰，回新疆了。别墅里更加空荡，以往，胡满香在屋里头走来走去，或者唠叨不停。但现在，胡满香跟着大儿子，再一次踏上了去往边关的路。丁成龙心里的滋味，他自己也无法描述。在胡满香的骨灰启程的那天早上，他捧着胡满香的骨灰，老泪纵横。他觉得这一生，他真正愧对的人，如果要能数第一的话，那一定就是这个装在骨灰盒中的女人。他对大儿子叶抗美说："一定得找个向阳背风的坡上，给你妈妈好好地安个家。"

丁成龙这话发自肺腑。一九五四年冬天，当时他从宣传办正式调到文教局已经两年了。他主要负责群众文化宣传,包括秧歌队、文工团、夜校等。胡满香的父亲胡仁义就在这年国庆后,由东北调来庐州,直接到文教局任副局长。在部队里,胡仁义是正团。一个原来手里头有好几百号战士的团长,现在成了只有十来人的文教局的副局长,胡仁义觉得自己一下子悬空了,不踏实。他也不愿意坐在自己的单独的办公室里,而是整天跟丁成龙这班下属一道,到处跑,到处转。胡仁义典型的东北汉子,嗓门大,性格直,喜欢大碗喝酒,大块吃肉。不高兴了,就骂人。高兴了,就请大家去下馆子。两个月后,年关将近。胡仁义副局长一时兴起,又请丁成龙他们几个人去城隍庙吃贡鹅。那天,他们放开来吃了三只贡鹅,喝了三瓶老白干。结果,胡仁义对已醉态十足的丁成龙说:"这娃我喜欢!我要你做我女婿!"

丁成龙迷蒙着眼,他没把胡局长这话当真。

然而,胡仁义却又跟着问了句:"成吧?"

"成!"丁成龙想都没想,就答道。

"好!"胡仁义一拍大腿,夹了块鹅腿,直接递进丁成龙的嘴里,然后对着其他人道,"从今天起,老子就是你的老丈人了。哈哈,好!"

丁成龙这一下子酒却醒了,忙想解释。但他又不知道到底要解释什么。按理说,他也二十六了,该成家了。副局长愿意把自己女儿嫁给他,那也是他的福分。何况胡局长的女儿,他其实也是看到过的。他们一家刚到庐州,局子里同事在一块吃过餐饭。那个女孩眉眼不小,倒也大方、朴素。不过,他压根儿也没想到会和胡仁义局长成为翁婿。婚姻是一生的大事,本来是得同家里人商量的,可是他十几年前就已经是孤身一人了。他只好同自己商量,而自己正在酒醉之中。他望着胡仁义,摇摇头,又点点头。胡仁义一下子急了,猛拍了下桌子,吼道:"你个丁成龙,看不上俺闺女是吧?看不上也得看上,就这么定了。下周结婚。"

撂下这句话,胡仁义副局长"咚咚咚"地跑下楼去了。

一周后,丁成龙和胡满香光荣地结为革命夫妻。他们为此在百花井分到了三间住房。新婚之夜,胡满香倒也干脆,对别别扭扭的丁成龙说:"磨蹭个啥?不就是夫妻嘛!赶紧做事,还得生孩子呢!"

胡满香这话,一直在丁成龙的脑子里装了五十多年。他没想到这个东北女子,直爽得像火柴,一点就着,没有一丝一毫的腻歪。而且,在后来的人生岁月中,胡满香的这种个性,几乎成了丁成龙孤寂心灵的一道篱笆,保护着他,看守着他,温暖和成全了他。而他,给予胡满香的,却是太少了。

丁成龙记得在百花井旁,胡满香听他讲完父亲、母亲和两个哥哥的事情后,她说:"真可怜。不过,往后有我了。将来还有娃!"

春天,百花井大院子的墙角,开出了许多小花。胡满香会将那些花摘来,插在玻璃瓶里。小屋里立马就有了生气。丁成龙下班回家,胡满香正抚着肚子,问他:"要当爸了,兴奋不?"

丁成龙有些羞涩地笑了。

不过,这时光也仅仅维持了不到一年。而让这时光终结的,到底是那个时代?还是丁成龙个人?或者正是那个让丁成龙一辈子难以原谅的冯志国?

当新婚的丁成龙和胡满香抱着被子住到百花井时，孟浩长住在公主府第里面已经十二年了。

十二年，天翻地覆。

十二年，人去楼空。

孟浩长依旧住在最靠里面的那间小房间里。原来一溜五间的房子，现在有两间划给了其他住户。剩下三间，一间是厨房和餐厅，一间是孟浩长的房间，另外一间住着高巧云。高巧云已经二十多岁，她就在出了百花巷不远处的庙前街物资供应站上班。最近一段时间，她时常感到孟浩长心思重重。她问他，他也不说。她只好处处留意着。

孟浩长的父亲孟云生当年离开庐州去法音寺时，专门对高巧云吩咐说："我这一去，从此与俗世不通。浩长这孩子，天性懦弱，还得请你多照顾。"

高巧云流泪点头，她无法拒绝。从十岁那年随着母亲来到孟家，她一直将孟家当作自己的家看待。孟浩长的父亲孟云生，更是拿她当女儿一样。孟浩长的母亲李晴儿解放前夕跟随孟云生的副官跑到香港去了，孟云生为此差点拔枪自杀。如果不是孟浩长抱着孟云生的大腿，如果不是高巧云在边上哭着说："如果跑的跑了，死的死了，将来少爷还怎么活？"，也许孟云生就真的开了枪。但孟云生到底是个懂得怜惜的人。他摸着儿子的头，又看着高巧云，将上了膛的枪放到了桌子上。然后，他让他们都出去。

孟浩长问："爸，你真的不会再……"

"不会了。不会的！"孟云生说。

高巧云牵着孟浩长的手出了房门，他们刚到屋外，就听见孟云生撕心裂肺地"哇"地哭了起来。

那天晚上，孟云生一直哭到天亮。

第二天，孟云生加入了起义队伍。三天后庐州解放。孟云生成为了第一批被安置的起义人员，组织上安排他到庐州中学当副校长。但他只当了三个月的副校长，一九五零年的端午，他独自去了紫蓬山上的法音寺，从此再没回过庐州城。

丁成龙和胡满香每天黄昏的时候，喜欢出了百花巷，到淝河边上散步。淝河两岸，芳草萋萋，落日浑圆，波光潋滟。有一天，胡满香就问道："成龙，住在里面那是姐弟俩？"

"姐弟？"丁成龙伸手将面前的树枝移开，说，"你是说那在府里的一男一女？"

"就是。我看他们不像姐弟，但，也不像是夫妻。那男的，太小了。"胡满香双手护在肚子上，半个月前，医生正式告知她：她将要做妈妈了。

"那就不是姐弟。那是……"丁成龙这几年在庐州，自然也听到过孟云生的一些事迹。而且也知道孟云生有个儿子，还正在上学。他刚到百花井时，就曾听也住在百花井的一个老乡说："那府里面住着从前的孟公子，就是起义了的后来又上山做了和尚的孟云生的儿子。"但是，他并不曾知道那个跟孟浩长住在一起的年轻女子的来路。

胡满香说："看那女的，长得也端庄，人也温和。挺好的！"

过了两日，一向喜欢热络人的胡满香便搞清楚了住在府里的这一男一女的基本情况。男的叫孟浩长，读高二。女的叫高巧云，是从前孟家下人的女儿。现在就一直住在孟家。他们家原来有五间房子，如今住着三间。高巧云在物资站上班，据高巧云说：他们两个人现在其实都是孤儿。孟浩长的母亲跟人跑到香港去了，父亲上了紫蓬山法音寺，当了和尚，不问世事。而高巧云的父亲早年就因为肺痨死了，母亲也在解放那年因病离她而去。高巧云说她跟孟浩长就是姐弟，在一块十来年了，比一般的姐弟还亲。

胡满香一下子喜欢上了高巧云。按年龄，她比高巧云还小，她叫高巧云"姐"。有时候，她就坐在高巧云的房间里，两个人聊庐州城解放前的那些事儿。当然，聊得最多的还是孟家的事，包括孟浩长的母亲，毫无征兆地跟着孟云生的副官私奔。"那事彻底击垮了孟先生！"高巧云称呼孟云生为"孟先生"。解放前，她称呼孟云生"老爷"。解放了，不兴这称呼了，便改了先生，这也只是私下里的称呼。平时，她很少提及孟云生。孟云生独自在法音寺，暮鼓晨钟，参禅学佛。胡满香骂孟云生寡情，怎么就舍得丢下儿子一个人上山当和尚了呢？高巧云好看的眉毛蹙成了两支纠结的小花，她叹道："孟先生心里苦呢！"

"心里苦？"胡满香自然不放过。

高巧云说："孟先生当年打死也不会想到孟太太会做出那样的事。平时，你再怎样，也看不出来呢。孟太太人长得漂亮，耐看，穿衣打扮也很得体。以前，庐州那些军官太太们在一起聚会，孟太太总是最显眼。孟先生对孟太太那个好，哎呀，简直是少见的。孟太太要什么，孟先生就给什么。每天晚间，孟先生跟孟太太还常常在一块儿唱戏，拉着我们来听。两个人唱得眉飞色舞，就像水一般。平时，我们从来没见他们吵过嘴，外出听戏、吃饭、串门，都是两个人一道。可谁承想：就是这样的孟太太，竟然跟了副官……"

"那副官难道比孟先生对她还要好？"胡满香问。

高巧云说："说不准，反正我是没看见，孟先生自然也不会看见。孟先生是个读书人，除了陪着孟太太外，其余在家的大部分时间都在书房里看书、写字。孟先生对那个副官太信任了，让副官陪着太太出去骑马、逛商店。有时候，还让副官陪太太外出吃饭。结果……孟先生哪曾想到，就会出那摊子事呢？"

"他们是怎么走的？孟先生一点也不知道？"

"一点也不知道。也或许，孟先生是知道的，只是不说。反正，就是四月初六那天，早晨太太说要出去一趟，我们也都没在意。结果到了晚上，太太也没回来。派人到处找，后来发现副官也不见了。有人报告说看见副官和太太一起坐火车走了。孟先生当时就想自杀，子弹都上了膛。孟先生虽然是个军人，可他重感情，哪能受得了这么大的刺激？后来虽然没自杀，还是出家了。"

"那现在有孟太太的消息吗？"

"据从那边过来的人说，孟太太跟副官到香港后，就住在了一块。后来又到了台湾。前两年，还有人找到了百花井这边，说孟太太托人给她儿子捎了封信。这信我没看见，是浩长直接收了的。他读完信，便点火烧了，从此也没再提起。"

"我怎么一直没见那孩子出来？"

"他现在很少出来。除了每天去上学外，都窝在家里。从孟先生上山出家后，他就这样了。我劝了多少次也无用。唉！都怪孟太太，好端端的一个家，就这么……"

"那将来？你要是嫁人了，咋办？"

"我不嫁人。我得守着当年给孟先生的承诺，照顾好浩长。除非他……"

胡满香回家将她与高巧云的对话，原原本本地复述给丁成龙。丁成龙也叹气，说他以前知道孟云生，但不知道孟家还出了这么件大事。不过，孟云生解放后，政府可是对他不薄，让他当了副校长。他怎么还去紫蓬山出家呢？可怜了那孩子。不过，想了想，也无所谓。当年，丁成龙看着大哥丁成江被杀，接着又听见二哥遇害。那年，他才十几岁，比孟浩长还小。十几岁的丁成龙进了桐柏山区，成了游击队的一员。一直到解放，那六七年的时光，可是在枪林弹雨中度过。有好几次，他与死神擦肩而过。当年在淮河大坝上找到他并且带他进入根据地的三个人，其中两个是在丁成龙眼睁睁看着的情况下，中弹牺牲的。还有一位，是解放前夕与丁成龙一道化妆进城侦察，结果被人当街认出。这人为了保护丁成龙，拔枪战斗，被敌人的机枪打成了筛子，全身鲜血喷涌而出，阳光下如同彩虹。

丁成龙心里潜藏着这些疼，但他从来不说。他就是这个性。即使对胡满香，他也从来不说这些。他只把这些充满血与火的往事，烙在记忆深处。

只有一次，当胡满香再次说到孟浩长时，丁成龙冒了句："有个姐姐挺好！我也曾经有个姐姐的。"

"你也有？"胡满香对丁成龙那失踪了的父亲、死了的母亲和两个哥哥都清楚。但她可从没听说丁成龙也还有过姐姐。

丁成龙说："是有过，是在豫南军分区时。她在医疗队，比我大三岁，也是鲁北人，长得挺拔。一九四八年，在一次反扫荡中被敌人包围，她用最后一颗子弹……"

胡满香看着丁成龙，她看见丁成龙的眼睛发红，便道："战争哪有不死人的？我父亲的很多战友兄弟都牺牲了。好在现在新社会了，再也没有战争了。再也没有了！"

丁成龙心想：经历过战争的人，是不会忘记战争的。包括他，也包括岳父胡仁义。听胡满香说：有时，在梦里，胡仁义还会喊着战友的名字。当年跟着胡仁义一道从东北参军的九个小伙伴，现在也就只剩下他一个人。胡仁义有时喝着酒就大哭。哭声中，数着一个一个名字。他记得那些牺牲的战友的姓名、年龄、老家。他每到一个地方，总是对照着想想是不是有从前的战友，特别是那些牺牲的战友的亲属。如果有，他一定会找过去。他说：没他们死，就没我们活着。我们现在活着，也得替他们活着。

也正因此，丁成龙对当下的日子心满意足。每天，他到文教局上班，忙东忙西。下班回家，胡满香已将饭菜烧好，热菜热饭，让他时时想到当年母亲在时的情景。胡满香从小就一个人跟着娘在东北四处流浪，解放过后，胡仁义回老家才找着他们娘俩。胡仁义名字叫仁义，心底里也确是一个讲仁义的男人。在部队里那么些年，他没再成家。虽然他也不敢期望着等革命胜利了，能回家见到妻子和女儿。命运总是厚待仁义者。当他在十五年后再回东北老家时，迎接他的不仅仅是当年的那个小媳妇，还有活脱脱像他的十几岁的女儿。他硬是用胡茬将胡满香的小脸亲了个遍。然后，他带着这母女俩，从东北到关中，又到了庐州。他没再生养。文教局年龄稍大些的男人在胡仁义酒后也壮着胆子问过他："咋不再生一个呢？现在天天跟嫂子猫在一块，能生则生啦！"胡仁义也不生气，倒是痛痛快快地说了大实话："不行了。一九四五年跟日本人打仗时，一块弹片打中了下身，现在还卡在里面。"

大家立马肃敬。从此不再提起。

丁成龙当然也知道这些。他甚至跟胡满香也没提起过。经历过战争的人，哪个没受过伤？有的在身上，有的在心里，有的是身心俱伤，只是都不愿意露出来而已。露了，那是对战争的亵渎，是对那些在战争中死去了的战友们的亵渎。

但因为胡满香与高巧云的频繁走动，丁成龙终于踏进了孟家的屋子。

孟浩长掩着门，窗子上贴着白纸。高巧云轻轻地推开门，孟浩长年轻而苍白的面孔，显得波澜不惊。高巧云将丁成龙让进屋，说："浩长，这是丁科长，咱们邻居。你们聊聊！"说着，她就退出门外。

孟浩长示意丁成龙坐下。丁成龙想这也不是个结冻的孩子，知道让他坐下，就说明了这点。他坐下，问道："在家看书呢？快高考了吧？"

"嗯！"

"听说，你父亲去……"

"嗯！"

"这是你画的？"丁成龙指着墙上挂的画。

"嗯！"

连续三个"嗯"，让丁成龙几乎无话可说了。好在孟浩长突然来了兴致，问："你也懂画？"

"懂一点。以前在部队时，搞宣传，接触过一点。我们那宣传队当时还有个著名画家，叫刘子村。他给我画过一幅画，可惜后来弄丢了。"

"刘子村？我知道，海上画派。他曾经长期在上海居住，后来去部队了？"

"一九四七年时，他来到我们宣传队。一九四八年底，在徐州会战中牺牲了。"

"可惜！太可惜了！他可是大画家。他的山水画讲究人文意境，在海上画派中独树一帜。可惜，可惜了！"孟浩长竟站起来，来回踱步。这种感叹和踱步的方式，显然与他十九岁的年龄不相称。这其中甚至有一种秋意般的老成与孤独。

"看来你对绘画很有研究。"

"谈不上研究，画了十几年了。我从八岁就开始画画。"

"找了先生？"

"没有。我一直自个儿看画谱，我不喜欢让人教。那样画出来的，就永远都是别人的。"

"这想法倒是新鲜。"丁成龙又看了看墙上的画，以他这不是太懂画的人的眼光来看，确实不错。他拍拍孟浩长的肩膀，说："真的不错！将来会成为一个好画家的。"

"那有什么意思？都没意思呢。"孟浩长又低了头。

丁成龙赶紧道："有意思的。一个人的一生，其实就是从一个山坡走向另一个山坡。山坡与山坡之间肯定有深谷，你走过去了，就能看到对面山上的鲜花；你走不过去，就会老死在这边的山坡上。"这话其实是姐姐说的，丁成龙一直记着。

孟浩长大概是被丁成龙这么文绉绉的话给蒙住了，他望着丁成龙，眸子清亮，即使有些许的忧郁，但内在里还是藏着一缕灵光。他又站起来，说："我早就看见你和那个大姐姐一道搬到百花井来了。今天晚上，我们喝酒。我知道我父亲有一坛好酒埋在井台旁的桂花树下。我们喝了它！"

第五章

白雪光升

李光升从东大圩坐车到庐州城,然后坐公交到百花井,等到他叩响孟浩长房门的时候,已经是上午九点了。

孟浩长不在家,门上贴着个纸条:有事外出,敬请谅解。

这纸条李光升看着亲切。一九八二年春天,他第一次一路问人,转了七八个弯,走进了百花巷。然后,沿着巷子,看着高墙上密密的爬山虎,心情五味杂陈。他不知道等待他的将是谁?那将是一个怎样的男人?个子是高是矮?身材是胖是瘦?更重要的,他无法揣度这个男人会怎样对待他,会怎样对待他所要述说的故事和将要提出的那些他们在"山穷水尽"之后所想出来的没有办法的最后的办法。

李光升那年二十五岁,在东大圩,这个年龄绝对是个应该成家立业的年龄,可是,他仍是光棍一条。父亲长年瘫痪,母亲孟小书多病体弱,妹妹才十五岁,正在读初中。这几年年成不好,建成于宋的东大圩本来是庐州的粮仓，可现在，三年两头闹灾，不是旱就是涝。李光升三年前曾由媒婆介绍，定了一门亲。本来议定去年腊月成亲。可是，临到过门，女方提出了八千块钱的彩礼钱。母亲咬咬牙，要卖家中仅剩的那件皮袄子，被躺在床上的李天大给制止了。李天大说："那是你最后的念头了，再不能卖了。"母亲含着泪，说："天大，我这一生拖累你了。"李天大也抹着泪说："不是你拖累我，是我拖累了你。我要是早死了，也不会把这家拖成这样……"

李天大说的也有理。他长年瘫痪在床，药物不断。家里稍有点积余，便花在给他看病上。一家人总是希望李天大有一天能站起来，虽然希望渺茫，但也勉为其力。眼见着东大圩实行了农业责任制，田分到了户，家家都在田里下功夫，李天大这个从前的农活老把式更是难耐。儿子李光升劝他："也别急，分田到户了，日子会出头的。你躺在床上，不要管别的事情，只要将做农活的那些老把式教给我，我保证能将咱们家的那些田种得比谁家都好。"李天大流着浊泪，开始教李光升如何精耕细作。果然，到了秋天，李家的收成远远高出了其他人家。卖了粮，家里一下子有了积余。母亲便张罗着再给李光升娶亲。可就在这当口，母亲病了。

母亲不仅病了，而且是重病。

医生对李光升说："拖得太久了。回家去吧，有好吃的，就吃一点。别的，也没办法了。"

李光升拉着医生的手，哭着哀求："真的没办法了？哪怕有一点办法，都求求你救救我娘。"

医生摇摇头。

李光升又拉着母亲，到了省立医院，同样的结论，同样的腔调。他还是不甘心，又去医学院附院，托关系找到一位老专家。老专家反反复复地问了半个多小时，然后请李光升到了里面的小办公室，摇着头说："要是早来三个月，估计还能想想办法。现在，真的是太晚了。我看你这孩子人也诚实，就别再折腾了，好好地让你母亲走舒坦些吧！"

回东大圩的路上，母亲一直沉默。临到家门口时，母亲对李光升道："记着，从现在起，一是不能告诉你爸爸，二是不要告诉小雪。我知道自己的病情，你也不必太操心了。"

李光升喉咙发紧，却哭不出来。母亲掏出手帕，说："都这么大人了，还哭？别没出息。回到家，不要慌张，就说我这是老毛病，吃点药，调理调理就好了。记住没？"

"记住了。"李光升哽咽道。

回到家，李光雪缠着哥哥，问妈妈到底是啥病，怎么人突然就瘦了。从前妈妈可是那么好看的，现在瘦得脱了形，只剩了骨头。李光升看着妹妹，想说，却又不敢说。他只好转过脸，装作若无其事，说："老毛病。调理调理就会好的。"

光雪说："我看不太像。哥，你没骗我吧？"

"我咋要骗你？"李光升嘴里这样说着，声音却变了。

光雪虽然才十五岁，可她伶俐精明。哥哥突然变了声音，她一下子猜出了几分。她先是呆着，望着哥哥；然后又问了句："哥，妈妈是不是不能治了？"

"这……"李光升颤抖道，"这事别跟爸说。"

李光雪又呆了下，李光升怕妹妹承受不了，想过来拉她。她却跑着出了门。她一口气跑到庄子外面的南坡上，西边夕阳正渐渐沉进山里，一大片火红燃烧着，慢慢地变成暮霭中的苍青色的灰烬。李光雪痛苦地望着夕阳，和更加苍黑的暮霭。她一直觉得母亲是个有故事的人，母亲的大度、优雅，以及她对父亲的那种小心翼翼，都让她想更深一点地走进母亲的心里。可是……

病来如山倒。何况孟小书的病，并非突然到来，而是积劳成疾。即使儿子李光升也帮她瞒着丈夫李天大，女儿李光雪也一如既往，笑着跳着。可是，孟小书心里早已在做着告别这人世的准备。她趁着能动，将简朴的家好好地收拾了一遍。那些衣物，都被她归置得井井有条。一些衣服上的破洞，她也细心地给补缀上。她又请人在老屋后面盖了两间瓦房，好给儿子李光升娶亲。这一切办妥当了，她歇下来，捋了捋，她在这个人世上还要办的只有两件事了。一件是为李天大的将来做个安排；第二是见见孟浩长。

孟浩长这个名字，近二十年来，从来没人在口头上提起过。当然，在心里的默念，也许超过了千次万次。孟小书终于捡了个晴好的日子，对李光升说："我要进城去！"

"进城？"儿子有些吃惊。最近母亲的状况越来越不好，走路都有些艰难。如此身体，怎能进城呢？

"是的，我得进城。我只到城隍庙和百花井去看看就回来。"孟小书态度坚定。

李光升不再言语了。他带着母亲，坐车进城。然后再坐公交，到了城隍庙。孟小书硬撑着上了城隍庙的二楼，她站在楼台上，朝四周一望。庐州城跟十几年前的庐州城大不一样了。但再怎么变，在她的心里，她依然记着城隍庙，记着城隍庙前的那家贡鹅店。记得孟云生老爷和李晴儿太太带着少爷，还有她，坐在店里吃贡鹅；她似乎还能闻见贡鹅的香气，还能看得见少爷孟浩长吃着贡鹅那种甜润的模样。庙前街依旧繁华，只是不见了当年的影子。她赶紧收回了目光，对儿子说："不看了。回去吧！"

儿子问："咋又不看了？不去百花井了？"

"不去了。"孟小书复又站在楼台前，望向东边。她一眼就看出了那条藏身在诸多房屋之间的百花巷。巷子就是指引，缘着巷子，她看见了那片空阔的大院，连片的公主府第，她甚至觉得自己看到了那棵桂花树，和桂花树下的井台。

她长吁了口气。这一口气，使尽了她平生的气力，她慢慢地瘫了下去。

半个月后，孟小书弥留之际给了儿子李光升一张字条，上面写着"百花井，孟浩长。"儿子问："这是……"她说出了这一生最后一句话："他是你亲爸！"

孟浩长正提着毛笔，眼看着李光升。这个年轻人长相朴实，目光沉着。他问："你是来找我的吗？"

"是的。我找……"李光升将攥在手上的字条打开，又看了一次，说："我就是找你！我九点就到了，您不在。门上贴着条子，知道您没走远。这不，就又转过来了。"

"找我？为什么找我？"孟浩长慢慢地往画案前移。他的眼睛还在盯着那画到一半的山石。

"是我妈让我来找你的。"李光升努力着将这句话说了出来。

"你妈?"孟浩长眼光还是盯着山石没动,嘴里不经意地问道。

"是我妈。我妈她……认识您!她叫孟……"没等李光升说完,孟浩长却猛地转过头来,眼睛炯炯有光。他几乎是抢过了李光升手里的小字条。他扫了一眼,便颓然地坐到了椅子上。李光升忙上前扶住,问道:"没事吧?您没事吧?"

孟浩长摆摆手。他又看了眼小字条,这是孟小书的笔迹。这笔迹他太熟悉了,这笔迹最初就是从孟浩长的手把手中流淌出来的。这笔迹中浸润着孟浩长和孟小书两个人的绵绵不断的气息。

孟浩长拿着纸条凑到鼻子边,闻着,闻着,又闻着。

李光升显然是被孟浩长这举动给镇住了,他攥着手,不知如何是好,嘴里只是说:"没事吧,这……"

"你妈妈她……"孟浩长问,声音有些颤抖。

"她已经走了。"

"走了?去哪了?"孟浩长刚问完,就觉出了这"走了"的弦外之音。他手开始微微发抖,他重复了句:"走了?真走了!"

"难怪我十几天前做梦,还梦到她。梦到她来跟我辞行,说要到很远的地方去。现在,她可真的去了!"孟浩长望着李光升问,"她是哪天走的?"

"十一月初七。"

"初七?应该是这个日子。那天,我同丁老师去城隍庙吃贡鹅,晚上回来就做了那梦。"孟浩长喃喃自语。

李光升看着孟浩长一头银发,这个七十多岁的老头子,白脸,清瘦,而显得不同于一般的乡下老人。他悄悄地拿孟浩长跟自己的长相比了比,根本就没有任何可比性。自己生得壮实,而孟浩长却清秀;但是,母亲孟小书临走之时,可是一字一顿地告诉他:眼前这个人就是他的亲生父亲。

其实李光升一直在心里难以释怀。当母亲告诉他这一切后,他只觉得大脑里立时被彻底地震裂了。他看着瘫在床上的李天大,这个苦命的男人难道不是自己的父亲?这个男人自己知道这一切吗?母亲又为什么要在临走之前将真相告诉他?还有,既然他是这个姓孟的男人的儿子,那么,妹妹小雪跟这个男人有没有关联?

百思不得其解。李光升在忙完母亲的丧事后,一直沉浸在这种不解的苦恼与愤懑之中。

终于,他决定要来庐州城,要亲自见一见孟浩长。

在来庐州城的路上,他一路默念着孟浩长的名字,反复在手心里比划着"百花井"三个字。他有些明白母亲非要坚持抱着病体再走一次庐州城,再登一次城隍庙的心意了。母亲是想最后看看这些。母亲这一生,在李光升的眼里,似乎都一直与东大圩联系在一起。只是这几天,因为动了要见孟浩长的心思,李光升会在夜晚静静地对往昔作些回忆。这样,在他记忆的最深处,仿佛曾经有过庐州城的影子,也仿佛有过一条小巷、一片院子、一大片房子,还有高高的山墙,母亲抱着他站在桂花树下的身影……当然,一切都已模糊,有的,甚至仅仅只是李光升的想象与揣度。然而,它却形成了一种潜在的指向,那就是在他最深的记忆之初,也正是与母亲临终前给他的纸条上面所写的"百花井，孟浩长"有关。

一个人如果永远活在一间密不透风的黑屋子里，也是一种幸福。在黑屋子里，他能看天、听风、识雨，能自由思想，心生满足。然而，当有一天，外来行脚的人给他打开了一扇窗子，他便萌生了知晓外面世界的好奇与勇气。而且，这种好奇与勇气也便成了一种动力，推着他走出黑屋，扑向无限的未知。

李光升现在就是这样。他想知道的太多了，可是，他却一句也不能开口。

他怕！他怕他这一开口，会将二十多年的岁月彻底砸碎，会将这百花井里的曾经有过的一切彻底砸碎。

然而，孟浩长却开口了。

孟浩长端详着李光升，问："你是她儿子？她几个孩子？"

"两个。我和我妹妹。"

"就两个？"

"就两个！"

"你多大了？"

"二十五。"

"二十五？"

"是的。过年就二十六了。"

孟浩长刚才还在颤抖的身子，此刻竟然好了。他站了起来，拉过李光升。李光升比他高一个头，身材壮硕。他伸出手，半仰着头，摸着李光升的额头，说："你妈妈让你来的？"

"妈妈她只给了我这字条，是我自己决定要来的。我想弄明白。"

李光升感到孟浩长抚摸他额头的手,太过于细腻了,不像李天大那粗糙的大手。那大手虽然粗糙,却比这细腻的手更有力,更温暖。

孟浩长停下手,让李光升坐下,然后开始泡茶。他将茶杯端到李光升手里时,又问了句:"她还告诉了你什么?"

"她说您是我的亲生父亲!"李光升舒了口气。

孟浩长身子一震,声音又颤抖了。他道:"你妈妈说的是真的,你是我的儿子,是我和你妈妈的儿子!"

李光升突然觉得心里空荡荡的。他喝了口茶,便起身要走。孟浩长有些惊讶,说:"怎么就走了呢?既然来了,怎么着也得吃餐饭。"

李光升说:"我还有些事,家里还有人要照顾呢!"

"还有?是……"

"我爸!他瘫了好多年了。"

"啊!我记得他叫李天大,是吧?"

"是的。"

"他是个好人!"孟浩长停了停,说,"我得去看看他!"

丁成龙直到老了,还时常跟孟浩长提起当年到东大圩的事情。在此之前,丁成龙也曾经到过东大圩。

东大圩,出庐州城四十里,相传为北宋大科学家沈括所设计修建。圩广万亩,处巢湖下游,得地利与水利之便,向来为庐州粮仓。自大圩圈建之日,这里就一直是庐州城里富商巨贾们的觊觎之地。大批的银钱开始投向东大圩,东大圩也由此成了庐州外围最大的租田。上万亩良田，被近百个大户人家垄断。这些大户人家又将田地出租给周边农户，靠收租盈利。部分长年耕种在东大圩的农户，就成了一些大户在东大圩的老佃户。一应耕种事务，悉数交给这些老佃户处理。大户们只是到了秋天，收取租钱。当然，每年春天，大户们也例行到东大圩走一圈。有些大户与老佃户建立了数代的关系，亲近犹如亲戚。在这样的关系之下，他们之间走动得更加频繁。逢上闲暇，城里的大户们也会带着家眷，到东大圩来体验一把乡村生活。

东大圩的规制与体制，到了一九四九年，土崩瓦解。东大圩成了集体所有的大粮仓。庐州农业的亮点和重点，也就集中在东大圩。像丁成龙这样的在文教局工作的国家干部，自然少不了也要经常下乡到东大圩。

在丁成龙的眼里，东大圩就是一处普通的圩口。一九五四年，巢湖发大洪水。丁成龙和文教局的其他人被组织成抗洪小分队，赴东大圩堵口。洪水肆意，张牙舞爪，漫天铺地，随时要撕碎东大圩堤。丁成龙和部队的战士，还有周边的老百姓，排成人字长队，站在齐腰深的洪水中，堵口筑坝。但最后，圩还是破了。不仅圩破了，还有九个参与抢险堵口的人被冲走了。洪水之后，丁成龙再到东大圩，这一片浊黄色的东大圩，跟他当年在战场上所见十分相似。唯一不同的是：战场那是人祸，而这是天灾。他看见一些农民正在圩埂上徘徊，神情凄苦。他想起了古人那句著名的唱词：兴，百姓苦；亡，百姓苦。

从那年大水后，丁成龙再没去过东大圩。当孟浩长跑到文化馆来，说要请他一道去东大圩时，他还真的愣了下。接着，他问："怎么突然要去东大圩呢？去写生？"

"不是。是去看一个故人。"孟浩长道。

"故人？"丁成龙有些惊诧。

"是的，好多年前的故人。其实你也认识。"孟浩长说，"你曾在百花井见过。"

"那是？"丁成龙立即在脑子里搜索了一遍，没有答案。他问："到底是谁呢？"

"等到了就知道了。"孟浩长拉着他，出了文化馆大门。

一年多前，丁成龙正式回到了庐州。他的问题得到了平反。在重新安排工作时，组织上征求他的意见：要么回到文教局机关，要么到下属馆站。他选择了文化馆。他对机关已经没有任何兴趣了。机关如同两扇对开的门，曾狠狠地夹疼了他，他不想再踏进去。而文化馆，正切合了他这些年在新疆所从事的工作。在新疆二十多年，除去那些逃亡与奔波之外，他干的工作，大多与文化宣传有关。

丁成龙随着孟浩长到了城隍庙。孟浩长切了一只贡鹅，又买了些点心，然后两个人到车站乘车。

东大圩之冬，多少有些萧瑟。圩埂上的柳树，全秃着光杆子，黑漆漆的；草已发黄，有些已开始零落进泥土。圩埂上，不时有低矮的房子。圩区房子，因为地势问题，基本上都是沿着圩堤兴建。因处在迎风口，所以房子一般较低矮。路不太平坦，架子车的车辙，压出了两道深沟。沟里的积水，浑黄。

孟浩长手里捏着孟小书写的字条，从进入东大圩开始，他就不断地感叹着。他一会儿指南,一会儿指北,告诉丁成龙:那南边原来有个大庄子的,现在没了,但那棵大树似乎还在;那北边曾经是东大圩的村部,再早些的时候,他的父亲孟云生曾带着他在那本是保长办公室的小房子里住过一晚。母亲李晴儿早晨会蹲在水边,照水梳头。父亲指着母亲,对孟浩长说:"那就叫临水照花!"在父亲眼里,母亲就是一朵花。父亲不曾想到,就在他说出这句话的第三年,母亲这朵花就插到别人的袖口上了。

父亲到紫蓬山后,孟浩长再也没到过东大圩。解放了,东大圩属于人民。父亲当年购买的租田,也全部交给了集体。东大圩与孟家的联系,单纯的变成了佃户李老实与孟浩长的联系。那时,孟浩长与高巧云住在百花井,李老实每次进城,都拐到百花井来。他背着个大袋子,袋子里是新鲜的蔬菜瓜果。他放下袋子,接了高巧云递过的茶水,擦着汗,感叹一声孟先生怎么就舍得出家了呢,再无话。这是个沉默寡言的人。有时,他会带着他的儿子李天大一道。李天大同他的父亲一样,甚至更加沉默寡言。孟浩长很少跟他们父子说话,只有高巧云,张罗着给他们一点点心。换季的时候,也会送他们一点布料。逢上年节,李老实会偶尔送来鸡、鱼和猪肉。孟浩长便让高巧云去城隍庙切一只贡鹅送给他们。这一来一往,直到一九五七年的春天,才戛然而止。

孟浩长走得很慢,丁成龙几次催促。可孟浩长就是耐着性子,他似乎是要数清楚路上的蚂蚁。

日将中天,终于到了中庙。

李光升的家正对着圩埂。屋基坐落在圩埂下面的一处平台上。

门前是一大块场子,四围栽着些树木。树木大都光着头,茕茕而立。孟浩长只是随便看了看,目光就被南角的一处井台拉了过去。那井台圆形的台面,青石的井圈,同百花井的井台、井圈,如此相像。而井台旁边,也有一棵桂花树。

丁成龙当然也看出来了,他对着孟浩长道:"这……简直就是搬了个百花井来了呢!"

孟浩长正要回答,屋里传出咳嗽声。接着就听见屋内人问:"谁呀?进屋里来吧!"

两个人进了屋。正对着大门,便是一张床。床上正半躺着一个男人,苍白的脸,将发黄的胡须映得有几分凄惶。孟浩长嘴动了动,却没问出话来。倒是丁成龙说了:"我们来找个人"。

"找人?找谁?"男人问。

"李……李光升!"孟浩长道。

"啊,那是我儿子!早晨出去帮窑场上砖去了。应该要回来了,你们等等。"男人说,"桌上有茶水,你们自己倒。我这……"他苦笑着。

孟浩长盯着男人的脸,慢慢地就将他同二十多年前跟在李老实后面的年青人重叠起来了。即使那脸色再苍白,再凄惶,但眉眼和格局不会变。他是个画画的人,能看出皮相之中的骨骼。这就是那个青年,只是岁月将他磨倒在了床上。算起来,他应该比自己年长。当年,这个青年跟在李老实后面,高巧云让孟浩长喊他"哥哥",而李老实则说:"要不得,直接喊天大就行。你是少爷,不能乱了礼数。"孟浩长其实什么也没喊,可他记住了李老实说的这青年叫天大。天大，天大！这名字有意思。是说天真的大？还是要说比天还要大？

当年没问，现在自然也不会再问了。孟浩长凑近床边，仔细地看了看李天大。

李天大却别过脸。墙壁上画着一道道的深痕，像一张囚禁人的蛛网。

丁成龙走出屋子，恰好李光升回来了。李光升刚想同丁成龙打个招呼，孟浩长就出了门。李光升张着嘴，说："你……你怎么？"

孟浩长伸出手指挡在嘴唇上，示意李光升不要再说。出了门，他拉着李光升，三个人到了圩埂上，孟浩长介绍说："这是丁老师，你丁伯伯！"

"丁伯！"李光升说，"刚才我爸没觉出什么吧？"

"没有。"孟浩长说，"我就是拉丁伯伯来看看。比我想象中的还要……这样吧，光升，我也帮不了什么，这点钱你拿着，给他治治。真治不了，就多弄点营养品。还有你妹妹，读书也要钱。"

"我不能收！"李光升道。

"拿着！"孟浩长将钱塞在李光升手上，说，"这不是给你的，是给他们的！你替我给他们用就好了。"说完，他又问："你妈坟在哪？"

"在紫蓬山上。"李光升道。

第六章

天山精灵

丁昌吉像一只猫,悄然溜进了百花井。

丁昌吉从小到大,总是这样蹑手蹑脚,干些其他人想都想不到、想到了也不敢干的事情。

丁昌吉是丁成龙的软肋。当然,这只有胡满香知道。而丁昌吉自己,根本也压根不会往这儿想。即使在她残忍地戳破了那层窗户纸后,她依然让自己的思维停留在她早已越过的那座界碑前。

这是她的聪明呢?抑或是她的狡黠?

丁成龙甚至丧失了对女儿丁昌吉的评价。他拿不准丁昌吉,吃不透丁昌吉,把握不住丁昌吉。

因此,当丁昌吉突然回到百花井时,丁成龙一点也没感到意外。

丁昌吉放下帆布包,端起桌上的大茶杯,就咕了一大口。丁成龙睃了睃她的身后,问:"就一个人?"

"还能有谁?"

"那？小健呢？不是跟你到新疆了吗？"

"他早走了。浪迹天涯去了。"

"你……你这丫头，怎么？小健他是老实孩子，别老再折腾人家了，好不好？"

"我折腾他什么了？他就是甘愿折腾的命。"丁昌吉说完，笑着，又走到冰箱前，拉开，从里面拿出一颗番茄。

丁成龙道："别吃，冷的。"

番茄却已大半进了丁昌吉的嘴中，她一边嚼着，一边说："爸，听说百花井要拆迁？"

"你就是为这回来的？消息够灵通的呢。"

"我不是为这。但我早就知道了，我有我的情报渠道。"

"还情报渠道？搞得真像个特务似的。"丁成龙笑了笑，他其实十分喜欢女儿这样说话。这说话的神情和语句的叙述方式，跟他年轻时有些相似。只是后来他的神情和叙述方式，被多舛的时代给彻底地湮没了。而不知不觉，女儿却继承了这一点。

丁昌吉走到老爸边上，用手在老爸额头上摸了下，说："皱纹也还没增加。我最近在石河子那边开了家店。"

"石河子？"丁成龙眼睛亮了一下，旋即就恢复了常态。

"那里还有不少人能记得你，说那个高个子的老丁。有人还打听你当年怎么就突然跑了？怎么就突然跑了？我也想知道。"丁昌吉将剩下的一小点番茄塞进了嘴里。

"太遥远了，都过去了，不说了。"丁成龙一下子用了三个"了"。确实，这些年来，他已经不再说那些年的事情了。虽然在他的内心里，那些过往的岁月越来越清晰，越来越顽强。

"那好，以后再慢慢说。不过，我可是听到了一些，有人说你在石河子还差一点跟一个卫生员结婚了。"丁昌吉望着老爸。丁成龙竟然有些不自在了，他扭了扭脖子，又端起茶杯，茶杯空了，他站起来续了水。他做完这一系列事情后，才坐定，说："谁跟你说的，你就问谁去。"

丁昌吉调皮地笑着，说："我不问了。我去城隍庙吃夜宵去了，要带些给你吗？"

"不要。那些垃圾食品，你也少吃。"

丁昌吉出门后，孟浩长就来了电话。孟浩长说："是不是昌吉回来了？"

"你咋知道？"丁成龙说，"刚到家，又出去了。"

"我刚才从外面回来，在巷口看见一个人影，像昌吉。"孟浩长说，"明天，我请你们父女吃贡鹅。"

"好。我带酒。"丁成龙爽快地应着。

放下电话，丁成龙在屋子里来回走了两圈。人老了，腿脚再怎么说，也不如年轻时候了。坐的时间长了，就沉得像木头。《庐州地名志》正在按计划往前推进，其中已经写好的前二十多个地名，孟浩长拿走了。孟浩长说要给这些文章配上插图。将来，在庐州的文化史上，就会出现丁成龙与孟浩长一文一图的双璧之作。

丁成龙倒也十分看重孟浩长的画。他不是现在看重孟浩长，从当年他第一次与孟浩长痛饮孟云生埋在桂花树下的那坛老酒开始，他就一直看重孟浩长。一九八一年初秋，时隔二十五年再次回到庐州，当他将相隔已久的双脚重新印到百花井的井台上时,他第一个张眼望的是公主府第那边的孟家。他第一个想到从前的故人,就是孟浩长。他坐在井台上,抽着莫合烟,巴望着孟浩长能从那月门里端着小茶壶走出来,一身青衫,还是当年的模样。他身后还跟着那个俊俏的高巧云……

幻梦竟然成真。那天,当丁成龙从桂花的斑驳清影中抬起头来时,他看见了一个相貌清雅的中年人站在井台前。其时正是黄昏,桂香浮动,人面亦在浮动。他不敢当真,便问了句:"你?"

"丁老师!你果真回来了。"声音还是小生嗓子,没变。

丁成龙一下子没声了。不是不想说,而是声音被哽在胸腔里,出不来。

"快,快!到我屋里坐。"中年人伸手就拉过丁成龙。两个人就折过公主府第的大门,又进了月形门,再到了最里面的那一间屋子。门是虚掩的,推门而入,一室墨香。丁成龙想:果然就是孟浩长!果然就是。

坐下,上茶。孟浩长说:"我这几天,天天都到井边去看。总觉有故人要来,这不,就真的来了。丁老师,这都好多年了啊!"

"是啊。好多年了!你还是老样子,而我,早老了。"丁成龙感叹道。

孟浩长侧过身子,看了看丁成龙,然后叹道:"是老了。先不说这些,咱们去城隍庙吃贡鹅。那家贡鹅店刚刚重新开张,还是从前的味道,咱们喝两杯。故人久不见,相见唯大醉!"

"故人久不见,相见唯大醉!好,大醉!"丁成龙拊掌。

那晚,两个人都大醉。第二天早晨,唤醒他们的是百花井台上的太阳和桂花香。

丁昌吉喜欢坐在城隍庙前的江淮大茶楼里。这里临近庙前街，背后是江淮大剧院。

喝完了一杯茶，吃了两块麻油饼，外加一小盘子桂花凉皮，丁昌吉感觉差不多了。每次回到庐州，她总是喜欢到这来坐一坐，吃上一点，喝上一点，然后静静地看着城隍庙前的人来人往。

年近不惑，丁昌吉有时候也有一种时不我待的急迫感。母亲胡满香生前，一直巴望着她能成家生子。即使胡满香和丁昌吉心里都清楚彼此之间那种说不清道不白的复杂，然而，却一直维系着一对普通母女的情感。甚至，比天底下许多母女的情感要更加纯粹。丁昌吉一直叫胡满香"妈妈"，她只叫胡满香一个人"妈妈"。她认定了天底下"妈妈"只会是胡满香，而不是从半路上横穿出来的那个满脸通红、像葡萄一般的维吾尔族女人。

她叫那个女人"阿姨"。

那个女人的名字叫"玛依娜"。

丁昌吉在事隔近二十年之后，还无法给予当年独自跑回新疆一个合理且到位的定义。倘若没有那个暑假，没有她怀揣着一百块钱踏上的西行之路，那么，她、妈妈、阿姨，甚至父亲丁成龙，他们往后的生活或许跟现在会大不相同。尤其是妈妈胡满香。丁昌吉内心里时常泪水婆娑，她一直在不断地忏悔。她觉得妈妈胡满香的过早离世，与她捅开了那层本来糊得严实的窗户纸不无关联。即使胡满香在那件事之后，从来以沉默待之。对丁昌吉，胡满香甚至是加倍的好。记得在胡满香去世前的某个晚上，丁昌吉挤在妈妈的床上，妈妈看着她，冒出了一句："我真的是喜欢你，孩子！"

她当时就哭了。

胡满香并不是一个善于表述情感的人。从一九五七年丁成龙突然失踪，到一九六零年她带着大儿子一路逃荒找到伊犁，再到后来在新疆的二十多年，她在人群中从来都是"众水之中之一滴"。如果能让死者说话，就是这滴水，她就是最应该说话和最想说话的那个。

丁昌吉并不怨。这些年来，她已经看淡了很多。在丁家三个孩子当中，她是最让人头疼，也是最能折腾的。她不仅仅自己在折腾，而且带动了其他人跟着折腾。比如陈小健。当父亲问到她身后还有没有人时，她就明白父亲指的是小健。这个十六岁的时候第一次说她长得像维吾尔族人的男孩，如今已是一个相当成熟稳重的大男人了。丁昌吉比谁都清楚：陈小健并不是一个喜欢浪迹的人，也不是一个喜欢折腾的人，他这些年来的浪迹与折腾，都是拜她所赐。她也曾不止一次地劝陈小健松手，放弃，远离。可是，这个平时精明痛快的男人，到这个节骨眼上却一直犯糊涂。这个男人成了丁昌吉胸前的痦子，既让她温暖，又让她疼痛。

那么，正如胡满香生前问她："咋就不能跟小健好好过呢？"

丁昌吉自己也如此问。她得不到答案，最后她只好告诉自己：你是一个作女，一个注定一辈子折腾的女人，你可以有爱，但不可以有家。而且，从你出生，你就只是爱的产物，而非家的结晶。因此……

不想了，不想了。真的不想了！

十天前，大哥叶抗美打电话给她。大哥在昌吉当连队指导员。大哥说："听口内的人来说，百花井要拆迁了。"

"百花井？就是庐州那？"

"就是。要真拆迁了，老头子咋办？他又不愿意来新疆。"大哥平时跟父亲联系并不多，他与父亲之间，永远都隔着层磨沙玻璃。

丁昌吉说："那能咋办？拆迁，还得还房子，好事啊！"

"老头子住的那可是别墅。"大哥说，"也不知当年你建的时候，手续可都全了？"

"当然都全的。"丁昌吉说，"没事，放心，我最近正好要回口内，再去看看。"

丁昌吉和大哥虽然都在新疆，半年也不见得能见上一次。新疆地大。而昌吉就像是广阔大道上往边上生长出来的一条小道，从石河子，从伊犁，从特克斯，无论是从哪个方向到乌鲁木齐市，昌吉都是一晃而过。这两年，丁昌吉很少到昌吉市，她基本都待在石河子，或者到南疆地区。她在喀什和石河子各开了一处新店，专门经营新疆土特产的大宗批发。她的维吾尔族人长相，和她的汉族人身份，使她在维汉两族人之间如鱼得水。她喜欢维吾尔族人的豪放、率性，同时，她又十分恰当地运用着汉族人的灵活、中庸。她的生意越做越大，甚至成了数得上的几个大批发商。从去年开始，她同兵团实业合作，进一步扩大生意规模。最近，她也正在酝酿着要重回庐州，在口内建一批新疆土特产大宗批发中心。城隍庙就是她的首选之地。

她同陈小健说过这想法，陈小健并不乐观。他的观点是新疆土特产品与庐州当地人的口味与习惯差距较大。事实上，丁昌吉现在开的批发店，主要业务是对准中亚国家，国内业务主要集中在北上广等大城市。回到庐州来开批发店，显然有一定风险，但丁昌吉决定了。她跟陈小健说这事，并不是征求他的同意，而是通知他：将要打回庐州了。当年在庐州风生水起的丁昌吉，又要回来了。

陈小健这人最大的好处是：不争。丁昌吉决定了的，他便不争，甚至连一句话也不争。这让丁昌吉很生气。丁昌吉将他支到了特克斯，负责那里分公司的运营。特克斯离伊犁两百公里，离昌吉八百公里，交通上完全靠汽车。这次，丁昌吉本来准备让陈小健跟自己一道回来的。但公司临时有一笔大业务，只好又让陈小健去谈判了。她对父亲说陈小健去浪迹了，那只是个托词。她不想父亲问得太细，而她与陈小健之间，连她自己也无法完全解释清楚。

庙前街这几年也有了很大变化。两旁的房子，全改成了木结构三层小楼。中间的街道，宽阔了，全是水磨石街面，还增加了花坛、喷泉和景观灯。一九八五年，丁昌吉刚到庐州时，她经常一个人在庙前街上逛荡。后来，她同陈小健坐在这大茶楼里喝过茶。也同一些外地人，或者本地人，在这茶楼里谈过生意。尤其是上世纪最后那十年，她在庐州呼风唤雨，出入大大小小的茶楼饭店。那时，她那么的春风得意，可是，再怎么得意，她还是经常一个人悄悄地坐在这大茶楼里，独自品茶，流泪。这些泪水，陈小健看过，只是他不说。在这个世界上，陈小健是看过她哭的男人，却也是被她永远推开的男人。

她不明白这是爱？还是恨？

她有时想问陈小健。可是，即使问了，他又能回答吗？

不到三天，丁昌吉就将百花井地区的拆迁搞得一清二楚了。她不仅了解了上墙的公告，还探听清楚了拆迁背后的运作。

她甚至不去找哥哥丁石子，也就是丁为民副区长。她有她的路子，她是一个商人，她有她的独到之处。

政府对百花井的拆迁，是对庐州老城区改造的一部分。在拆迁方案中明确规定：保留百花井，其余的地面建筑全部拆除。将来要在百花井地区兴建高档商住区，同时配套建设休闲公园。改造方案已经公布，而且丁昌吉也打听到：这背后有一家叫文通的房地产公司在实际操作。只是现在的房地产公司不再浮在面上，而是通过政府行为将商业化运作上升到惠民的老城区改造。这样，既规避了商业运作的风险，回避了与拆迁户的矛盾，同时还可享受一系列的政策优惠。公司在暗处，政府在前面。政府出政策，出规划，出土地；公司出钱，出管理，出运作。政府拿到的是这些不动产因为改造而产生的土地、建设等方面的利益，而公司得到的将远不止这些。有人说这是双赢，政府和企业都是赢家；还有人总结说这是三赢，在政府和企业之外，还加上了老百姓。说法对还是不对，也无人去理论。不过，这种模式倒是日渐在各地生根开花了。

丁昌吉自然懂得，不过，她以前并没有像这次这么关注。她越关注，兴趣就越浓厚。这个女人一生最大的特点就是敢于去做三种事：别人想做不敢做的事、别人认为做不成的事、别人做了也做不成的事。这次，她在心里盘算了两天，终于决定：她丁昌吉也得出手了。本来，她并不想赶这个趟子。但她跑了几个部门问了一些人之后，确切地知道文通公司并不曾同政府正式签约。目前，项目也还仅仅在政府组织的拆迁阶段。下一步，具体到商住楼开发，还得公开招标操作。只要有下一步，就说明了有可能。只要有可能，就预示着她丁昌吉能奋力去争取。

不过，她给自己定了原则：不操之过急，不急于求成。

十二年前，丁昌吉还是庐州城隍庙的一个批发商时，就因为操之过急，太过于求成，结果，她栽了。陈小健曾安慰她：不是她自己的原因，而是因为有人在背后捣鬼。她却明白：那就是自己的错。近小人，本来就是大错。而信小人，用小人，最终必将死于小人之手，这是老话。一代代人曾持怀疑态度，可最终一代代人还是回到了这真理之中。

所以，从重回新疆，到现在又五年了。丁昌吉犹如一头独自踽行的母狼，天地之间，她来往驰骋，却时时回头四顾。她看似在人群中一派得意，事实上却时时手握孤独与怀疑之剑。有时夜深，一个人泯着干红，对镜自照，她甚至连自己也认不出来了。

——这是丁昌吉吗？

——这是在昌吉连队里的那个黑头发大眼睛的小女孩吗？

——这是那个在井台上被陈小健说像维吾尔族人的小姑娘吗？

——这是那个在城隍庙做得风生水起的丁老板吗？

是。又不是。

是，因为她本来就是丁昌吉，而且也只能是丁昌吉；不是，是因为她经历了太多，感受了太多，然后，就像蝉蜕去了老皮，化成了新的我。

丁昌吉直接到区政府，找到了哥哥丁石子。

丁石子很是意外，这个妹妹让他意外的时候太多了。他从文件中抬起头，问："啥时回来的？咋也不说声？"

"大区长忙，哪敢打扰？"丁昌吉指着放在门边的袋子说："这是给嫂子的，都是上好的香料。有薰衣草，有高山雪莲，还有那边的香料。"

"还记着你嫂子呢。"丁石子笑着，说："她最近还问我，你那敢于上天的妹妹咋没回来？"

"她这表述对，我就是想上天。这不，我这次来可不是单纯送这东西的。我是找丁大区长有事的。"丁昌吉说。

"有事？你有什么事用得着我？说吧！"

"百花井拆迁是你在负责吧？"

"我是领导小组副组长，组长是区长。"

"那就好。我想将这改造项目给接了。"

丁石子，不，丁为民一下子站了起来，他看着妹妹，似笑非笑道："你想接手？我的丁大小姐，那可是有大公司在运作的。"丁石子将这"运作的"最后一个"的"字拖了老长。

"那我也得分一杯羹的。"丁昌吉也将最后一个"的"字拖了老长。

丁石子重新坐下，说："我是认真的。政府早就同文通公司达成了意向。何况这个项目要好几个亿，你哪来那么多钱？"

"我可以找人合作。"丁昌吉说，"前不久，兵团实业还找我，说想在口内搞些地产开发。这不，就来了。何况百花井这一块，我有感情。我不能放弃！"

"这不是你想接手就接手的事，也不是感情不感情的事。这是有意向在先的。"丁石子从抽屉里摸出支烟，点上。丁昌吉注意到他桌子上也摆着包烟，只不过那是一包普通的皖烟，而他正在点火的烟，却是中华。

丁昌吉说："我也只是来告诉你一下。我自有办法，只是你不要干涉就是了。"

"我不干涉。可是，昌吉，我得告诉你：这项目是政府定了的项目，是不能乱来的。以后有什么项目，我给你记着就是了。"丁石子正要往下再说，门边探出个人头，问："丁区长，忙吗？"

丁昌吉看这人神情，就明白了三分。她马上道："哥，那我先走了。有空回家吃饭！"

晚上，丁昌吉请父亲和孟浩长还有陈健康和耿丽萍一道，到城隍庙的得月楼吃饭。耿丽萍问丁昌吉："小健什么时候回来？"丁昌吉说："我也说不准。春节吧！"孟浩长笑着对耿丽萍说："你们家的小健算是认准一条道、一辈子不回头的啊！"耿丽萍却抹了下眼泪，虽然她抹得极隐蔽，可还是被丁昌吉看见了。丁昌吉心里揪疼了一下，但她没说。

酒过三巡，丁昌吉发布消息：我要正式参与百花井拆迁开发！

大家愕然。

丁成龙问："心血来潮吧？"

"我啥时候心血来潮过？我上午已经去告知我哥了。"丁昌吉喝了杯酒，说，"下午我同兵团实业的马总交换了下意见，他很感兴趣，明天就飞过来，具体再谈。"她顿了下，又补充道："小健迟一步也会回来。耿阿姨，好吧？"

"好，好！"耿丽萍笑道。

第七章

商场情场

丁为民回到家已经很晚了，但妻子冯娟却还没回家。他喝了些酒，虽不至醉，可头晕。他没洗漱，直接就歪倒在沙发上。等到冯娟回来，他已经实实在在地睡了一觉。

冯娟用脚将丁为民踢醒，骂了句："脏死了，快去洗！"

"什么时候回来的？咋这么晚呢？"丁为民问。

冯娟横了他一眼。冯娟四十二岁，在同龄的女子中，她的长相绝对是一般中的一般。可她的穿着，却是上等中的上等。丁为民一开始还发表些真实意见，比如这裙子不适合你，你太胖了；或者这小披风适合小姑娘。这些真实的意见，招来的无一例外是冯娟的痛斥。冯娟说："狗嘴里吐不出象牙！你是嫌弃老娘了，是不是？要嫌弃，当初就嫌弃，为啥等到现在？你以为现在当个副区长，就了不得了？老娘跟你说，既然能让你当这个副区长，也就能让你乖孙子一样地滚下来。你不信，走着瞧瞧！"

丁为民只好哑口。一来，冯娟说的话基本属实；二来，他也不想同她争辩。头发长，见识短，辩又何益？

丁为民将丁昌吉带的东西递过来，说："昌吉带给你的。"

冯娟看都没看，说："又是那些皮啊、草的吧？谁还稀罕这？"

"不是吧？听她说，都是香料和精油。"丁为民脱着衣服，边说边进了卫生间。

不一会儿，就传出冯娟的叫声。冯娟大声道："我一看就是冒牌货。冒牌货！我就说，她哪有这么好心……"

丁为民装作没听见，继续洗澡。等他洗好出来，香料和精油都摆在茶几上，冯娟指着这些说："都是冒牌货！你那个混血妹妹啊，难怪……"

丁为民瞪了她一眼。

丁为民拿过一瓶香料，看了看，都是维吾尔族语，也看不懂。但从瓶子的包装上看，确实不是太精致，甚至有些粗糙，他也拿不准了。按理说，丁昌吉不会拿冒牌货来骗嫂子的。她本身就是做这方面业务的，用不着造假。他对正架着双腿的冯娟道："这是内部供应品，当然不会在包装上下工夫。你用用，就知道了！你这人啊，就是什么人都不信。"

"我是什么人都不信吗？我就是不信丁昌吉那个坏女人。"冯娟声音大了，说，"想当年，要不是她，我能亏到血本无归？还不是她尽使坏点子，害得我到今天还回不过阳来。"

冯娟说的当年的事，丁为民知道。当年，冯娟在城隍庙开服装店，论规模算得上是盘大店，品种齐，价格上也算低廉。而且，毕竟冯娟从小在庐州长大，父亲又是当时的人大主任，生意想不好也难。那时，市里各个单位，包括学校都时兴搞各种节庆、典礼。每个节庆、典礼，背后都藏着巨大的利益链条。一开始，这些业务基本上都是冯娟包揽。可是，渐渐地，她发现生意越来越淡，而各种开业和典礼并不见少。那么，开业典礼所需的那些礼品服装，又是从哪里来的呢？冯娟派人一打听，很快结果就出来了。那些礼品服装，都是出自同在城隍庙的另一家店铺。而那家店铺的老板就是丁昌吉。

冯娟和丁昌吉的较量就此拉开。

那时，冯娟还没有成为丁昌吉的嫂子，丁为民当时还叫丁石子，还在东大圩的中学里教书。丁昌吉怎么也不会想到，她会同未来的嫂子成为对手。而她之所以走上这条较量之路，纯属偶然，给她最初启发的正是当时在二钢厂当秘书的陈小健。

丁昌吉高中毕业后，没能像陈小健那样考上大学。丁成龙先是托人给她办了文化馆就业。可是，上了不到两个月班，她嫌太枯燥，没意思，就自动辞职了。辞职后，她又跟着几个女同学，到南方闯荡了大半年。回来后，她就开始在丁成龙和胡满香面前嚷着要开店做生意。那几年，正是全民经商的大潮流。庐州城里，各种商店像野地里的菌子，每天早晨都会冒出一批新的来。丁成龙虽然不想，但也硬不过潮流，加上胡满香劝他：不能再跟这孩子闹了。再闹，她说不准又跑回新疆了。胡满香用了个"又"，这是因为就在丁昌吉高二那年的暑假，竟然一个人拿着一百块钱，悄悄跑到了新疆。这一百块钱，是她从早点钱里慢慢省下来的，可见这孩子心机之重。这让胡满香愈发担心。她劝丁成龙："就让她开个店吧，锻炼锻炼也不错。将来她想回头时,自然会回头。她这脾气,生来就像你!"丁成龙没办法,这是他的软肋。他只好同意,于是,丁昌吉的服装店在城隍庙轰轰烈烈地开起来了。

等到丁昌吉与冯娟开始暗中较量时,服装店已开到第三个年头了。丁昌吉赚了些钱,而且她眼光独到,兼具维吾尔族人的好客与汉族人的精明,硬是把服装店开成了城隍庙庙前街上最得人缘的大店。冯娟其实也经常到丁昌吉的店里走走,一来刺探下情报,二来也为自己买些衣服。说实在话,丁昌吉进货的眼光确实很毒。她的那些衣服,挂在店里就很吸引人。但冯娟不在意这些,她的生意主要靠那些节庆、典礼所需的礼品服装支撑。可她没想到,丁昌吉横插了一杠子,那一杠子,让她猝不及防,几乎全军覆没。

一直到现在,冯娟都无法弄清楚丁昌吉到底凭什么抢走了她的生意?论影响,她是人大主任的女儿;论经商,她的店开得比丁昌吉的早,在城隍庙也更有年头;论实力,丁昌吉就是一个初出道的黄毛丫头。可是,这些都没能真正影响丁昌吉。丁昌吉毫不留情,不到三年,庐州的节庆、典礼礼品服装生意,都成了丁昌吉的天下。冯娟的店日渐衰落,有一次,她甚至想动用道上的同学,来修理丁昌吉。可是,竟找不到人。那些道上的朋友一听是要修理城隍庙的那个长得像维吾尔族老板时,都连连摇头。她问他们怎么就都被丁昌吉给收买了?那些人竟然道:不是收买,是这人够哥们!

冯娟选择了背水一战,结果可想而知。那一战让她丢盔弃甲,从此告别商场。

那一战的战火自然是冯娟挑起来的。不过,她并没有明火执仗,而是精心策划了三步棋。一是让人四处打听丁昌吉进货的渠道。后来终于打听清楚了，这丁昌吉也是个奇才，她进货的渠道，北上广都有，最近的也是在武汉。而且，她进货的企业都是些大厂家。原来，冯娟以为丁昌吉仅仅是在庐州的城隍庙开店，可从这进货渠道一打听，原来丁昌吉还在邻近的一些城市，开了十几盘这样的服装礼品店。这样算下来，她的进货量就相当庞大，从进货渠道来打击她，已然行不通。二是让人了解市内那些原来跟自己做生意的企业单位，怎么就突然改到了丁昌吉那里了呢？她安排了三个人，悄悄地找了一些单位的办公室，或者企业的工会。结果，她又大吃一惊。丁昌吉的每笔生意，几乎都是先预埋了半年以上的伏笔，而且，这些伏笔都埋在了主要领导和老总们的身上。等到丁昌吉一开口，领导和老总已无退路。三是扎扎实实实地盯住丁昌吉，看她到底是用什么功夫，笼络住了业务单位。结果，盯的人来汇报，丁昌吉主要的时间是陪人喝茶，也没见她有什么特殊行动。

　　这三样查下来，竟然一无所获。这让冯娟更加懊恼。

　　每年年底，正是各种节庆和典礼最繁忙的季节。中秋刚过，冯娟就召集业务员，宣布将策划一场大规模的商业营销。她将业务员分成几个小组，到广州、武汉和上海，对以前调查出来的丁昌吉的主要进货企业，签了大额的进货协议。同时，暗中做通了这些企业主管业务的负责人工作，让他们停止给丁昌吉的店供货。同时，对以前市内有来往的各业务单位，也开展了公关和联谊活动。甚至，她还亲自到主要单位去拜访。一些领导见冯书记的公主亲自上门，自然高兴，平时，想巴结还够不上档次。于是，该承诺的承诺了，该提前签订协议的都提前签了。她满打满算，给丁昌吉留下的市场份额已经小得不能再小。她有时候就站在自家店里二楼的办公室窗前，看着庙前街上丁昌吉的店。看着，看着，禁不住先笑了起来。

可是，三个月后，冬天来临，服装礼品店的旺季到了，冯娟所预期的胜利却没有随之而来。

丁昌吉的店里确实冷清了不少。但冯娟的店也没有出现过热闹和兴旺的场面，大量的进货被积压着。她四处打电话，几乎都得到了同样的结果：省里正在明查暗访，主要目标就是借用开业、节庆和典礼之机，大量发放礼品，给社会造成了极其不好的影响。而省委之所以突然重视这项工作，据说源于基层的一份举报信。这份举报信对庐州近年来礼品市场的情况，做了详尽的分析。通过分析得知，百分之九十的礼品，进入了国家公务人员的私囊。举报信很快引起了高层关注，省委常委会专题讨论，最后确定在全省开展以整治节庆和典礼风气为主的专项行动。

冯娟整明白这事情的来龙去脉时，她已无力回天。

她回家哭着问父亲，说："冯书记，你不是人大主任吗？你咋就不知道这事呢？"

冯志国说："我是知道，但我没想到你会那样做。专项整治是省委统一行动，作为市委，特别是作为人大主任，我必须全力支持。现在这样也好，这几年不少人说我纵容子女经商，干脆将那店关了吧，路子很多，再慢慢来。"

冯娟说："怎么再来？我这些年所有的钱，都赔在这里了。"

冯志国问："有这么严重？多少？"

冯娟说："一千多万。"

冯志国也吃了一惊，他没想到女儿冯娟就开那么一个服装店，几年来居然就有了上千万。他摸着"地方支援中央"式的光头，说："现在不能再折腾了，再折腾，可能就会查到你头上。再查，说不定就……"

冯娟也是明白人，她清楚父亲所说的"说不定"后面的意思。但她心里还是难以平静，她说："不管怎么着，你得替我想想办法吧？"

"有什么办法？不要想了，就此收手吧！"冯志国说着转身进了书房。

冯娟又找到哥哥冯勇。其时，冯勇正在区法院当副院长。冯勇一听妹妹说完，就整个儿回绝了。冯勇说："眼下是全民经商，经商就有竞争。你这事，虽然与丁昌吉有关，但主要还是省委的专项行动。这事不说我，就是老爸，也不可能帮你。"

冯娟抹着鼻子，哭着说："你们都看着我一穷二白，是吧？"

"不是看着你，是没办法。大环境，大趋势。"冯勇又道，"何况那个丁昌吉，我也是知道的。这个女人不简单。据说，她父亲更不简单，在外面逃亡了二十年。"

"那跟我有什么关系？我就是看不惯她一肚子坏点子。我怀疑那举报信，说不定就是她干的。"冯娟竖着眼。

冯勇怔了一下，摇了摇头。

第二天，冯志国又专门给冯娟打了个电话，说专项行动越来越严了。希望她不要再四处找人。同时，他也提到了丁昌吉，说他刚知道丁昌吉是丁成龙的女儿。他说："既是这样，你们就不要争了吧！听父亲的话，没错！"

冯娟没回答，气呼呼地挂了电话。在接下来的那个严冬里，她逐渐地淡出了城隍庙。

两年后，冯娟再见到丁昌吉时，丁昌吉刚刚从狱中出来。

丁昌吉依然一身牛仔，虽然在劳改农场待了一年，但据说她过得不算太差。她所劳改的农场，离庐州不过八十里，几乎每周都有人专门从庐州城去看她。看她的人多了，连农场的管教也感到诧异。管教问她："哪来这么多朋友？"她说："不知道。只知道走着走着，慢慢地就有了这么多朋友。这些人呐，以前在一块喝茶、聊天、吃饭、喝酒，还真看不出什么情感来。这一进了监狱，人与人之间的情分，就显现出来了。"该来的，自然会来；不该来的，你就是拿轿子也抬他不来。丁昌吉这话是大实话，这几年开店，在市内，在市外，总共也有十几家了，要说赚的钱，也真的不少。可是，落到她自个儿手上，已是寥寥无几。大部分的钱，赚来了，又散去了。散去的钱，有的落在了朋友们的危难之中；有的干脆成了许多朋友在店里的股份；还有的，她捐了一些给养老院和希望工程。她觉得钱这东西，没有，自然不行；多了，也毫无意义。她看重的是挣钱的过程，她骨子里大概就有商人的那种骚动与进取欲。一路走来，她成了城隍庙乃至庐州城的名人，特别是跟冯娟之间的那场较量，更让她成了商界翘楚。

当然，丁昌吉也没想到：有一天，自己会进大牢。当年，父亲丁成龙为了不进监狱，选择了逃亡。而她，逃亡是不可能的了。她的罪名是"逃税"。当法官对她宣判时，她心里其实早就有了底子：她这一年的监狱生涯，完全是由她的商业对手所赐。她并不怪罪对手，她只怪自己太注重挣钱的过程，而忽视了挣钱也需要法度。这些年，经她手的节庆和典礼礼品，总价值好几千万。其中确实有不少直接从批发商到了企业和单位。这中间的税收环节，就漏了。漏了，就是偷税、逃税。既然偷了，逃了，受到法律的惩罚，也是必然。所以，在劳改农场，丁昌吉从不怨天尤人。她在进来之前，将所有的店都盘给了别人。陈小健曾劝她将城隍庙的店留着，由他来经营。这样，出来后，也有个着落。丁昌吉坦然一笑说："到处都是江山，随手便是出路。都盘了吧，你也拿一份。这些年，你跟着我，辛苦了。"

陈小健一直跟着丁昌吉。大学毕业后，陈小健到了二钢厂。因为会写会画，他很快成了厂办秘书。除了上班外，他的所有时间都耗在丁昌吉这里。丁昌吉入狱后，陈小健每周至少来看望一次。有时，丁昌吉并不见他，他只好将带来的食物放在管教那里。时间长了，管教问他与丁昌吉是什么关系？他说是邻居、同学、姐弟。管教说到底是哪种关系？是不是男女朋友？他眨巴着眼问管教："你说是吗？我也不知道。"管教拿这事问丁昌吉，丁昌吉说："比男女朋友还要好的朋友。管教懵着，摇摇头走了。"

丁昌吉刚出来，一大帮朋友嚷嚷着要替她接风，她回绝了。她说要去一趟新疆。就在这当口，她与冯娟再次相遇。生活之奇妙，往往无法想象。这两个从前的对手，坐到了同一张桌子上。

冯娟同丁昌吉的小哥丁石子确定结婚了。

按年龄，这两个人都到了早该结婚的年龄了。丁石子已经三十四，而冯娟也已经三十二。介绍他们认识的是市教育局的王局长。王局长同冯娟的母亲叶红翠是老乡，叶红翠这些年来身体一直不好，中间还发过一次心梗。她一直有个心病，就是女儿冯娟的婚事。冯娟有个性，长得一般，又经商，见的场面多了，一般男人看不上。而且，叶红翠心里也知道女儿早年曾暗恋过一个有妇之夫。或许是那场无望的爱情，让冯娟受伤太重，她从此缄口不提爱情。可是，眼看着都三十多了，再不论婚嫁，将来人老珠黄，难道打算一辈子单身？前五年，还经常有人给她介绍，她连面都不见，直接拒绝。这两年，介绍的人都没有了。叶红翠心一急，就只好拉下老脸托老乡、同学和朋友们帮忙。王局长当时正好在东大圩中学检查工作，听校长说丁石子老师家在市里，大学毕业，现在三十多了，还未成家。正是好事多磨，得来全不费功夫。他马上向叶红翠作了汇报。叶红翠说赶紧稳住，让那校长直接问问丁石子的意思。若是能成，我们将他改行调到市里。将来，他跟冯娟的一应费用，我们来出。王局长又让校长找丁石子谈谈。校长说这丁石子老师以前好像也曾谈过，是东大圩老李家的那个女娃。去年，那女娃出国留学去了，听说是丁老师主动要断了关系。这半年多来，丁老师意志比较消沉，能不能跟冯书记的女儿谈，他也不能保证。王局长骂了句：你保证个啥？大男大女，你把他们拉进洞房不就得了。

校长找丁石子谈话，心里本来还惴惴不定。可是，等他一说完，没料到丁石子硬梆梆地甩出来一句话："我愿意，行！"

丁石子同冯娟见了两面，两个人就基本上确定了关系。大龄青年的婚姻，来得实在。这种实在，让叶红翠十分高兴，她让冯志国赶紧给丁石子调动。儿子冯勇却劝她不要太急，也得把婚事定了。

否则，真的把人给调到了市里。这小子要是放了手，咱们岂不是竹篮打水，空忙活一场？

叶红翠于是张罗起订婚仪式。冯志国说："都老大不小了，也别搞什么仪式，两家人见见面，订下来就可以了。"

于是，在鎏金大酒店，丁昌吉再次见到了冯娟。

丁昌吉本来是不准备来参加的。但父亲说这是你小哥哥的人生大事，再忙，也得参加。其实，在此之前，一家人，包括父亲和母亲，都只听丁石子说自己谈了个女朋友，至于这女朋友姓甚名谁，家住何方，都不曾介绍。父亲态度明朗，儿女的婚事，儿女做主。丁石子说女方要搞个订婚仪式，两家人在一块吃餐饭，丁成龙毫不犹豫就答应下来。而且，他还专门请了孟浩长一道。

结果，就在宴席开始之前，丁成龙和胡满香以及孟浩长突然告辞。丁石子没有能拦住他们。当后到的冯志国问起这事时，丁石子说父亲突然心脏不舒服，只好先回去了。冯志国便问起丁石子父亲的名字，当听到"丁成龙"三个字时，冯志国移了移身子。叶红翠也在旁边遮掩，说："既是身体不好，那就回去得了。这边还有妹妹在呢。"丁昌吉看见叶红翠说话时，眼神闪烁。她意识到这里面或许有些蹊跷，包括父母及孟叔叔的突然告辞，冯志国的不安，叶红翠的掩饰……

冯娟见到丁昌吉时，也是一震。倒是丁昌吉先开了口。

丁昌吉说："不是一家人，不进一家门。咱们倒真的是一家人了！以前的事，咱们就别再提了。以后，你待我哥好，我就会待你更好！"

第八章
紫蓬故人

大清早，孟浩长便过来喊丁成龙，说想去紫蓬山看看。丁成龙说也好，我也正想出去走走。这《庐州地名志》搞得人天昏地暗，再不出来，人都发霉了。

两个人出了百花巷，到城隍庙这边来吃早点。

吃完早点后，已是八点了。孟浩长又去切了三包贡鹅，外加一些小点心，还在边上的花店里专门买了两束花。然后两个人坐公交出了城，在城外换乘到紫蓬山的小客车。等到了山脚下，已经快十点了。

紫蓬山是庐州边上的一座名山。说它是名山，并不是其高，它主峰海拔也只有两百米不到；也不是其古老，因为造山运动形成的紫蓬山，距今也就几万年时光。它作为大别山的余脉，一路逶迤，到了庐州大地，已呈夕阳之势。然而，就是这夕阳之势，同样造就了这座江淮之间小山的优美与传奇。山脚有湖，曰炼丹湖；半山有观，曰清凉观；山顶有宽广平台，面积数百亩，建有佛教丛林，曰法音寺。整座山上，植物丰茂，动物往来其间，其生物多样性，深受科学界关注。一座须弥小山，既纳四时佳景，又容佛道二教，纵然其小，不亦称其为名山哉？

山上近年来由于游人增多，整体面貌有了较大改观。早年的蛇行小径，如今修成了可通汽车的上山公路。从半山清凉观往上，以前都是石阶，现在有了缆车。而在山顶，数百亩的平台上，不再仅仅是法音寺。法音寺门前的广场上，兴建了游客中心、酒店。本来一直处在静寂之中的紫蓬山，越来越热闹了，也越来越失去了作为一座江淮名山的本真之美。

孟浩长和丁成龙没有乘坐上山缆车，而是从后山绕道，一路行走。两个人虽然都已过古稀，可还是兴致很高。丁成龙一直没问孟浩长，为什么起了心思要上紫蓬山。他知道，如果说这世界上，还有一座山能牵动孟浩长的心的话，那只能是紫蓬山。为此他有时觉得孟浩长是幸福的。孟浩长这一辈子最大的幸福是有人牵挂着他，他也时时有牵挂的人。而他呢？鲁北那片沙丘地，早已湮没；临淮古镇的那座码头、那小学，浸染了太多的血的痛楚；桐柏山那些残酷岁月，每每回忆起来，都能让他痛彻心扉；而收纳了他这一生最好年华的新疆大地，在他再回首时，全是泪水与一缕缕的遗憾。他这一生，自我觉得是最能与这个时代、这个国家相连的。他幸福过这个国家的幸福，也痛苦过这个国家的痛苦；他欢笑过这个民族的欢笑，也哭泣过这个民族的哭泣……

炼丹湖水一片澄碧。孟浩长问丁成龙："最后那炼成的丹，到底被谁给吃了呢？是炼丹人？还是其他人？而那吃了的丹，真的让人飞上了天吗？或者这世界上，在哪个角落里，还真的有长生不老之人呢？"

"这个想法很天真。"丁成龙用手扶着一棵松树，稍事休息，说，"中国炼丹术自古有之。到了晋朝时，尤为盛行。传说著名阴阳家葛洪老先生就曾到紫蓬山炼丹。炼丹并非所有的地方都能炼，首先要接天地之气，其次要能合阴阳之道。只有这两个条件都具备了，才能炼出真正的仙丹。"

"那葛洪在紫蓬山是否炼出真正的仙丹了？如果有，葛洪老先生就应该长生不老，那他现在在哪呢？"孟浩长笑着，指着丁成龙说，"世人都祈求长生不老。然而这世间，真的长生不老了，就会目睹太多的人世悲苦。久了，就会觉得还不如死了的好。估计葛洪老先生后来就是因此而消失的。"

"哈哈哈！"丁成龙爽声而笑。

丁成龙就喜欢孟浩长的这种可爱。当年喝孟云生埋在桂花树下的那坛老酒时，他就觉出这个男人骨子里的可爱与天真。这么些年了，他丁成龙几乎走遍了大半个中国，尝到了诸多的酸甜苦辣。当他回到百花井时，见到的孟浩长依然还是那么的天真与可爱。他庆幸！再芜杂的天空中，一定都有让人感动的星辰；再黑暗的土地上，一定也会生长出明媚花朵。花朵和星辰，最后交织成了人类的真善美。

过了清凉观。清凉观里十分冷清。一进老房子，青砖，黑瓦，门前几丛芭蕉，有些枯落。一个年老的道士坐在门槛上，望着两个蹒跚而来的老人，神情不惊不喜。倒是丁成龙先问开了："道长，正清闲呢！"

"是啊，清闲得很！"道士一口庐州话。

丁成龙又道："不是说这山上很热闹吗？怎么你这里？"

"热闹那是别处，我处自在清凉！"道士道。

"敢问道长，真的能自在清凉吗？"孟浩长问。

道士不语。两个人也不再问，继续上山。

山中黄叶落，处处白云飞。越往上，孟浩长走得越慢。丁成龙不断地看见道旁树下的蝉蜕，他捡了几颗，装在袋里。孟浩长也捡了一颗，在手上仔细地看了会，说："居高声自远，非关籍秋风！好啊！想想这蝉的一生，高洁得很。可是，到后来呢？也是化作泥土。人生何其相似。丁老师啊，我们这一生经过了多少次蝉蜕啊！可是，蜕来蜕去，我们还在原地。"

"原地好啊，怕就怕想在原地都不行。"丁成龙叹道。

孟浩长说："也不一定。我这一辈子最大的遗憾，就是一直待在原地。而你，丁老师，一辈子最大的痛苦，可能就是总不能待在原地。天地万物，虽近亦殊。"

丁成龙点点头。一片黄叶正落在他的眉睫上，他忽然道："新疆深秋，黄叶比这还美。"

再往上，有座亭子。两个人坐在亭子中，看亭上匾额，曰："且回头"。丁成龙说："这名字有意思，且回头，且回头！人生到了我们这般年纪，且回头吧！回首向来萧瑟处，也无风雨也无晴！"

"那是高人，出得了红尘之人。我们这些俗人，怎么可能也无风雨也无晴呢？"孟浩长闻了闻手中的花。是百合，清香，清雅。

丁成龙说："走吧！快到了。"

山一下子空寂了。两个人的脚步,也空寂了。

一大片红枫林,枫叶正浸染着浓密的诗意。孟浩长记得这片红枫林应该有四十多年了。不过,那时候,枫林里都是虬曲的老枫树,有些树的身上结满了疤痂。有些树向着土地尽力地弯曲,而有些树则坚持着刺向天空。

孟浩长突然问丁成龙:"老丁,要是当初你不跑,会是咋样?"

"不可预测。"丁成龙说,"但有一点可以肯定,坐牢。然后怎样,就真的无法想象了。"

"这么说,还是得感谢你那战友。"丁成龙当年被斗争,本来是要被抓的。那个战友在公安局工作,晚上开完会,斗争了半夜,还是跑到百花井告诉了丁成龙。丁成龙这人果断,一不做二不休,就跑了。而且一跑五年,杳无音信。

"是啊,那是个好人。可惜刚过了十年,就被害死了。他老婆后来改嫁离开了庐州,再也无法联系上了。"丁成龙眼望着枫树,他面前的这棵,浑身皴裂。他慢慢地用手摸着,心里道:"老迟啊,你咋就不等着我回来请你喝餐酒呢!"

又走了半小时,一片密林之后,呈现出一座塔林。一座座灵塔古旧安宁,在阳光下,缓慢,沉着,浑如天成。

孟浩长说:"就这里了。"

丁成龙点点头。

两个人围着塔林转了一圈。这里的灵塔,最早的据说是宋时所建,孟浩长指着最东头的那座最小的灵塔,说:"那是上智禅师的灵塔,宋朝的。不过后来毁了,这个是民国时重建的。"

"那个年代，这塔林难道？"

"哈，这里面有个故事。说是那个年代，庐州城里一些人也曾到紫蓬山，想砸了这些庙宇，特别是这塔林。这事被一个居士给听见了。他也就像你那战友一样，连夜上山，告诉了庙里的唯一的看门和尚。那时，其他和尚都已被遣散，不少甚至还俗了。那和尚与居士拼尽全力才保住这些寺庙和塔林。"

"这是因缘。那居士与这寺庙和塔林有缘，活该有这么一段故事。塔林虽然无语，但它所经历的岁月远远比我们人类漫长得多，只是它不言语。天地有大美，美就美在不语。而这塔林亦是。"丁成龙感慨道。

孟浩长说："正是。我后来画过一组《紫蓬山》的画，其中就有这塔林。我画了阳光照在塔身上，而塔的另一面，正呈现出无限的寂静。"

"好！"丁成龙说，"人类在每一次劫难之时，都必定会对良知和公理进行考量。我有一年在新疆的天池边一个人待了一天。阳光之下，天池却是一派寂静。我那时就想，事物都有阳光与寂静的两面，阳光促成了事物的发展，而寂静过滤了事物的内心。这些年，我们就是太过于看重阳光了，而忽视了寂静与自省。我觉得你那组画就应该叫《寂静》。"

孟浩长点头称是。

塔林寂静，时光寂静。两个人绕到西边那座塔前。这座塔跟其他的塔比较起来，没有任何区别。塔身是六块整石，最上面是一块圆石。正是所谓七级浮屠。孟浩长指着塔三、五层说："这上面各有四个字,三层上面的是如梦如幻,五层上的是如醒如眠。"

"这应该是老先生自己所写的吧?"

"是的。不仅是他自己所撰,亦是自己所刻。他后来的那些日子,静处于这山中,把所有的事物都看淡了。这座塔亦是他自己所建。他圆寂火化后,骨灰罐就安放在塔的最下面一层基石下,然后用碎石封堵。不过,你注意没有,这塔上没有名字,连法号也没有。据说这也是老先生自己的意思。"

"他最后是通透了。"丁成龙说,"人一通透,万物皆是如来。不过,从这八个字来看,他内心里还是有些许波澜的。"

"寂然成石,亦有微澜。"孟浩长道。

"正是。"

两个人聊着,丁成龙想起当年在新疆草原上看见的那些巨大的石像生。茫茫草原上,那些石像生,不知来自何方,亦不知建于何年,只是沐风栉雨,寂然而立。草原人十分敬重这些石像生,有传说这些石像生都是草原上流浪者自己所建,当他第一次听到这传说时,他也曾想为自己建一座石像生。当然后来没建。就连那片草原,他后来也没再去过。倒是前两年,他在电视上又看到了那片草原,那些石像生。不过,因为旅游开发的缘故,石像生们变得热闹起来。他竟然觉得那并不是他当年所见到的石像生了。

孟浩长用手一寸一寸地抚摸着灵塔。

丁成龙却沉浸在那些茫茫草原上的石像生中。

良久,孟浩长道:"当年,老先生到这山上来出家,那时,他的心就死了。后来是佛法让他活了过来。"

停顿了会儿,孟浩长继续道:"佛法能平静他内心的屈辱与愤怒。"

丁成龙说:"是啊!有些屈辱与愤怒是人自身不可能平息的。唯有外物,才能使其慢慢缓解。佛法无边,正是此意。然而,再伟大的佛法,也还是修自身。自身即佛,这话才是真理。"

孟小书的墓在塔林的西边。墓地前有一棵桐树,一棵香樟,一棵桂花。

孟浩长将贡鹅放在墓前,又用手将墓地上的青草一点点地拨去。丁成龙看着他做这一切,心里也禁不住有些悲凉。算起来,丁成龙这一生,除了胡满香,也还有一些女性进入了他的生活。甚至……比如黄玉兰,比如开远,比如那个维吾尔族姑娘,比如三门峡小旅社里的那个老板娘……

可是,现在都成了云烟。是不是所有的爱情最后都是如此?

是不是所有的女人都只是男人生活中的一个过客。她们有她们的生活,她们只是在你的心里走了一遭,然后又回到了她们自己的世界。

丁成龙问孟浩长:"她后来就一直用这名字?"

"是的,一直,再没改过。"孟浩长说,"当年,我给她取这名字时,正是桂花开放的时候。那时你逃亡在外,百花井边的公主府第里,除了我,还有陈健康、魏二桂。"

"魏二桂?"

"就是原来在市福利院的那个魏二桂。你走那年春节,搬到百花井的。他虽然伤残，人长得也黑，可他老婆却是数得上的美人坯子，记得她叫黄玉兰。原来在部队医院当护士。魏二桂是连长，淮海战役时受伤了。转业时，组织上就将黄玉兰分配给了他。"

"那不叫分配，是组织上牵线搭桥。"

"别扣这个字眼了，都一样。反正那黄玉兰应该是不太满意，又没办法，整天板着个脸，一直到那件事情发生了，我都没看她笑过。"

"哪件事情？"

"黄玉兰当时转业到区医院，跟院长搞上了。魏二桂向市里告了一状。院长被撤了，黄玉兰被处分。处分后，她索性就天天与魏二桂闹。六零年时，魏二桂不知怎么的，就得病死了。黄玉兰也搬出了百花井。"

"这事我真的不清楚。"丁成龙说："想想也是。我一下子离开了二十多年呢。"

孟浩长道："而且那是怎样的二十多年啊！太复杂，太复杂啊！"

沉默。两个人都沉默。

孟浩长将花放在墓前，掏出毛巾，将墓碑擦拭了一遍。丁成龙说："咋就改名字了呢？"

"命中注定。"孟浩长说，"本来，我父亲出家后，当时，她也是要离开的。可是她说我一个人还在上学，没她，洗衣浆衫，做饭吃饭，都很困难。何况那时候她也没个家，就继续住在公主府第。你们到百花井的那年，我正暗恋着我的高中老师何百云。可是，她已经跟一个军人订婚了。何况我也比她小七八岁。可是，我那时钻进了死胡同，一门心思地爱着她。高三那年，她结婚了。我整个人也就一下子垮了。我白天上课，晚上回家就躲在房间里哭泣。有天晚上，我的哭声让巧云听见了。她就过来问我。我像个孩子样地扑到了她的怀里。那后来，自然就……"

"后来就怀了李光升？"

"是的。怀光升时，我正高考。她瞒着我，到我上大学时，她说不能再拖累我了，她自己看中了一户人家，就是东大圩的李老实的儿子李天大。她已经跟李天大说过了，他也同意。因此，她想尽快嫁过去。我肯定是不同意的，我哭着闹着，让她别嫁人。她说：我们的情分就这么多。有这情分，就够了。将来，你会有更大的作为。东大圩李家，人也诚实，嫁过去我也踏实。我反复恳求她，她一直不松口。刚刚过完了年，她就收拾东西走了。临走时，她说……"孟浩长叹了口气，丁成龙看见他的清瘦的脸上，竟然挂着两行老泪。

他用手抚着墓碑，声音更加缓慢："她让我给她重新取个名字，就算是对我们两个人情分的纪念。于是，我就给她取了孟小书这名字。她一直用着，直到八三年去世。"

"那么些年，你一直也不曾去找过她？"

"没有，我怕打扰了她的生活。我不知道她离开我时已经怀了孩子，就是那个李光升。而且，你也知道，那些年，我日子也不太好。三天两头的挨批，过得人不像人，鬼不像鬼。她到东大圩后，我曾专门画过一批有关她的画作，署名叫艾小书。可惜运动时都被烧了，一张也没了。"

"可惜！"丁成龙思绪又进入了刚才那一瞬间的恍惚。他记起孟浩长说魏二桂的老婆叫黄玉兰。黄玉兰！玉兰！他的心疼了一下，他问道："你说，魏二桂的老婆叫黄玉兰？"

"黄玉兰！对啊，就是黄玉兰，市医院的护士。怎么？你认识？"

"在一个部队待过，但那个魏二桂我不认识。"丁成龙还是掩饰了一些。魏二桂他是真的不认识，但黄玉兰不仅仅是跟他在一个部队待过。还曾经……当年，他那个部队里的"姐姐"牺牲后，他写下了人生的第一首诗歌，发表在驻地的黑板报上。这首诗歌被一个叫黄玉兰的护士看见了，硬是找到他。结果……当然，他们并没发生什么，只说过几句话，黄玉兰送给他一个小本子，绿色的，希望他多写好诗，当个大诗人。再后来，部队投入战斗，再就也没见到过了。到庐州后，他还曾找过她。可是，并没有消息。战争年代，一个人突然失去消息再正常不过。他为此将那小本子写满了怀念黄玉兰的诗歌，然后在一个月圆之夜，一页页地撕下烧了。可是，黄玉兰的形象却依然刻在他记忆的最深处。他甚至想：如果当年不是匆匆逃亡，他或许会与搬到百花井的黄玉兰重逢的。那种重逢又是怎样的场景？是不是相视无言，唯有泪千行？

"老丁啊，看你这样子，你与她曾经有戏？"

"没戏。一点唱词都没有。"

孟浩长笑了下，唱道："那日里，我细细将你瞧——

无边春色，只是暗自为那春叫好！

人儿啊，你不懂春色，只知登高。

我这厢，万千心思全被抛……"

丁成龙听着孟浩长唱,心仿佛被一厘一厘地拉了出来。他赶紧转过话头,说:"浩长,小雪最近有消息吗?"

"有,前几天还打我电话。说准备回国。"孟浩长道。

"那就好,这孩子懂事。现在这样的孩子不多了。"丁成龙说这话时,其实心里是有愧疚的。虽然从第一次见到李光雪后,他一直资助这孩子读书。可是,后来的事情超出了他的预料和决断能力。他无法替这孩子决定什么,只能任由这孩子到现在还一个人在外漂泊。他有时想:如果高巧云当年没有生病,那么,就不会有他与孟浩长一道去东大圩。不去东大圩,就不会有后来的见到李光雪。见不到李光雪,那么,儿子丁石子可能就不会分配到东大圩。丁石子不分到东大圩教书,那后来的一切,就全都变了。可是,这都只是假设,事实是:一切都发生了,且一直延续到了现在!

孟浩长对着墓碑,慢慢道:"小书啊,我来看你了,而且跟老丁一道。看看,时间过得多快。一晃都二十六年了。你在下面都还好吧?见着父母了吧?还有天大兄弟,他到下面应该不再生病了吧?要照顾好他啊,他是个大好人。光升和光雪这两个孩子都不错,都继承了你的好品性。你就放心吧!如果有空,你也可以去看看你云生老爷,他就在你边上呢!"

丁成龙也道:"也替我看看你的满香嫂子吧!就说我天天跟浩长兄弟在一块,我们都过得挺好。我们也快下去陪你们啦!"

墓地上空飞过一只鸟,翅膀与气流摩擦,发出细微的声响。

地上,一对青绿色的蝴蝶,正绕着墓碑,时停时飞,时泣时诉……

第九章
顽石观雪

一九八五年,就在丁石子到庐州的第三年,他考上了师范大学,大学就在庐州。按丁石子的年龄,他应该是早两三年读大学的,可是,他在新疆那边回来时,读高二。新疆的课本与学习都与内地有些区别。丁成龙怕他跟不上班,就让他从高一重新开始。这样,就延缓到了八五年才参加高考。好在丁石子聪明,那时高考的录取率是很低的。他考取师范大学,一时轰动了百花井。胡满香高兴地张罗了三桌饭,请百花井所有的住户吃了一餐。就连远在东大圩的李天大,也让儿子李光升送来了五块钱和一百个鸡蛋。

酒喝了,饭吃了,丁石子成了大学生。四年后,他又成了毕业生。这回,丁石子没有像高考时那样幸运。他没能回庐州城,甚至,学校通知他可能会被分到大别山区。这下,胡满香急了。她一个劲儿地催丁成龙找人。要知道,在二十世纪八十年代之后,人情关系越来越重要。做什么事,干什么活,不找人不拉关系,几乎是黑道一条。丁成龙自然也不愿意看着儿子分到遥远且还在脱贫路上奔波的大别山里。但是，他在庐州几乎没什么可靠的官场关系。从新疆回来后，他就给自己定了个规则：没特殊情况，不与官场中人交朋友。想来想去，就只有孟浩长了。

孟浩长一口应承下来。他闭门在家画了三天，计有大小画作十幅，然后，他找到在市公安局工作的孟明月。

孟明月看着孟浩长，冷冰冰地问："有事？"

"是有事。"孟浩长道。

"那就快说吧，我正在忙！"孟明月盯着他。

孟浩长竟然有些心虚，他的声音也有点定不住了。不过，很快，他就说："教育局那边有熟人吗？我有个朋友儿子大学分配，你给我找找路子。"他说着，将装在信封里的十张画递过去，说："这是十张画，你可以安排送人。"

孟明月接过信封，将画抽出一半，又塞进去，说："现在分配大部分都定了，搞迟了。"

"不迟。还没发派遣证，就有机会。这孩子要求不高，只要不到山区就行。当然，能到市里更好。"

"市里肯定不行。"孟明月将信封放在抽屉里，然后夹起公文包，说："名字呢？哪个学校？"

"丁石子，师范大学，历史系。"孟浩长说着，掏出张纸片，放到桌上。

孟明月拿过纸片，看了眼，说："行。我先看看，回头再说。"

"不是再说，这事你一定得办了。"孟浩长重复了一句。

孟明月说:"那可难说。等着吧!"

孟浩长出了公安局的大门,长叹一声。孟明月是孟浩长与前妻朱平的儿子。他们离婚时,孟明月才六岁。离婚后,他和朱平两个人都没再婚。可是,也压根儿没想到过复婚。这些年来,孟明月一直跟着朱平。以前,孟浩长每年会给一些生活费,与孟明月一年也就能见上三五次。朱平把对孟浩长的仇恨都灌输给了孟明月。因此,孟明月从来没有给过孟浩长好脸色。孟明月到公安局工作后,就明确地向孟浩长宣布:不再接受他的任何资助。孟浩长也无奈。这次为了丁石子的事,他是硬着头皮找儿子的。他知道孟明月会划关系,公安局联系面又广。只要孟明月真的出力了,事情就一定能办成。不过,看孟明月这态度,孟浩长还真的有些不放心。所以回到百花井后,他对丁成龙说:"尽力而为。要是没办成,你也别怪我。"

丁成龙说:"哪能怪你?你能替我办,就该谢一壶老酒了。当然,还得加上一只贡鹅!"

三天后,孟明月到了百花井,他站在孟浩长的门前,递给他一张纸条,说直接去教育局找这个人就行。说完,转身就走,好像百花井里有野蜂会随时来蜇他一样。

孟浩长顾不得这些了,他赶紧将纸条拿给丁成龙。这是一位市领导写的条子,抬头写着:"冯局长"。丁成龙也没多想,就往教育局跑。教育局已不是当年他在上班时的文教局了。教育局搬到了市政府一块,他进了办公楼,向人打听冯局长在吗?一个中年女人盯着他,问找冯局长有事吗?他说是有点事。这女人用手指着楼上,说:"二楼,上楼梯后左手最后一个房间。"说完,她大概是想再确认一下，又问道："是找冯志国局长吧？"

"是……"丁成龙答着。

"今天不在，明天上午来吧！"

丁成龙直到出了办公楼，脑子里才开始转动。冯志国？难道是他？

不会吧？难道他这二十多年还一直在教育局？而且已经干到了局长？也怪自己，虽然回到庐州七八年了，可基本上不与官场打交道。何况自己也只是在区文化馆，与市里的官场本身就勾搭不上。可就是这给自己定了规则的人，还偏偏得跑到这官场中来。甚至，还偏偏就遇上了冯志国。

冯志国啊冯志国！

丁成龙回到百花井后，没将这事告诉孟浩长，只说这冯局长不在单位，明天才能过去。孟浩长说这事不能拖，夜长梦多，大学生分配安排工作就由教育局负责，这冯局长怕是躲着不见人。你可不能上了他的套。

丁成龙想：我可是真的上过他的套的。但他没说。事实上，这些年来，虽然在心里他一遍遍地质问冯志国，可是他没对任何人，连胡满香在内，他都没提过冯志国。他不想把疤痕揭开来给人看，更不想把造成疤痕的人揪出来。那是那个特定时代的做法，他是受害者，他不想再做加害者。

可是现在，他皱着眉头。孟浩长问："有什么为难吗？"

"正是。"

"说说。"

"那好。这事藏在我心里二十多年了。你知道当年是谁告发我的吗？"

"谁？"

"就是这个冯志国！"

"……是他？"

"就是他。他当时刚刚到文教局上班。那天下午，我们局里开会，主题是检举揭发。结果会议一直开到天黑，也没一个人愿意站出来检举。局长说散会，明天继续开。晚上十一点多，我在公安局的战友就跑来告诉我第二天要逮捕我。我问是谁检举了我？他说是冯志国。我一听这下完了，于是，趁着胡满香睡了，简单收拾了下，拿了一点钱，就跑了。后来的事，你都知道，一跑就是二十多年。可没承想，这个检举我的人，如今当了教育局长。而且……唉！"

"世事难料。真的难料啊！生在这个时代，我们每个人都是一部可写可叹的历史。你是，我是，连冯志国也是。这些年来，他的心安了吗？丁老师，你说，他的心能安吗？"

"没有安心的人。"丁成龙道。

当天下午，孟浩长拿着纸条找到了教育局。他见到了冯志国，一个个子不高、有些虚脱的中年男人。冯志国在他的纸条上签了名字后，还问了他一句："怎么孩子姓丁？"他答道："跟他娘姓！"

半个月后，丁石子接到了派遣证。他被分配到了东大圩初中。

东大圩初中就坐落在东大圩的东埂上。学校离李光升的家不远，丁石子刚到学校报到的第三天，李光升就找到了学校。

李光升说他到百花井去看望父亲，就听说石子兄弟分到了这里。他说："既然到了东大圩了，就把这当家。有什么需要的，尽管说。"

丁石子其时心里正愁闷，他也不想多看李光升，只好敷衍道："真的不需要什么。都添置齐了。如果真的需要，会跟李大哥说。"

李光升自从前些年第一次到了百花井后，每年都要过来几次。后来，还带了妹妹李光雪过来。李光雪长得俊俏，又聪明，深得孟浩长和丁成龙的喜爱。丁成龙从第一次见她，就决定出钱资助她读书。因为这层关系，丁石子和丁昌吉兄妹两个跟李光升兄妹两个都很熟悉。李光升当时刚刚成家，妻子也是东大圩人，两口子都实诚，把个家操持得像模像样。妹妹小雪虽然一直接受着丁成龙的资助，可后来也渐渐成了名义上的资助。李光升说以前咱家穷，供不起。现在日子好过了，就得靠自己努力。小雪考了科大，成了东大圩远近闻名的状元。丁成龙一高兴，就和孟浩长一道亲自到东大圩各自送了三百元。那三百元可是相当于他当时的一个月工资。李光升不太爱说话，李光雪却相对活泼。这两兄妹同丁家的两兄妹恰好相反。胡满香对丁成龙给李光雪的资助，心里是有些想法的，但她不说出来。而丁昌吉则表现得明显。她很少与李家兄妹说话，特别是对李光雪。大概是她自己知道，她与李光雪从骨子里不是一个路子上的人。既非同道，何必相缠？

丁石子对李光升的到来并不欢迎，他甚至在心里对这种因为找人而产生的分配结果感到屈辱。本来他就讷于言，这一下更木讷了。在学校里，除了上课，他几乎都待在房间里。即使上课，他也基本上是照本宣科。这样不到半学期,学生们给校长告状,说丁老师不是给我们上课,而是给我们念书,什么也不讲解,只顾念,念完了事。校长是个精明人,知道丁石子是有一些背景的,何况当时历史在初中考试中并不占分,就算了吧!任其自然。但丁石子的发展却越来越让人担心。他将上课的四十五分钟缩减成了二十分钟,后面的二十五分钟干脆让给学生们复习其他功课。这样,他乐得轻松,学生们也获得了更多时间,好用在中考必须考的那些科目上。

闲暇时间,丁石子就绕着东大圩转。他从圩埂上捡来大量的石子、黄土、瓦片。有时,他还跑到圩内,用小锄头瞅准一个地方,不断地向下挖掘。他这新鲜而古怪的举动,吸引了圩埂上住的老百姓。他们站在圩埂上看他,也笑话他。这笑话传得多了,李光升便又跑到学校,悄悄对丁石子说:"石子兄弟,外面对你有些闲话,听见过吗?"

"我不想听。"丁石子回得很绝。

李光升却还是说了:"他们说你这儿……有毛病。"他指指头部,补充说,"不然怎么天天在圩里面转呢?"

"管他呢,说吧!"丁石子又埋头看他的瓦片了。

李光升只好叹气离开。回家后还是不放心,就又跑到百花井,找到胡满香,说石子兄弟大概是受了什么刺激,不好好教书,却整天在圩埂上折腾。胡满香一听,心里直犯嘀咕。她想我这孩子虽然不太说话,可是精神却是没问题的。怎么到了东大圩就……她还要细问,被正回家的丁成龙给打住了。丁成龙说:"没事的。石子这家伙有想法,他是在考古呢!"

"考古？"李光升问。

"就是。东大圩历史悠久，几百年来，这里曾有过许多建筑，但一次次被洪水淹没。所以东大圩的土层下，有不少古物。石子这是在寻找这些古物呢！"丁成龙一说完，李光升就道："难怪，他捡了许多东西回去。我们平时在田里劳作，也经常碰到瓦块，破铜烂铁的。只是都没注意，随手就扔了。"

那天中午，胡满香留李光升吃饭。孟浩长也在，喝着酒，就说到李天大。孟浩长说他清楚地记得小时候李天大跟在父亲李老实后面，到百花井来时，总是站在大人后面，你不问他话，他能整天一句话也不说。他没想到后来孟小书会去投靠了这个老实男人。现在想来，也只有这个老实男人能接受她，爱护她。孟浩长端着杯子，对李光升说："清明的时候，要替我给天大兄弟烧点纸。我对不住你娘，更对不住天大兄弟！"

胡满香在边上问道："听说天大兄弟是一个人……了结了的。他一个瘫子，咋能自个儿了结呢？"

"下了必死的决心，什么事都能做成。"丁成龙道。

李光升说："丁伯伯说的是。我爸他从我娘走了后，就暗自下了决心。我这人粗心，有两次还是小雪发现他将衣物搓成了绳子，赶紧拿走了。小雪让我也注意着点。可是，我还是犯了错误。那时小雪正将高考，住校。我睡在我爸的隔壁。半夜里听见有响动，起来看，他睡得安稳，便回房又睡了。可不想第二天早晨起来一看，他人已经躺在地上，他是用一条裤腿将自己吊死在床板上的。不过，他走得很安详。村子里老人们都说：他这是去找我娘了。我想想也是。除了我娘那里，他还能去哪里呢？"

孟浩长叹气。他猛喝了口酒，开口唱道：

"男儿有泪不轻弹，可那关外有山，

心头不平起巨浪。

怅望中原，一切皆是烟尘一场，

且去也，琵琶声里，醉看斜阳……"

丁成龙听着落了泪，胡满香也落泪。胡满香说："这听着就像在口外那大风里走，走着，走着，人就不见了。风太大了，草原太大了。"

"风太大了，草原太大了！"丁成龙重复了句。

李光雪是在听了哥哥李光升对丁石子的描述后，决定到学校看看丁石子的。

那年李光雪大三。

李光雪出落得亭亭玉立。往东大圩初中的操场上一站，各个教室里都探出了人头，发出了啧啧赞叹声。校长更是迎了出来，说这是我们学校培养的状元，回来看望母校，必须得迎接，而且要给学生们讲一讲学习的事。李光雪没料到会出这么一招，她有些后悔到学校来。可已无退路，她只好硬着头皮给初三学生讲了半个小时，都是学习中的一些小技巧。讲完后，她便提出要去看丁石子丁老师。校长说丁老师正在房间里，研究瓦片。李光雪说那我自个儿过去，您就去忙吧。

敲了三次门，门才开了条缝。丁石子见是李光雪，居然一点也不惊讶。李光雪道:"听我哥说你在研究东大圩?"

"搞着玩。"丁石子将门全开了,李光雪进门就看见房间里到处都是瓦片,破铜烂铁,还有枯树枝。窗子被报纸糊上,房间里阴暗冷寂,还透着股霉气。她赶紧走到窗前,打开窗子,一股新鲜空气立马钻进来,丁石子浑身激灵了一下。

"研究出什么了?"李光雪拿起一块瓦片。

"放那!别碰碎了。"丁石子马上制止,同时道,"玩儿。能研究出什么?不过,我可能真的发现了一件当年沈括修建东大圩的证据。"

"沈括?"

"就是当年东大圩最初的设计者。他是北宋大科学家,曾在庐州做官。他对东大圩地区冲积平原的形成进行了深入的研究,并且主持设计了东大圩,构筑了这座庐州粮仓。"丁石子说到这些,一点也没木讷之态。而且,他的眼睛竟然闪着微微的光亮。

李光雪道:"那你找到的证据呢?"

丁石子从床后拖出一只纸盒,打开纸盒,里面用报纸包着一块高约两尺,宽仅一尺的青砖。他小心地吹去砖上的灰尘,说:"就是这。"

"就这?"

"这是一块碑。上面有文字,记载着当年沈括带人在东大圩考察规划的情形。说到东大圩地区土地低缓,由上游雨水冲积而成。倘若能依势建圩,则会兴利无穷。"

李光雪凑到碑前,年代太久,碑身发出一种幽冥气息。她问:

"这些字你都认得?"

"当然认得,我可是学历史的。"丁石子道。

那天下午,就在丁石子的房间里,李光雪听了一堂生动而有趣的历史课。丁石子说:"研究历史,其实就是通过这些历史的碎片,发现历史的奥秘。回过头来想,历史惊人的相似。每个时代都有每个时代的声音、挣扎、反抗、流血和死亡般的沉寂。"

"这太高深了!"李光雪说,"不过想想也是。你这研究的是人文科学,而我现在学的是自然科学,两者异曲同工。"

"所有的研究,最后都回归到人。比如我们研究一个人,就是研究他所处的那个时代的历史。我有时想:像我父亲,像孟叔叔,他们经历了那么多,打上了太多的时代烙印。他们本身就是一部历史!"

"是啊!"李光雪心想:这个看似木讷的哥哥,心里其实藏着许多深刻的想法。她不由得抬头看着丁石子,他那瘦白的额头,让她心微微颤动了一下。她赶紧低下头,问:"经常回市里吗?"

"一个月一次。乡下多好。有这些瓦片,有清风明月,多好!"丁石子眼神遥远,说:"或许终老此地,亦是一种幸福!"

黄昏,李光雪请丁石子到她家去吃饭,说嫂子已经烧了小河鱼,哥哥特意开了陈年老酒。丁石子也没推辞,两个人沿着圩埂慢慢往家里走。落日熔金,宁静安谧。长长的圩埂一直伸向远方的地平线。整个东大圩,炊烟袅袅,鸡犬相闻。丁石子说:"这就是陶渊明当年所写的桃花源!"

李光雪说:"农耕文明的缩影。不过,那个时代已经过去了!"

"没有过去。它会一直活在人们的心里。"丁石子道。

快到家门口时,李光雪说:"要是这么一直走下去多好!"丁石子看着她。这么多年来,他是第一次如此认真地看着这个叫李光雪的女孩。李光雪比他小三岁,从前在百花井,虽然见过多次,他一直拿她当一个乡下来的学生妹。没想到,她也长大了。而他,却突然有了一种说不出来的暮年之感。

那天晚上,丁石子与李光升一杯一杯地喝着老酒。喝着,他想起父亲丁成龙与孟浩长喝酒的情形。月光如水,这喝的已不仅仅是酒。他这时候真正理解了父亲常感叹的那句话:"酒如人生,一醉解千愁。"

可是,父亲和孟叔叔真的解得了千愁吗?

丁石子那埋在年轻心灵深处的忧伤,又真的能被这老酒给寸寸化开吗?

酒醉之时,一轮明月正悬在东大圩的上空。李光雪看着丁石子紧皱的眉头,蓦然贴近了他心中那些被压抑了的意气。这缕意气,后来陪伴着她走过了多年的时光。当若干年后,她坐在美国加州的阳光中,决定回到百花井时,她又一次感受到了这缕意气。

可是,意气还在,而人事已非。一如那个注定是个被掩埋和消失太多的年份,所有的意气,最后都必然成为被别人考证的历史。

第十章
逃亡插曲

确实,每个人都是历史的一部分,而每个人自己,又都是一部独一无二的历史。

如果要给这部独一无二的个人历史镶边的话,那么,丁成龙的历史将会是无数种颜色的混杂、纠缠与冲突。从鲁北那黄色的沙丘地,到母亲银白的头发,哥哥丁成江的血,桐柏山苍劲的绿,那个跟姐姐一般的女人的心……还有百花井的桂花,胡满香的睫毛。但这些都不是主色调。

丁成龙的主色调近乎残酷。那是无尽的苍凉,虽然偶尔会跳出一星半点的金黄与翠绿,包括他重回百花井后的感伤与守静。然而,他个人历史最厚重的部分早已写就。而写就它的,并不是丁成龙自己,他只是他个人历史的践行者,或者说是阅读者,甚至是旁观者。

这是悲哀?还是庆幸?

丁成龙时常坐在溵河边上,望着一年年流去的溵河水。就像他时常坐在百花井的井台上,一年年地闻着井中青苔的气息。岁月不居,时光难回。他一次次地理清自己人生运行的那些节点。而往往,他从一开始便卡住了。那是三门峡。当年正是三门峡修水库的大会战时期,丁成龙从没想到却理所当然地成了会战中的一分子。

丁成龙是在半夜离开百花井的。其时,胡满香正进入梦乡。一个孕育着小生命的母亲,她入睡的神态,成了丁成龙所能见的胡满香年轻岁月最后的影像。他俯下身子,想亲一口胡满香的额头,甚至,想亲一口她腹中的孩子。他犹豫着,还是放弃了。太危险了,他必须在这样的时刻保持冷静。这么些年在战场上的摸爬滚打,使他具备了相对的果断与坚持。刚才,当他送走战友之后,仅仅只用了五分钟,便作出了决定。再五分钟后,他离开了百花井,消失在茫茫夜色之中。他并没有直接去车站,而是出城往北,连续走了一天,到达了西行火车线上的一个小站。从那里,他爬上了西行的火车。他也解释不清为什么选择了西行?或许是因为西部的广袤,更能给他一种天然的屏障,与心灵的安稳。

一路西行,他并没有目标。

到了三门峡,他下了车。准确点说,他是被人流给裹挟下来的。那些来自全国各地的人们,或蓝或灰,面色焦急,步伐匆匆。他们都在奔向同一个地点:水库。

三门峡水库是建国以后在黄河上兴建的第一座大型水库。在机械化水平相对落后的时代,人力就成了最廉价也最可靠的工具。这些人怀里揣着仅仅能走到三门峡的钱,到了水库,便在工地上扎营。每至夜晚,各种不同的方言,在工地上来回穿插。当然,这些方言看似杂乱无章，其实内部也存在相对稳定的组织。每个地方的人，都有一个工头带着。统一劳动，统一作息，统一结账，由工头具体分配。白天，工地就像一片烧开的水，沸腾着，热气直冒；夜晚，工地在嘈杂的方言与浓烈的纸烟味道中，很快就沉入无声。在所有无声的人群中，唯一一个睁着眼睛的，便是丁成龙。

丁成龙被人流裹挟到工地后，登记的人问他是哪个地方的？跟谁来的？他愣了下，很快就指着一个正抽着纸烟的中年男人说："就是跟着他，他让我过来的。"

"啊，王铁木，是吧？好了。"登记的人不再问，把他的名字记在了王铁木名下。

那人叫王铁木？丁成龙此时才知道那人姓名。既然登记在了王铁木的名下，他就不得不去向王铁木报到。在部队里，在机关上，干了十几年，他懂这规矩。他走到王铁木面前，说："我是山东的。我一个人，他们把我编到了你这里。"

"山东的？"这人一开口，丁成龙就听出了他是河南人。他马上用在桐柏山区学会的豫西方言打了声招呼。那人走了过来，他面色黢黑，手指粗大。他嗓门大，拍拍丁成龙肩膀，说："这身子板，能行不？那刨土抬筐，可都是硬实事。能行不？"

"行！"丁成龙挺了挺胸。他心里有把握，这几年在机关，有些懈怠，可在战争中养成的老底子还在。

"那就得了。跟我走！"王铁木打前头走，丁成龙跟在后头。他们的工棚在坝下的一个避风处。四根木料支着一块草苫，黄土地上铺着一地稻草。已经有不少人打理好了地铺，王铁木指着靠边上的一块空地说:"就这吧,打个窝。"

"打窝?"丁成龙手里空空,只好站着。王铁木又道,"咋了?什么都没?"

"没。"

"那就没得办法了。"王铁木嘟哝着。

这时有人说就在那边不远,有个小旅馆,要是有钱的话,可以去住,也可以租床被褥。丁成龙便顺着那人指的方向,穿过熙攘的人群,找到了小旅馆。说是小旅馆,其实也就是一大长排地铺。不过,分成了一间间的小屋。四周也遮着,每间屋里有四张地铺。丁成龙瞅了下,便问道:"有人吗?"

"哎!有呢。"一个矮个子女人应声而出,"住店?还是租被?"

听口音,似乎是本地人。丁成龙问:"住店怎么住?租被怎么租?"

"住店就是和身躺这儿,租被是拿床被子裹着在外面。"女人笑着,又道,"看你这人文质彬彬的,咋也到这来了?"

"在家里混不下去了。"丁成龙干笑着。

"那你是住还是租?"女人拿眼盯着丁成龙,突然就走上来,迅速地抬着手,拍了下他的脸。丁成龙吓得往后退了三步,女人大声地笑着,说:"俺都好几年没看过这么嫩的脸了!哈哈,哈哈哈!"

丁成龙想逃,但他得租被子。女人却道:"不租给你。俺无偿地让你住,乐意不?"

鬼使神差,丁成龙竟然点了点头。

女人迅速拉着他到登记处柜台边上的一间屋子,这间屋子里只有两张地铺。女人指着靠里的那张说:"你就睡这,另一个是俺弟的。"

丁成龙弯下腰,立即就闻见一股子汗味。但没办法,有个寄身的地方比汗味重要。他问:"咋就不收俺的钱呢?这我住得不踏实。"

"那就收!你说能给多少?"

"这……"

"一个月一块吧!外加陪俺唠嗑。"女人给丁成龙递过一个大茶缸说,"俺叫竹花,你呢?"

"丁成龙!"

三年后,正是建国后最空前的自然灾害之年,丁成龙已经到了新疆。这里面的故事,简直就是天方夜谭。但丁成龙并不觉得自己正身处这个时代最大的风暴的中心。他刚刚从一个逃亡地走向了另一个逃亡地。换言之:他刚刚从三门峡的竹花,走向了石河子的吴大山。

这三年多来,丁成龙没有与庐州那边联系过。无数个夜晚,他蠢蠢欲动,想写封信给胡满香。可天一亮,他就放弃了这念头。有两次,竹花甚至跟他说:"俺都看见你梦里淌泪水了。咋了?想家了?"

丁成龙什么也不说。他不能说庐州,不能说胡满香,也不能说那个应该三岁了的孩子。他只能把所有的话都憋在心里,他时常在夜里会一身冷汗地醒来。他真怕自己有一天憋不住了,会一股脑儿地往外倒。所以当竹花一再问他时,他又一次选择了逃亡。

当然，这次逃亡，他是主动的。促成他逃到新疆的还有另外一个原因：那就是他偶然间听说战友吴大山正在石河子农垦，农垦正需要人。何况在三门峡这边，他已越陷越深。一个深陷进情感的男人，是无法保证永远守口如瓶的。他只有走，只有再踏上逃亡之路。

唯一与上一次逃亡不同的是：这次他有明确的方向。

竹花应该感觉到丁成龙要离开。头天晚上，竹花将丁成龙的衣服都叠好了放在铺边。半夜里，竹花又跑过来，让弟弟去了自己的屋子，在这边屋里抱着丁成龙，一声不响地做了一回。虽然没有声音，但丁成龙感觉到了竹花的力度与激情。这力度与激情中，有着说不出来的绝望，犹如生离死别，裂帛般将两个人揉搓成了一团……

丁成龙抱着竹花，轻声地说："对不住你了！"

竹花回答他的还是无声，伴随着无声的是她再一次裹住了他。

天将亮，工地上已经有人声。竹花说："想起俺们的第一次，你像个愣头青，连方向都找不着。我以为你是瓜娃子呢！我还庆幸，吃了个头生瓜！"

"这瓜可是苦的。"

"不苦。这三年来，俺算是尝到了甜是啥滋味。那次你为着俺跟王铁木打架，我就认准了你。不过，现在想想，你不是能留得住的人。我不想只留你的身子，俺要的是心。可是，你的心比天还高，我咋能留住呢？"竹花哭着，十指插进了丁成龙的头发。

丁成龙叹道："都怪这……不，都怪我。你是个好人，只是我没这福分！"

"成龙，俺还真的曾想带着你回乡下成亲呢！真想过。你想过不?"竹花望着丁成龙。丁成龙要是说没有想过,那是在说谎。可是,他不能这么说。他得让竹花绝望,绝望了,才会忘记。忘记了,才能让她有她自己应有的归宿。

竹花是不属于他的,也不应该属于他。一个逃亡者,除了仓皇外,能拥有什么呢?

丁成龙与竹花的第一次,就像流水一样,自然而妥帖。他在柜台边的小房间里与竹花的弟弟一起睡,竹花的弟弟虽然也有二十岁了,可是智力发育有些迟缓,除了每天在工地上挑土干活外,男女之事根本就不曾发蒙。每天晚上,临睡前,竹花总是过来叮嘱。说是叮嘱,其实就只是与丁成龙说话。弟弟吃完晚饭就呼呼大睡。两个人叨的也不是什么新鲜事,无非是工地上今天又来了哪些人,指挥部里那个副指挥,看上了一个女民工,结果被同样在工地上的女民工的丈夫给知道了。告到上面,副指挥被开除送回老家了。有时,丁成龙也问竹花:"一个女人在这工地上开小旅馆,没人来骚扰你?"

竹花说:"有,多着呢!可是,俺都看不上。俺这人看着面善,可狠起来能动刀子。俺床头被子下常年放着把刀,那刀见过血,是俺家那死鬼祖上当土匪时留下的。"

"你家那死鬼?"

"是,死了好几年了。过门才三个月,破了俺的身子,也没给俺留下一儿半女,自己倒是到阴曹地府里快活去了。"竹花抹着泪。

丁成龙后悔问这话,他下意识地从铺子上伸出手,想安慰下竹花。结果,竹花就像一团丝棉,不管不问地缠了过来。丁成龙赶紧挣扎。但他失败了,他是个人,男人。而他面对的,也是个人,女人。而且，这男人和女人，已经到了要用身体去探索对方的时候了。

就在探索即将深入之时，竹花的弟弟发出了轰然呼声。丁成龙停止了动作。竹花倒是一点也不慌张。她站起来，稍稍理了理衣服，然后喊醒了弟弟，让他到自己房间里去。等弟弟一走，两条河流便飞似地融汇到了一起。

两年前，工地上要搞宣传。王铁木对丁成龙说："看你那斯文样，又识字。你给俺们宣传宣传？"

丁成龙一时手痒，晚上趴在竹花小旅馆的柜台上，写了一段快板书。那是他的拿手戏，当年在桐柏山时，他就时常操练。快板书送到指挥部，一下子被指挥给看上了。指挥让丁成龙直接到指挥部上班，专门从事宣传工作。丁成龙因此每天夹着个小包，拿着小本子，在工地上跑来跑去。采访，写稿，编快板，写小戏，十八般手艺都拿了出来，越干越顺手，越干越红火。一年多后，也就是前不久，指挥对丁成龙说："上面给了工地一些招工名额，想安排你。下一步就要填表，政审。"

政审？丁成龙一下子被打回了原形。这两年多来，他神气活现地奔波于工地上，他的名字也不断地出现在工地的黑板报和油印小报上，且不说多风光，至少他走到哪，总有人指点：那就是指挥部的丁宣传。当然，也还有人说：竹花旅馆的老板娘看上他了，他那个样儿，就是个读书人。俺们哪能比？

王铁木不服。王铁木有一天碰到丁成龙，问他："竹花跟你说过俺不？"

丁成龙朝他瞪了一下。

王铁木没回瞪眼，却回过来一记拳头。丁成龙一个趔趄，差点摔倒。他站稳后，又瞪了王铁木一眼，然后以迅雷不及掩耳之势，将五指捅向了王铁木的眼睛。王铁木惨叫一声，捂着眼撒腿就跑。丁成龙站在原地，周围一些看热闹的人也都站着。直到竹花赶过来，人群中才有人道："没想到，这小白脸还会这功夫。王铁木再横，这回也怂了。"

　　王铁木确实怂了。眼睛虽然保住了，心可被丁成龙给捅伤了。半个月后，他离开了三门峡，回老家去了。

　　丁成龙为此时常觉得愧对了王铁木。而现在，指挥说要招工，要政审。丁成龙脑子里立即回放到离开庐州的那个夜晚。政审可是要审八代的，丁成龙怎么说？说自己是个逃亡的人？是个上了逮捕的花名册的人？

　　不能！唯有走。

　　丁成龙这次是在白天离开的。他在工地上转了一圈，又在小旅馆那张地铺上坐了一会儿，然后拿着简单的包袱出了工地。他坐上了往西的长途汽车。在车上，他翻动包袱，发现里面有一只袋子，袋子里装着一些烙好的炊饼，外加十几个煮熟的鸡蛋。那一刻，如果不是汽车在驰骋，他也许就会永远地留在了三门峡。

　　十年以后，一九六九年。丁成龙第一次和胡满香谈到三门峡。胡满香已经差不多成了一个新疆人，地道的在新疆的汉人。她面色黝红，皮肤粗糙。手指关节也在不断地膨大，整个身形都在往口外女人的形象转化。

丁成龙并不对此感到意外。新疆女人的人生，截然被分成了两段。一段是少女，鲜花一般，娇嫩可爱；一段是女人，草原一般丰腴宽广。从当年踏上新疆大地开始，他就无数次地见过新疆女人。少女们苗条婀娜，如同丝丝飘扬的草穗；而女人们则常常席地而坐，她们需要为生计和儿女编织时光。胡满香到新疆也快十年了，她也学会了同口外女人一样，盘腿坐在毡子上，说话，和粉，打奶，做手工。渐渐地，胡满香开始横向生长了。等到小儿子丁石子出生后，她已经与口外的女人没有太大区别。

如果说到适应，胡满香甚至更快也更主动地适应了口外的生活。而丁成龙，一直到后来离开新疆重回百花井，他适应的只是新疆给他的寄居地。他的灵魂一直在游荡，一个内心无法安宁的人，他不可能把异地当成永远的故乡。

但胡满香能。对于胡满香来说，丁成龙就是她的故乡。

因此，胡满香听着喝醉了的丁成龙提到三门峡，并没感到意外。一千多里的路，她也是一步步地经历过的。她与丁成龙的经历不同的是，她当时带着大儿子叶抗美。丁成龙孤身一人，没有目标，没有方向。他所到达的地方，有时是悬崖，有时是芳草。无论是悬崖和芳草，他都必须接受。这也是胡满香来到新疆十年来，从不打听丁成龙当年的逃亡路线，也从不追究丁成龙在她没到新疆之前，那些不堪一击的生活的原因。

丁成龙说到三门峡那嘈杂的工地，说到王铁木。胡满香问："他的眼呢？好了吧？"

"不知道。他走的时候，没跟我说。"丁成龙说，"想想还是对不起他。要不是他一开始收留了我,我还真……"

"那工地上,到处都是男人。"丁成龙打了个酒嗝,说,"女人少,所以女人金贵。你要是听说谁跟谁打架了,保不准就是为女人!"

"那你跟王铁木打架也是?"

"……"丁成龙警觉地看了胡满香一眼,含糊着:"不是,不是!是为小旅馆的竹花。竹花,竹花,你知道吧?她叫竹花!"

"竹花?你们好过?"

"没……没呢。"丁成龙说完,就倒在炕头睡着了。

丁成龙后来一直为此不安。直到胡满香去世前,或许是心有感应。那年的夏天,月白风清,丁成龙和胡满香坐在百花井的井台边。胡满香看着天上的星星,感叹说:"咋都这么小呢?"

丁成龙知道她是拿这些星星与草原的星星比。草原辽阔,天空阔大,星星也显得更加接近与清晰。而百花井中,一方逼仄的天空,星星被挤成了水滴一般。难怪胡满香生出如此感慨。虽然回到百花井十几年了,可胡满香从来都没放下心愿:回新疆。丁成龙将"回"字用在到百花井,而她将"回"用到了到新疆。她对庐州不仅陌生,还产生了难以消除的抵触。她不愿意融入到庐州人群之中,她时常发呆,自言自语。丁成龙有两次细细地听她到底在自言自语什么。结果他听到她在说昌吉那些邻居的名字,说大儿子叶抗美,说那些葡萄、哈密瓜、天山的雪水、油葵、羊肉抓饭,和馕……

丁成龙黯然落泪。

丁成龙在心里道:"是我害了你。"他望着胡满香月光中的银发,继续在心里忏悔。他想到了竹花,这个隐秘的女人一直嵌在他的骨头里，而胡满香并不知道。胡满香有时抚摸着他嶙峋的骨头，她是否觉察到了竹花在那骨头里的响动？

一九九二年，丁成龙曾有一次机会出公差到河南，他特地拐了个弯到了三门峡水库。当年工地上人山人海的景象，被一库碧波所淹没。在水库大坝上，他努力地回想当年那些工棚、竹花小旅馆、指挥部，可都了然无痕。他走下大坝，到库脚下的小镇，竟然见到了一个名叫"竹花"的小旅馆。他呆立在路边，足足站了半个小时。最后还是一辆疾驰的牛车，让他不得不转到街角。

他没有走进那家也叫"竹花"的小旅馆。趁着夜色，他离开了小镇。

这些，他从没对胡满香说过，也没对孟浩长说过，更不曾对其他人说过。胡满香一定也如竹花一样，是明了他的心思的。只是女人们都不说，不说出来的女人更让人在往后的岁月里心疼。

一九六九年，丁成龙第一次跟胡满香提到三门峡。而在那之前，他在新疆已经转换过三个地方。石河子、伊犁、特克斯。这里面，石河子是他第一个到达的地方，在那里，他并没找到吴大山，但意外碰见了另一个战友贾天雷。特克斯是他到昌吉前待过三个月的小县城，那里有著名的八卦街。一九六二年，胡满香到新疆时，他刚刚从特克斯到了昌吉。胡满香也是折腾了半年多，才找到丁成龙的。丁成龙在新疆第一次见到胡满香时，自己胡子拉碴，胡满香精瘦漆黑。两个人相视很久，却不敢说话。最后还是团部的大胡子叶团长将他们拉到了一块。叶团长说："咋啦？生分啦？离得太久了。回去操练操练，就熟络了。回去吧！"

第十一章
情天恨海

丁昌吉起了心思要回新疆，并不是高二那年暑假的事。自从在百花井的井台上，陈小健问她怎么长得像个维吾尔族人时，她就怔了一下。那年她十五岁，十五岁的女孩子比小她一岁的陈小健懂得更多。何况在昌吉，她本身也是个有影响的孩子头儿。她从井台上回去，一个人躺在屋子里想了很久。当然，答案是不可能有的，没有人会告诉她。这一点，十五岁的丁昌吉比谁都清楚。

这之后的两年，她一直在揣摩这个问题。最终在她脑子里形成了一个完整的计划——那就是回一次新疆。

按理说，丁昌吉要回新疆也是有理由的。一是从小在昌吉长大，想念那里的人和事；二是昌吉还有哥哥叶抗美一家在那里。大侄儿叶小牛，她还没有见过。她如果名正言顺地回去一趟，或许丁成龙和胡满香也会答应，可她觉得那样会破坏了她的计划。她需要一个人回去，一个人悄悄地回到昌吉。只有一个人，才能进入某些隐秘事物的核心，才能找到被时光尘封了的答案。

一百块钱，即使在一九八七年，也不是一笔小数目。丁昌吉整整攒了两年。临走前，她还向陈小健借了十八块。她还真的用了心思，在商店里将一百块钱换成了全部是一元一张的小票子。她将它们分散放在身上的许多个地方，这样，就不至于因为某一笔钱的丢失，而影响了她整个的行程。她买好火车票后，不动声色地在家待了三天。第四天黄昏，她揣着一袋馒头出发。她在书桌的抽屉里放了封信，说自己只是太闷了，想到外面去看看山水。她缄口不提新疆，而且她在信上还误导性地说首先要去九华山，然后去黄山。

一周后，丁昌吉乘坐的火车才到达乌鲁木齐。

一半的时间，丁昌吉是睡在火车的座位底下的。那里阴凉，安静。饿了，吃一个馒头。她特地带了个大瓶子，每次能装半水瓶开水。她很少与人说话，睡觉，或者站在火车车厢接头的地方，闻着满车的汗馊味。过了西安，越往西北，车厢里人越多。过道上是人，车厢接头处是人，座位底下是人，甚至有些人的身上坐着的还是人。没有空调，汗味、食物味、烟味、呼吸的气味，混杂污浊。各种方言，因为座位而不时引发的打架、争吵，将整个车厢充斥成一个混乱、极不安定的小世界。丁昌吉心里其实是有些害怕的，但表面上她眼神不屑，故作沉稳。偶尔有人碰一下她，她会狠狠地骂上一句："找死呢？想死，就来！"她手里始终拿着一根大半尺的小钢棍，这是陈小健妈妈耿丽萍给女儿陈春准备的防身器材。小钢棍锃亮，闪着寒光。

一到乌鲁木齐，丁昌吉就想哭。

人是个奇怪的物种，感情更是个奇怪的东西。十七岁的丁昌吉蹲在乌鲁木齐火车站的广场上，泪水涟涟。她从口袋里掏出两块钱，到小吃店里买了碗羊杂汤，又要了张馕。她一边吃一边流泪，惹得老板不断地看她。末了，她付钱时，那个维吾尔族老板还忍不住问了句："姑娘，有心事？"

她摇摇头，但是却觉得有一种亲切，一种来自血液里的亲切。

事实上，从陈小健在井台上说出那句话后，丁昌吉时常就有一种感觉：她并不属于百花井。也因此，她在庐州时常有一种被"外出"的感觉。只有在半夜里，她独自睡在床上，想着回到新疆的那些道路，她才能觉得体内的热血在一点点地奔涌。那是一种渴望回到母体的呼唤，懵懂而热切。

陈小健或许看出了这一点，所以当他拿着仅有的十八块钱给丁昌吉时，他问了句："还回来吗？"

"咋了？什么回来？"丁昌吉睨了他一眼。

陈小健说："我也只是问问。这就好！"

丁昌吉在那一刻怎么也不会想到：面前这个瘦净的男人，会在将来的岁月里一直站在自己生命的门槛上。

丁昌吉从乌鲁木齐市坐车到昌吉市。一个多小时车程，她却感到异常的遥远。不远处是天山，天池仿佛就幻化在她眼前。清澈的雪山融水，汩汩而出。草原上一望无垠的绿，云絮般飘动的羊群、帐篷、炊烟，还有那些走在路上的维吾尔族老人和孩子……她开着车窗，呼吸着大地的气息；她甚至想张开臂膀，去拥抱这蜂拥而来的一切。

丁昌吉住在了从前的一个同学家。夜里，她一个人出门，沿着老城走到哥哥叶抗美家。那家其实也就是从前她们一大家子的家。一堵矮墙，半人高，中间是推拉的木栅栏门，里面是院子。与门正对，是一排四间的平房。丁昌吉闭着眼也能想见：最东边那间是父亲书房，第二间是父母的卧室，第三间是自己的房间，第四间是大哥与小哥的房间。丁昌吉八五年回到庐州时，大哥叶抗美已经成家了。而事实上，在此之前的若干年，在丁昌吉尚未出生之前，叶抗美就几乎很少在家住过。家里有他的一张床，但很少看见他的身影。他是老团长叶大胡子的儿子，所以他姓叶。他成家后就住在叶大胡子家，然而奇妙的是：他一直与自己的亲生父母丁成龙和胡满香来往。一年之中，也有三五次就住在父母家里。逢年过节，他也会来喝一杯酒。结婚时，叶大胡子坐在上首，丁成龙和胡满香坐在对面。在叶大胡子和丁成龙这样的两个家庭之间，叶抗美犹如一只鱼鳔，浮来浮去。当丁成龙一家，包括丁昌吉都回到庐州后，原来的住房自然成了叶抗美的房子。叶抗美在父母离开昌吉后迅速地搬进来，一方面可能出于对房子占有的考虑；另一方面，也或许是因为他骨子里的那份情感。长期以来，他处在两个家庭之间，他失去了表达真实情感的可能。他被扁平地呈现和生活着，因为连他自己也无法理清其中的奥妙与疼痛。

从前父亲的书房里亮着灯光，不时传来打牌和喝酒的声音。哥哥叶抗美喜欢打牌，而佐牌的，正是老酒。丁昌吉站在墙边，看着灯光，听着哥哥和人大声说话，中间有时还穿插着嫂子尖细的嗓音。她伸长头，似乎要将头伸过墙头。她的下巴触到了墙头上的碎草，那草叶上已经有细微的夜露,沁凉,温柔,和令人神伤。

离开哥哥的家,丁昌吉又在街道上转了一圈。她甚至转到了维民居住区。那些蓝色的小房子,爬在架子上的葡萄藤。葡萄即将成熟,香气随时都会爆溢。她舔了下舌头,小时候,她喜欢让爸爸将葡萄剥好皮,放在小碗里,然后闭着眼,坐在竹榻上,一颗一颗慢慢地吃。她喜欢这吃的过程,慢悠悠的,甜蜜蜜的。丁成龙说她就是一只好吃的小松鼠,而胡满香则往往不经意地一笑。如今想来,她觉得胡满香的笑是有内容的,绝非一笑那么的简单。

虽是夏天,但夜晚的昌吉还是有点凉。丁昌吉听到街角有吉他声,她转过街角,路灯下一个半大的男孩正边弹边唱。那是一个维吾尔族小伙,一头卷发,声音清亮明净。一曲唱罢,她鼓掌。男孩望着她,男孩说:"丁昌吉,是你吗?"

"买提明江!"丁昌吉脱口而出。

三天后,丁昌吉抵达了她要探寻的秘密的核心。这三天,买提明江陪着她,还找来了几乎能找到的小学、初中甚至幼儿园的同学。喝酒、弹琴、唱歌、跳舞,终于,在一场众人皆醉的大酒中,另一个维吾尔族女孩对丁昌吉说:"其实你也是维吾尔族!是不是不相信?"

"相信!"丁昌吉的回答,出乎所有人意料。

女孩说:"我知道你妈妈是谁?她肯定不是你现在的妈,而是……"

买提明江递了杯啤酒给女孩,意在打断她的话。丁昌吉制止了他，女孩继续道："她叫玛依娜，原来在连队宣传队。后来与你爸爸好上了，就生了你。"

"你怎么知道的？"丁昌吉冷静得出奇。

"我妈跟我说的。她跟玛依娜以前在一个宣传队。"

"那玛依娜现在？"

"在芳草湖。不过具体在哪，我妈也不知道。"

丁昌吉狠狠地喝了一大杯酒。买提明江说："别喝了，也别听她胡说，你妈不就是胡阿姨吗？"

"她说的都是对的，我这次就是为这回来的。"

"那……"买提明江问，"那接下来，你难不成要去芳草湖？"

芳草湖离昌吉三百公里，是个大农场。从昌吉可以直接乘车去，路上要将近一天的时间。丁昌吉说走就走，第二天清早就出发。买提明江自然跟着她，快到黄昏时，总算到了芳草湖。稍稍吃了点东西，两个人就开始打听玛依娜。芳草湖虽然面积广袤，但人员居住相对集中，且因为都是同一农场职工，所以彼此十分熟络。他们并没费太多工夫，就打听到了玛依娜住在农场宿舍区。她丈夫也是维吾尔族，三个孩子，最小的才一岁多一点。玛依娜本人在芳草湖小学当老师。

丁昌吉到这时候，心里开始不安了。见或不见，如何见，见了以后会怎样，纠缠着她，她无法理清。买提明江劝她：既然找着了，见见总比不见好。她问：见了之后呢？买提明江说：难以预料。

最后还是见了。是在小学里，丁昌吉和买提明江隔着窗子，看着玛依娜给学生上课。玛依娜身材臃肿，皮肤白中泛出深红。丁昌吉无法将这个皮球般的女人与自己真切地联系起来。她想找找玛依娜与自己相似或者相同的地方。可是,事实令她失望。她拉着买提明江跑出小学,然后问他:"你觉得她就是我妈妈吗?"

"不太像。"买提明江说。

"那肯定不是。我的妈妈还应该是胡满香!"丁昌吉说:"回去!我明天就回口里了。"

回到昌吉,叶抗美找到了丁昌吉。哥哥言辞怒骂,说一个女孩子,独自跑这么远,到了还居然不回家。你是想急死爸爸妈妈吗?另外,你老是跟你那些同学混在一起。你知道他们多复杂吗?你又不是维吾尔族人,你……

"我是维吾尔族人!"丁昌吉回了句。

叶抗美瞪着她。她又道:"我去芳草湖了。我看见了那个生我的女人,她叫玛依娜。不过,我没认她。"

叶抗美完全呆了。

丁昌吉说:"我回新疆,就是想弄清楚这些。现在好了,清楚了。我得回庐州了。"

那天晚上,丁昌吉在哥哥家吃了晚饭,哄着侄儿唱歌,做游戏。小牛一个劲儿地喊"姑姑漂漂!姑姑漂漂!"嫂子也在边上望着丁昌吉,说:"越发漂亮了。既像汉人,又像维吾尔族人。真的漂亮了。"

叶抗美不语。丁昌吉亦不理会。

睡觉前,叶抗美过来,说买好了回庐州的火车票,明天早晨就回去。丁昌吉点头。叶抗美说:"知道了,好!但是,你到底是咱爸妈养大的孩子,特别是咱妈,待你比对我和石子都好。你回到庐州后,也别跟爸妈较劲。"

丁昌吉问:"妈妈当时怎么就同意爸爸带我回家呢?"

"还是因为爸爸有问题。妈妈怕事情弄大了,会连累到全家。所以就……"

"那么说,其他人早就都知道了?"

"是的。"

"难怪从小就有人喊我'小维子',原来是真的。不过,我这次回来看到了,也就放下来了。明天回去后,我就不再想这事了。"

"那就好。你的心思,哥懂的。"

半夜三点,失眠的丁昌吉听见墙外有吉他声。她知道是买提明江在弹唱。他唱的是一首新疆民歌,歌词大意是:

我爱的姑娘啊,我们的爱才刚刚开始,

你却就要离开。

我想亲吻你的额头,

拥抱着你,哪怕一时一分一秒。

亲爱的姑娘,你走后,

我怎样才能填满我心的空荡?

歌声忧伤,流淌进丁昌吉的心里。她终于忍不住偷偷起床。她刚出了院门,买提明江就抱住了她,接着嘴唇便亲上了她的额头。买提明江抱起她,朝着街角那一片草坪而去。

丁昌吉一直闭着眼,她生怕一睁开,便离开了他的怀抱。他将她放在草坪上,然后跪了下来,亲吻他的额头,鼻子,眼睛……他们将彼此的第一次完美地交付给了对方。

虽然羞涩，却有着初荷之美。

虽然慌乱，却有着交融之乐。

虽然分别就在眼前，却一样地老天荒！

丁昌吉回到了庐州。现在，她已不再是一个少女，而是一个女人。她初尝了人间禁果，然后又义无反顾地离开。她回到了百花井，陈小健第一个看见了她。

陈小健正站在百花巷口，陈小健自己也无法解释为什么正好站在百花巷口。他正站着，就看见丁昌吉撞了过来。陈小健没说话，只是用手挡住了她。

丁昌吉抬起手将陈小健的手打落，然后笔直地往巷子里走。

"昌吉！"陈小健喊着。

丁昌吉步子缓了下，又加速。加速后，又缓了下。终于，陈小健走了过来，他问道："都好吗？"

"好。好蒙了。"

"怎么个好法？"

"蒙了。"

"蒙了？"

丁昌吉望着陈小健，心里头涌出一种古怪而歉疚的感觉。她伸手掠了下陈小健额头前的头发，说："孩子，回去吧！"

陈小健就跟着丁昌吉，两个人进了大院。胡满香就坐在桂花树下，见着丁昌吉，先是愣了下，然后猛地起来，跑到丁昌吉边上。

什么话也没说,就用手头正在纳的鞋底打向了她的屁股。丁昌吉也不吭声,任胡满香打着。陈小健倒是喊了起来:"阿姨,别打了。昌吉姐回来了,还打啥呢?"

胡满香就着台阶,收了鞋底,嘴里还在骂着:"你这死丫头,你这是要急死你爸爸呢!一个人跑几千里,要是出了事,谁负责啊!你这丫头,你这丫头!"

丁昌吉说:"我是跑了几千里,这不回来了吗?"

陈小健拉了丁昌吉一下,示意她少说。丁昌吉偏不听,仍然道:"我要是不跑几千里,你们还一直把我蒙在鼓里呢。现在,我什么都知道了。"

"你,你!你这死丫头,你知道个啥了?"胡满香又举起了鞋底,这回,鞋底没落下去。丁昌吉已经跑回屋里去了。

陈小健像只被花粉弄疼了的小蜜蜂,可怜而紧张地望着丁昌吉关上了房门。他又回过头来望着胡满香。胡满香拍着身上的灰尘,也径自回屋。他抓着头发,神情痛苦,却又极其隐蔽。他在井台上坐下,不一会儿,就听见井水泛出"汩汩"之声。他用手在井圈上反复地写着"丁昌吉"三个字,写着写着,井里的水声,便渐渐消失了。

水声虽然消失了,但陈小健心里头还是在一层层地泛着波澜。

晚上,丁成龙刚一回家,就发现气氛不对。胡满香没有像往日那样出来迎他。他进了屋子,胡满香也不做声。饭菜摆在桌子上,胡满香坐在小凳子上。丁成龙笑着问:"怎么啦?谁惹我们家的胡大妈了?"

胡满香先是不语，接着又"嚯"地站起来，走到厨房。厨房里马上传出一系列的响声，急促而压抑。丁成龙几乎就在厨房里的响声全部停下来的同时，他知道丁昌吉回来了。一定是丁昌吉回来了。这么些年，只有丁昌吉，才能让胡满香如此急促而压抑。

丁成龙朝屋里喊了声："昌吉！"

胡满香斜倚在门框上，看着丁昌吉开门出来。丁昌吉虽然自小就有个性，但在丁成龙面前，她还是有些怯怕的。她没抬眼，直接坐到了桌前，拿起饭碗就吃。她刚吃了一口，筷子正伸向菜碗时，碗却被丁成龙夺了过去。然后，碗被狠狠地砸在地上，碗里的饭四散逃溢。丁昌吉依然坐着。丁成龙声音有些嘶哑："你快给我滚！你不是逞能吗？不是能一个人跑到口外吗？你还跑啊，跑了就别回来！"

"我是得跑。我回来不为别的，只是为了告诉你们：我什么都知道了。都知道！"丁昌吉说着，倔着颈子，眼睛里却是泪水。

丁成龙一下子瘫倒在椅子上。他大口地喘着气，胡满香上前来拍着他的背部。三个人，一个倔着颈子，一个大口喘气，一个低着头只顾拍背。整个屋里，形成了难以捉摸的局面。

最后，还是胡满香停了手。她捡起地上的碎碗，又到厨房重新盛了一碗。回到餐桌上，她将碗递给丁昌吉，同时将另一只碗递给丁成龙，自己也端起一碗。三个人由刚才的倔着颈子、喘着粗气、拍着背部，变成了现在闷头吃饭，谁也不看谁。

丁成龙吃到一半，将饭碗"啪"地放到桌上，进了房间，关上了门。

胡满香也不管，她吃了一碗，又吃了一碗。等到桌子上只有她一个人时，她又吃了一碗。

　　这天晚上，胡满香睡在沙发上。丁成龙也没喊她，即使喊了，也无用。丁成龙只好在书桌前一支接一支地抽烟。

　　胡满香就是这品性。她心里再怎么堵得慌，嘴上却从来不吵不闹。一九六零年，胡满香带着大儿子去新疆，找到丁成龙后，她就打定了一个主意：这辈子既然费了这么多心思找到这个人，就不再跟这个人吵，也不再跟这个人闹。她说到做到，这以后的二十多年，纵使有天大的委屈，她都憋在心里。她这种不吵不闹，让丁成龙犹如拳击手遇上了海绵，他只有在心里骂自己，狠狠地骂自己，把自己骂得鲜血淋漓，骂得体无完肤，骂得人不像人，鬼不像鬼。

　　这一生，丁昌吉注定是丁成龙的软肋。

　　丁成龙早在回到庐州时，就曾想过：要不要将丁昌吉留在新疆。他明白这个孩子的脾气，世上没有哪件事情能够永远地瞒得住她。等到丁昌吉跟着胡满香一道回来时，他清楚终有一天，丁昌吉会回到新疆，将事情搞得水落石出。可是，他没想到这孩子会这么快就将事实重新摆到了他们面前。那是一张充满激情的伤疤，烙在丁成龙的心里，更烙在胡满香的心里。现在，丁昌吉揭开了它。

　　丁成龙唯一的担心是——从此之后，昌吉这个孩子会选择怎样的方向？

第十二章
家家有经

百花井老陈家的陈小健进入二钢厂时,正是庐州钢铁工业大转型的那年。那是一九九二年。那年,陈健康已经不再风光了,街道副食品全部放开,到处都是副食品,到处都是猪肉,陈健康这个前半生靠猪肉、红糖提升尊严的男人,一下子蔫巴了。何况他那时正因为经济问题,被下放到了街道工厂。后来,连这街道工厂也逐渐消失。陈健康由百花巷的大红人,变成了整条巷子里头最低的人。好在耿丽萍突然就在庐钢发迹了,她与当时的庐钢的老总冯志国打得火热。冯志国总喜欢喊耿丽萍去他的办公室汇报工作,有时兴致来了,两个人还到逍遥津里去唱段庐剧。

耿丽萍往日里,就喜欢挺着个胸脯。她胸本来不大,但一挺着,就显得尤其的高挺。胡满香看着她不舒服,但也不太好讲。有时,在井台上两个人遇到,耿丽萍会收一收胸部。她明白胡满香看她的眼神。事实上,不仅胡满香那样看她,就是在钢厂,很多人背后也嚼她舌头。她清楚得很，可是，她并不想就此改过。陈健康的黄金时代结束了，她得继续她自己的黄金时代。

女人嘛，什么叫黄金时代？那几年，全国上下就在讲要充分运用一切资源，调动一切因素，发挥最大效益。耿丽萍觉得自己就是。何况，她喜欢冯志国那看着她的沉醉的眼神，喜欢别人在背后那样窃窃议论。她有一种快感，一种幸福，一种日子过得比蜜还甜的欢愉。

陈健康当然知道这些。不过，他那时已将人生的快乐慢慢地渲染在酒精之中了。每天，从早晨开始，他就握着葫芦型的酒瓶。他站在桂花树下，闻着桂花，泯上一口；他站在井台上，听着井水，泯上一口；他走在巷子里，看着墙上的爬山虎，咕上一口；他坐在百花巷口的转角，看着来来往往的人流，再咕上一口。

时光，就如此地被陈健康泡进了酒里，渐渐地，他也成了酒中活物了。

耿丽萍成为钢铁厂老总冯志国的得意助手。厂里专门成立了宣传中心，她任主任。她每天很晚才回家，回家后，总能看见陈健康醉卧在沙发上。她也不管。大女儿陈春其时正在读幼师，儿子陈小健即将大学毕业。她得为儿女们计划着。读书只是一个手段，找到好单位才是硬道理。陈健康是指望不上了，那么，只好她自己出马。

就在陈小健等分配的节骨眼上，有天夜里，陈健康居然醒了酒，爬上床，不管不问，就在耿丽萍的身上动作起来。耿丽萍想推，却推不动。她觉得陈健康就像一根木棍，索然无趣。她闭着眼。陈健康忙碌了十来分钟，无功而下。要是在三年前，她会心生怨恨。但现在，她却觉得清爽。她含糊地问陈健康："小健的工作，咋办？"

"不知道。"

"你一个男人，做爸爸的，能不问？"

"不问。"

"你！"

"我连老婆都问不了，还能问谁？"

耿丽萍被陈健康这一下给击中了，她只好沉默。好在陈健康并不纠缠，他下床去了沙发。耿丽萍骂了句："怂样！"心底里却不得不有了几分惭愧。

过了两天，她捡着冯志国正兴头上时，收了胸部，夹了双腿，面生忧郁。冯志国本来就是个细心的人，一下子看穿了她的把戏。

"有事就说，别耽误正事。"

"小健毕业了。想到钢厂，可是……"

"不想下车间？那就去厂办吧！"

按理说，九十年代初，大学生也还不算多，就业并不困难。可是因为那几年钢铁厂正红火，整个庐州城都知道：男娶庐纺，女嫁庐钢。而一个大学生，分到钢厂并不难。难的是不下车间。一般大学生分来，无一例外地必须到车间去锻炼。有些人甚至就得一直待在车间，再也上不来了。耿丽萍当然不想让陈小健待在车间，车间里热汗蒸腾，人声嘈杂，那个场合不适合陈小健。可是，要想分到厂里行政部门，那得冯志国冯总点头。好在她是近水楼台。她抱着冯志国的头，摩挲着他越来越稀松的头发，心底里竟然升起一股柔情。

一个月后，陈小健成了二钢厂厂办的一名秘书。这个面目清秀的小伙子，一下子成了二钢厂的名人。当然，这一夜成名，一是因为他大学毕业能直接到了厂办，二是因为他有个母亲耿丽萍。陈小健当然不知道这些，等他知道时，木已成舟，他只好不闻不问。只是有时候回到家里，看着父亲陈健康沉醉酒中，他才生出无限的悲悯。以往，他见着父亲喝醉，也像两个妹妹一样，心生讨厌。可此刻看着父亲，他却说不出任何话来。他不想待在家里，于是出门去找丁昌吉。

丁昌吉刚刚在城隍庙开了家服装店。陈小健买了袋花生米，外加一串烧烤，进了店，丁昌吉正在给客人介绍服装款式。陈小健就在边上候着。等客人付了钱走了，他才将烧烤递上。丁昌吉没接，陈小健又递了一次。丁昌吉接了，说："以后别再买这个送来了。"

"我愿意。"陈小健说。

丁昌吉心里有万千种理由，她不想陈小健再如此待她。当年，在百花井的井台上，是陈小健一句问话，使她重回新疆，然后……她从来没对陈小健说过她在重回新疆后所遇到的一切。陈小健也不问。他越不问，丁昌吉越不安。就像父母一样，父母自从她高二那年从新疆再次回到庐州后，这么些年了，也从没问过她到新疆到底看见了什么，听到了什么。她慢慢地感到她看见和听见的，已经不是她丁昌吉一个人的事情了，而是一代人，或者说两代人的事情。那些事情筑成了一堵墙，她只是墙里的一块砖，但却是致命的砖。她一旦垮塌，整面墙就将无存。当她认识到这一点时，她一下子老了好几岁。她再看陈小健时，陈小健就更小了。

三年后，陈小健再次成为了二钢厂的名人。

陈小健正式离开了厂办，成了一名与厂销售部签订合同的编外销售员。其时，冯志国已经调到市里去任副书记了。母亲耿丽萍虽然挂着个宣传中心主任的职务，却基本不再上班。钢厂正在转型，从单纯的劳动密集型向效益优先型转变。厂里鼓励干部职工留职停薪，自我创业。同时，推出了保薪下岗，减员增效的优惠政策。担任厂办副主任的陈小健，是全二钢厂第一个报名留职停薪人员。

耿丽萍为此哭了一场。有些话她不能明说，她无法理解儿子对这个她辛辛苦苦挣来的职位的不屑。钢厂虽然受到全国大环境的影响，但整体效益还是十分好的。尤其是庐钢，老牌企业，有较大的市场占有份额。在庐钢工作，收入比社会上一般单位高得多。陈小健的工资就比很多机关干部工资高出一倍。可就是这优越条件，陈小健却说放弃就放弃了。这三年来，耿丽萍在冯志国面前，不遗余力地推荐陈小健。冯志国临走时，给他安排了个厂办副主任，也算是进入了二钢厂中层干部的行列。耿丽萍为此觉得自己再怎么低声下气，也值得。可现在，这值得被儿子甩了。甚至，陈小健根本就没和家里任何人商量。唯一在事前知道陈小健要走这一步的，是丁昌吉。

丁昌吉说："走得好！时机稍纵即逝，抓住了，就是这个全民皆商时代的英雄。失去了，你永远就只能是只土鳖。"

陈小健自然不愿做土鳖。他同销售部签订了合同后，就找丁昌吉喝了一回酒。两个人就在城隍庙的金满楼里，痛痛快快地喝了四瓶二锅头。喝完后，陈小健盯着丁昌吉，说："要是我真的下海黄了，你得养我！"

丁昌吉一股豪气，手一挥，说："养你！"

"那得养一辈子！"陈小健道。

丁昌吉转过脸，再也不说话了。

陈小健并没有像其他那些留职停薪的人走同样的路子。往往，那些人或者是先有了可靠的路子，有的以前就有稳定的销售渠道，有的家里有背景，或者自恃在外面有同学有朋友，关系硬，人脉广，合同一签，立马四处奔走。有人才三天，就签下上百万大单。这一单下来，提成就是十来万，顶上差不多一年的工资。其实，那不过是把合同签订前的意向书改成了合同而已。说穿了，还是利用了从前的人脉与资源。陈小健在二钢厂厂办工作，以前也跟销售商打交道，可是来往得少。他不可能合同一签，单子就来。他选择了另一条路。他回到家里，关上门，细心研究当下钢铁产业发展的大环境、大趋势，对国内一些重点钢材经销商和重点企业，都认真作了分析，将其归类，总结出他们各自的特点和优、劣势。三个月后，陈小健已俨然是个钢铁市场的专家了。他并没有进入钢材实体市场，而是成立了庐钢期货市场中心。他到了上海，邀请了另外两位钢铁市场方面的期货高手，通过香港期货市场，将庐钢生产的优质钢材销往世界各地。

陈健康当然不明白儿子到底在干些什么，倒是大女儿陈春第一个赞成哥哥的做法。陈春在幼师工作，她将这几年攒下的积蓄全都给了陈小健。耿丽萍守着家里的存折，说再怎么弄，家里也得留点底子。陈小健说："我做期货，来往的是大钱，你留着吧。至于春儿的，就算投资。赚了，全是她的。赔了，算我的。"

丁昌吉也想投资，可是她的服装店生意大，流水来往不断。她回家劝丁成龙，说陈小健这期货生意要是做成了，那可是大买卖。都是百花井边人，此时不投，更待何时？

丁成龙手头上也没什么余钱，胡满香也不倾向。可是丁昌吉开了口，他们硬撑着投了两万。孟浩长倒是痛快，将一批画展的作品出售了，所得十余万全部给了陈小健。陈兰问孟浩长："孟伯伯，咋就这么信我哥呢？"

孟浩长笑着，说："因为是你哥嘛！"

陈兰正握笔画桂花，她八岁开始跟孟浩长学画。孟浩长收陈兰这个唯一的徒弟，常常被丁成龙笑话。丁成龙说孟浩长的做法就像《天龙八部》里的金轮法师收郭襄为徒一样，有强迫之嫌。不过，这个徒弟算是收对了。再好的画家，没人承授衣钵，总是遗憾。孟浩长因为有了陈兰，算是了了这一桩大心事。何况，他用于画展的那些画，本就已不再属于自己。用它来支持陈小健，也算是对徒弟陈兰的支持。对于画，孟浩长这一生都坚持一旦画完了，那画就不是自己的了。只有在画前和画中，画家是与画融为一体的。画一完成，作为画家便已脱离。

陈小健在上海和庐州之间来回奔波。两年后，他成了庐钢最炙手可热的销售员。他所领衔的期货生意，占到了庐钢产品销售总量的三分之一。一些庐钢的职工开始要求入股，陈小健却一个都没接受。母亲耿丽萍劝他："都是钢厂的熟人，你就收了吧。你少赚一点，也让人家分一点。"陈小健说："我这是生意。既是生意，随时都有可能赔本，甚至破产。接受他们，赚了，他们高兴；赔了，他们能高兴吗？"

耿丽萍说："想想也是。要是赔了，他们说不定要扒你的皮呢！"

刚满三年，陈小健再次成为庐钢的名人。他放下了正红火的钢铁期货生意，提前办理了手续，成了一个不到三十岁的退休人员。他这一步，走得连陈健康也无法接受。陈健康借着酒劲骂他："你到底想上天还是咋的？干部不做，去做生意。现在生意又不做，退休。你这么小年纪退休，不怕人笑话？"

陈小健说："我怕谁笑话？谁敢笑话我？"

陈小健是有底气的。可同时，他心里也有隐隐的不安。正是这两样交缠，促成了他一直想离开期货市场。而最终让他作出决定的，还是丁昌吉。这一年，丁昌吉被人举报，因为偷税而被判刑一年。陈小健立马回到了庐州，同时以最快的速度办理了退休手续。他到劳改农场去看丁昌吉。

丁昌吉问他："回到庐州不仅仅是因为我吧？"

"主要是因为你！"陈小健说，"当然也还有其他原因。现在市场乱得很，没有哪一桩生意是干净的。"

"你是说钢铁期货也是？"

"当然是。你知道跟我合作的那两人是什么背景吗？"

丁昌吉摇摇头。

陈小健说:"一个是南方某市副市长的儿子,一个是北方某市某领导的侄子。他们都有深厚的背景。做期货,他们不好出面,我正好做了他们的前台。三年做下来,说老实话不是在做市场,而是在做关系,做官场。"

丁昌吉说:"都一样。"

陈小健握住丁昌吉的手,说:"我觉得他们总有出事的那一天。如果我一直不退出,出事了,就得我来扛。早退出,早省事。何况,这三年,钱也赚得差不多了。我想过点自己想过的生活了。"

"可是我觉得你退出得太早了。"丁昌吉抽回手。

"不早,正当时。我已经听说中央高层对期货市场有整顿的意思。真到了那时,想抽身都不可能了。"

丁昌吉问:"那你真的就退休了?"

"在钢厂那边是退休了,可对于你,丁昌吉,你听着,我才刚刚开始。昌吉,答应我,好吗?"陈小健眼神殷切。

丁昌吉却道:"会见时间到了。你走吧!"

陈小健望着丁昌吉的背影。这个背影他已经望了十几年了,从当年丁昌吉一进入百花井开始,陈小健就莫名地觉得自己这一生,会跟这个叫丁昌吉的从新疆回来的女孩子联系在一起。当他在井台上对丁昌吉说她像维吾尔族时,那个问题其实已在他的十四岁的心里盘桓了很久。他一问出,就开始后悔。这么些年,他再也没问过丁昌吉类似的问题。大学时,也有女同学曾向他示好;在钢厂时,更是不断有人追求;这三年做生意,也碰到过许多职场强女;她们各逞风采，各有特色。可是，就是走不进他的心。他于是更加明了：他这颗心十四岁那年就被丁昌吉给占据了。他只能是丁昌吉的，也必须是丁昌吉的。

耿丽萍知道陈小健去劳改农场看望丁昌吉，一把鼻涕一把泪，数落着，说："我不反对你去看她，可是，你总不能把你这一辈子就吊在她这棵树上吧？好女孩子多的是，你咋就都看不上呢？她们哪一点不如她了？"

陈小健说："妈，你再说也没用。我只认昌吉！"

陈健康喷着酒气，过来要打儿子。陈小健稍稍躲了下，陈健康扑了个空。陈健康大声骂着："你这个孬种，你是成心要让咱老陈家断后啊！你这个孬种！世上除了你爸，怎么还有你这样的孬种啊！都是我作的孽！"说着，陈健康开始狠狠地甩自己耳光。耿丽萍也不劝他，陈小健上前来拉住他，说："爸，你这何必？我的事，跟你们都无关。"

陈健康的骂声更大了。

孟浩长实在听不下去，便过来劝他："老陈啊，孩子们的事，何必扯到自己身上呢？我们都老了，让他们过自己想过的生活，岂不是好？"

陈健康道："孟老师，你当然能不问。也不知这小健被她施了什么魔法，这么些年了，就是脱不开。我早就知道，他们一家回到百花井，我们的好日子便结束了。"

"话可不能这么说。他们回来是国家政策，跟你们无关。你们的好日子不还是照常过着？"孟浩长边笑边劝，耿丽萍却挺了挺胸，说:"健康这话不假!自从老丁家回这百花井后,你看咱们家哪有安宁过?先是老陈出事,接着春儿又生病;现在小健搞得好了,却又被那小狐狸给迷晕了。你说这是不是他们家造的孽?"

"要我说,不是!是你们多心了。他们家从前吃过那么多的苦,你们咋就不说了?"孟浩长道。

耿丽萍却站到了门口,更大了声,骂着:"养这个小狐狸害人,也不能害了我儿子嘛!"

她话声刚落,胡满香便风风火火地从家里冲了出来。胡满香一脸通红,大口喘气,边冲边骂:"你说谁呢?耿丽萍,你骂谁呢?是你家儿子缠着我们家昌吉,好不好?你有什么资格骂人?你以为你做的那些事,这百花井里没人知道?"

耿丽萍被胡满香这一通骂,整个人给骂懵了。她指着胡满香,嘴唇哆嗦,说:"我就骂你们家那小狐狸,就骂!"

胡满香却冲到了她面前,伸出手掌就向着耿丽萍拍了过去。

耿丽萍想还手,可是她的手根本就来不及伸到胡满香面前,便被胡满香给牢牢抓住了。她挣扎着,叫嚷着。孟浩长过来拉着胡满香,说:"都别闹了。像什么话?都别闹了。"

胡满香说:"你们说啥都行,就是不能说我们家昌吉!要是再听见你嚼舌头,我撕了你!"

陈小健没想到这事会波及整个大院,他拉谁也不是,劝谁也不是,只好站着。好在丁成龙正从外面回来。他站在井台边看了会儿,便黑着脸朝这边喊了声:"胡满香,给我回来!"

胡满香放了手,边往回走边回头瞪着耿丽萍。耿丽萍忽然一下子蹲到地上，大声哭道："我这就不活了，我这就死给你们看！"说着就向井台跑去。陈健康马上跑过来拉住她，两个人都滚到了地上。耿丽萍猛地回头打了陈健康一耳光，骂道："不就是你个没出息的男人，要是换了别人，她敢这么欺负我们娘俩？"

  整个大院子里出奇的安静。除了耿丽萍的骂声，井水声覆盖了一切。

第十三章
一错再错

寥寥数笔，一群小虾跃然纸上。孟浩长放下笔，侧着眼看着宣纸上的小虾。每回作画完毕，他都喜欢这样静静地看一会儿。看完了，他便将画收起，以后便很少再看。除非有展览或者有特殊情况，否则那些画就只能束之高阁。在他画室后面的那间小库房里，放满了他这些年的画作。他最近接受丁成龙的建议：想将自己所有的画作全部捐给庐州图书馆。图书馆已答应给他开辟一个永久的个人展馆。这样，他也就放心了。虽然他一直奉行"画到最后一笔为止"。但好歹总是自己的心血之作，能有个妥善的永久展馆，且能让后人不断地看到和批评，这也确实是件大好事。他已让陈兰将所有的画作登记造册，一共是三百二十八幅。下一步，就等着图书馆来人带走了。

一切皆为身外之物，这是孟浩长与丁成龙喝酒时常说的话。他们都知道：人活着一生，追求来追求去，奋斗来奋斗去，无非果腹，无非暖身。其他皆是虚幻。可是，倘若没了之外的羁绊，人生或许就没有了动力。没了动力，便是行尸走肉。既能入世，亦能出世，方为人生之大道。孟浩然与丁成龙，虽然两个人走的道路完全不同。可是殊途同归，他们最后都在百花井这桂花树下，接近或正在实现人生的涅槃。

从六十岁在一中退休以后，孟浩长这些年只做了三件事：一是画画；二是教陈兰画画；三是经营自己的摆渡书店。

摆渡书店就坐落在淝河边的府前街上，一间门面，上面有一层阁楼。六十二岁那年生日过后，孟浩长和丁成龙一道在淝河边上散步。丁成龙说如今这庐州城里的老书店越来越少了，城隍庙那家老书店也刚刚关了门。孟浩长说那主要是因为买老书、买旧书的人太少了，而且经营书店的人得懂得老书、旧书。丁成龙说我们读了一辈子书，也许老了应该开家旧书店。孟浩长说正好，我亦有此意。于是两个人就张罗起了摆渡书店，意在让书店成为读者与书之间的摆渡者。书店平时经营都由孟浩长负责，丁成龙偶尔会来坐坐，他主要是发动从前那些朋友或者相识，组织他们将民间老书、旧书收集过来。渐渐的，摆渡书店成了庐州读书人心目中的一块牌子。五年前，孟浩长生了场大病。他只好将书店托付给同样是读书人的光明新。光明新懂书，爱书，摆渡书店虽然无利可图，可在庐州的影响力却十分了得。

光明新又在书店的隔壁租了间阁楼，让书店的阁楼与之相通，他将那里改成了一间茶室。读书之余，三五好友，品茶论道，清风明月，好不自在。

孟浩长也喜欢到摆渡书店的二楼喝茶。这天,他从书店刚回来,就见孟明月站在院子里。孟明月见着他,也不称呼"爸爸",只是说:"回来啦!"

"有事?"孟浩长问。

"妈妈让我过来。"孟明月说,"本来她自己要过来。我没同意。她腿脚不便,走不得远路。"

"她其他都还好吧?"

"还行。"

孟浩长便不再问,孟明月的妈妈朱平,离开这百花井已经四十多年了。这期间,她只回来过三次。一次是一九六七年初,她回来在百花井的墙上贴了张孟浩长的大字报;第二次是一九七八年初,孟浩长突发脑溢血,她回来看了一眼。第三次是一九八二年,她一个人回到百花井,提出要跟孟浩长复婚,孟浩长没有同意。

孟明月跟着孟浩长进了公主府第。他在这里待过两年,不过,那时他并不懂事。前一年他在母亲的怀抱里,后一年他正在学走路、学说话。等到他会说话会走路时,母亲已经带着他搬出百花井了。他对百花井几乎没有任何感情而言,即使父亲孟浩长一直住在这里。即使他从小到大,每月都能拿到父亲给他的生活费,即使这些年父亲也还时不时地给他们画和其资助。他还是没有感情。感情是一种慢慢培养的生物,只有喂它时间,它才会长大。

坐定。孟浩长替孟明月泡了杯茶。孟明月直接道:"百花井要拆迁了,这房子你怎么考虑的?"

孟浩长没料到儿子这么直接。不过也好,直接也是硬道理。他说："捐给国家。"

"全部捐了？"

"当然。"

"这一大片？"

"是的，这一大片。"

"这一片当年可是咱们老孟家花钱买了的。政府也一直承认，房产证都有。你凭什么全部捐了？"孟明月站起来，在屋子里转了圈。

孟浩长道："这本来就是文物，省保文物。这次我捐它，就是希望能保全它。只要不拆了，我全捐。我已经决定了，你也不必说了。"

"那你将来住哪里？你有没有考虑过我们？"

"我随便找个地方住就行，政府会考虑的。至于你们，早就搬出百花井了，这事与你们无关。"

"怎么无关？我可是你的儿子！"

"我不止你一个儿子。都一样！"

"我必须得到属于我的那一部分。至于你自己的，你咋办都行！"孟明月将茶杯端起，喝了一大口。茶水哽在他的喉咙里，他声音嘶哑："否则，我将诉诸法律！"

孟明月摔门而去。

孟浩长摇着头。陈兰过来了。陈兰劝道："孟伯伯，也别生气了。这房子捐给国家是对的。政府总会考虑，到时再与他商量不迟。"

"那还叫捐？"孟浩长道。

"那……"陈兰想了想,说:"其实都一样。只要能保住这公主府第就行。"

"孩子,你是不知,我是以捐的名义来保这老宅子。倘若不是捐,而是等同于一般的拆迁,政府咋会同意?何况我早听说:要在另外的地方另建百花井和公主府,那井也得搬过去。再建,那是新的,能同这百花井这公主府相比吗?"孟浩长说着有些激动,"我这一辈子都待在这公主府里,我是舍不得啊!可惜他们不懂。"

"那倒是,别急,这事慢慢来。反正拆迁才开始。"陈兰说:"还有那些画,都点清了。也都打了包。什么时候通知图书馆来拿?"

"越快越好。说不定哪天那小子又会来打这些画的主意!"孟浩长又叮嘱道:"从那些画里留十幅下来,我答应送给学校图书馆的。"

"好!"陈兰端过水,拿来药,说,"快将药吃了,孟伯伯!"

就在高巧云成为孟小书且离开百花井的那年,孟浩长考入了大学。在大学里,他暂时忘记了所有世间的纷繁。每天,他在学校与百花井之间穿行。他放弃了学中文,改学数学。他发现了数学之美。这种严谨之美,既满足了他对于绚丽内心的探询,也保证了他在放荡不羁之中,依然存有规则意识。

而后来的事实证明:学数学的孟浩长,几乎是用数学的精确,让他的人生一直走到了新的世纪。

孟小书离开百花井后再无消息,孟浩长哭了几回。在夜里,他趴在床上,闻着孟小书留下的气息,大脑里交织着孟小书和白斯云两个女人的影子。白斯云是精神上的爱人,而孟小书是他肉体上的第一个亲密者。他把两者结合到了一起,形成了犹如毕加索绘画般的诡异与传奇。他想努力地分辨清楚,可是她们水乳交融,密不可分。就在这种水乳交融中,他度过了四年的大学时光,顺利地分到了庐州一中。一年后,他与同校老师朱平结婚。这次结婚,直到洞房花烛之夜,他都没能彻底弄个明白。仿佛他们就是奔着结婚而去,其他的,诸如爱情,诸如感觉,都抛之脑后。

在同事和大多数人的眼里,这是一桩近乎完美的婚姻。

朱平生长于另一座江滨城市。这座城市从前是省会,只是到了解放初期,才让位于现在的庐州。因此,孟浩长和朱平,可以算是来自新老省会的一对夫妻。他们的认识毫无传奇可言。孟浩长分到一中时,朱平也分到了一中。孟浩长教初二数学时,朱平教初二语文,两个人是搭档。朱平长相清秀,有江南女人的明丽。朱平家姊妹三个,却没弟兄。孟浩长比她稍长一点,因此,上了不到半学期课,朱平便笑着称呼孟浩长为孟哥。孟浩长只是听着,并不回答。他对朱平没有太多好感,但亦无坏感。不好不坏,便只能应付。

又过半年,朱平当着办公室全体老师的面,突然问孟浩长:"我们结婚,好吗?"

孟浩长差点呕吐。这个问题,他从没想过。现在就像一只大苍蝇,横着飞进了他的心肺。老师们,包括校长在内,都鼓掌,说:"你们就是天作之合。既然早就彼此有情,不如尽快把事办了,也好让我们喝喜酒。"

老师们的话有些黑色幽默。那年,正是三年自然灾害时期,物质短缺。喝喜酒,既是对孟浩长和朱平婚姻的祝福,也是一次难得的盛宴。

孟浩长看着朱平，他白皙的皮肤泛起潮红。而朱平也望着他，整个脸面形如石榴。他知道已无退路。他必须作出选择。这回，他抛弃了数学的严谨，而是选择了浪漫。他上前去抱住朱平，说："好，咱们结婚！"

朱平成了百花井公主府第孟家的女主人。两个人白天同在一个学校，晚上同睡一床被子，形影不离。所有的秘密，很快就消失殆尽。但是，在孟浩长的心里一直斜着根刺。他拔不出它，也无法亮给人看。但这刺却时不时地让他疼痛、羞辱，他想向朱平求一个解释。可是，话到嘴边，总是被朱平给堵住了。直到一年后，孟明月出世，孟浩长才渐渐地转移了心思。他喜欢明月。孩子光洁的额头，明亮的眼睛，让他觉得自己也开始纯洁起来。每到黄昏，他抱着明月，在井台上给他唱儿歌。桂花开时，他就让他翕动小鼻子，告诉他说："这是桂花，月亮里的桂花！"

可这种日子并没能长久。明月一岁半时，他们离婚了。

离婚时，孟浩长除了心疼孩子外，近乎麻木。他觉得这走过来的婚姻，就像一遭赎罪。或许是对他与高巧云暗合的惩罚。他原谅了朱平，也原谅了自己。就在离婚前夜，朱平问他："你难道不恨我吗？"

"为什么恨你？"

"我在跟你结婚前就已经……而且现在，他又回到了这个城市，我必须去找他。"

"那是你的自由，包括结婚前和现在。"

"你真的这么想？"

"真的！"

"那只能说明一点，你并不爱我。从你答应与我结婚开始，你就只是敷衍。"

"我们只是婚姻，而不是爱情。所以结局一开始就注定了的，何必再说呢？"

"我那时是真正的爱你！"

"谢谢！"

"难道你就不想挽留？"

"该去就去，清风自来。"

"我不懂。"

"不必懂！安心地走吧。带好孩子，经济上有什么问题了，找我。"

孟浩长一直到现在，已经快五十年了，他早已忘记了朱平的模样，忘记了他们的结婚证与离婚证。但是，他没办法忘记抱在朱平怀里离去的小明月的眼神。孟明月歪着头看着孟浩长，伸着手，嘴里喊着："爸，爸，爸爸！"他并不知道他的爸爸与妈妈已经走在了人生的两条完全不同的轨道上。他们把他带到了这个人世间，却在一阵紧锣密鼓的喧嚣后，仓皇谢幕。孟浩长忘不了这一幕。他也由此给自己定下了另一个不为人知的规则：从此不婚。

朱平搬离百花井后，一共重回过三次百花井。当然，这并不包括她悄悄地回到百花井。三次，那是孟浩长所知的三次。

她并没有与她那所谓的回到庐州的"他"结成正果。甚至，她没能见到"他"。她调离了一中，成了区妇联的一名干部。如今，朱平亦是垂垂老矣。严重的风湿让她无法下地，白卷银发，算是对她这一生作了最好的诠释。十九岁来到庐州读书，二十四岁与孟浩长结婚，两年后离婚。然后一直单身带着儿子孟明月。直到老了，孤独地躺在床上，她时常想到孟浩长。然而，在与儿子交谈中提到孟浩长时，她总是用一种仇恨的语气称呼孟浩长是"家伙"。从前是"家伙"，现在成了"老家伙"。

出生在江滨城市的朱平，虽然形如江南之莲，可敢想敢做。她可以当着全校老师的面向孟浩长求婚，那是她精心设计的结果。爱情，早在她上大学前，就已眷顾了她。她爱上了自己的表哥。懵懂之中，云雨交合，完成了人生的最初仪式。可表哥很快就消失了。表哥是个军人，他随着部队调防到了边疆。她给表哥写信，表哥回复她：别再等了，我已成家。她哭泣着上了大学。五年后，她伤痕初愈，老天有意，让她选择了孟浩长。她没有奢望孟浩长那么迅速地答应她。那一刻，她甚至忘记了表哥，想一辈子好好地待这个叫孟浩长的男人。她甚至精心设计了新婚之夜。但她没有想到：孟浩长也是个试过云雨的男人。新婚的第二天，孟浩长画了幅画《璧》。画面上，一只巨大的白璧，但中间却有一条黑色的裂纹。他让她好好地看那幅画。她问他："这是……"

孟浩长说："你心里明白。"

朱平心里自然明白。她黯然回房，潸然落泪。

两年后，表哥如同江水，流着流着，竟然流进了庐州。当朱平知道表哥的行踪时，她再次像在全校老师面前向孟浩长表白一样，在猝不及防之中，跟孟浩长提出了离婚。孟浩长一如当年，不惊不恼，迅速同意了她的要求。在搬离百花井的那一刻，朱平怀疑过自己的决定。可是，开弓没有回头箭，她只有往前走了。她看见孟浩长眼睛盯着儿子，而那时，院中的桂花正开始凋谢，井台上满是落下的细小的桂花。

好多年后，她想起这场景，觉得那一刻真正解放了的并不是她，而是孟浩长。

她半明半暗，生活越来越背离了内心的理想。又三年，表哥再次离开。那时孟明月已经五岁。她牵着他的小手，她知道从此只有这个小男孩是她手中的寄托与希冀了。她谢绝了所有人的挽留，调到了庐州郊区的一所小学。

那时，孟浩长是去看过她的。

孟浩长穿着白色的卡其衬衫，骑车到小学。他带着一斤肉，半斤糖，还有两张自己的画。他们坐在小学的简陋的宿舍里吃饭。孟明月背着书包，好奇而羞涩地望着孟浩长。孟浩长要抱他，他一溜烟就跑了。朱平说："生分了。"

孟浩长点点头。

朱平问："你怎么知道我在这？"

孟浩长说："都是教育系统，一问就知道了。"

朱平说："我是不是过得很惨？"

孟浩长顿了下，说："每个人都有命定的路。"

那是孟浩长唯一一次到小学。朱平后来也着实盼望过几次，可是小学门前的那条路上，再也没出现过穿白衬衫干干净净的孟浩长。她感到内心里的某种意识正在一点点萌生，她想像农民拔除稗子一样地拔掉它。可它太坚强了、太顽固了、太执着了，而且越来越大，越来越占据了她。她害怕、惊恐、躲避。可是，它却长成了骨头、长成了肉、长成了血，融化成了她的一部分。

一九六七年春天，这融化在朱平身体里的某种意识，山洪般决堤。

这场决堤，让孟浩长几近崩溃，他甚至准备好了自杀。他想了若干种自杀的方式，最后选择了投水。他决定从溆河与金斗河交汇处投河自尽。那里四季水草丰美，又是两河交汇处，水流平稳，清澈。从那里结束生命寻找另一个世界的入口，应当是比较理想且很难被外人发现和干扰的。

另一个世界拒绝了孟浩长。没等到他去自尽，市里宣传队抽他过去画宣传画。这一画就是十年，一直到七七年恢复高考，他才又回到一中。

朱平第二次回到百花井时，孟浩长大病初愈。脑溢血，差点将他送到了另一个世界。在医院住了一个月后，他回到了百花井。陈健康和耿丽萍夫妻两个照料着他，他日渐好转，开始下地画画，在井台四周走动。这样，他就看见朱平走进了院子。

朱平剪着短发，面色并不太好。她上穿灰色的小夹袄，下穿蓝色的棉裤。她呵着气，望见孟浩长时，她停住了脚步。接着，又快速走上前来，说："好了？我才听说，真的好了？"

"好了。谢谢。"孟浩长问她："明月都好吧？"

"好呢。长成大小伙子了。"朱平说着,上前来想扶孟浩长一把。

孟浩长侧着身子让了下,朱平手僵在空中。孟浩长道:"他马上要高考了,你得多操点心。"

朱平突然上了气,但气又出不出来,立即变成了哭声。孟浩长说:"哭啥呢?哭啥?让人听见了,不好。"

孟浩长话音未落,耿丽萍已抹着围裙从月门那边出来了。她一见这阵势,马上问道:"这是谁呢?"

"朱平。"孟浩长说,"她过来看看我。"

"噢,听说过,明月的妈。"耿丽萍笑着,说:"哭啥呢?进屋去坐坐呗!"

朱平却头也不回地转向就走。耿丽萍在后边喊道:"咋呢?坐坐再走嘛!坐坐……"

孟浩长苦笑了下,说:"你也不拉着健康一块出来,看来朱平是误会了。不过也好。也好!"

朱平第三次到百花井,时光又过了四年。一九八二年,丁成龙已经回到了百花井。那天,孟浩长正和丁成龙坐在井台边吃着贡鹅喝着酒,朱平进来了。朱平手里拿着张纸,见孟浩长正与丁成龙喝酒,便道:"快活着呢?这位是?"

"丁老师,刚从新疆调回区文化馆工作。"孟浩长道。

"啊!那我就不打扰你们了。浩长,你看看这个。"朱平说着,将纸递给孟浩长,没等孟浩长打开,她便小跑着走了。丁成龙端着杯子,说:"你前妻吧?我觉着就是。"

"你看得准,正是。"孟浩长边说边展开纸,看不太清楚,便又从袋里掏出眼镜戴上。等他看完了，先没说话，只是端起杯子，喝了一大口酒；然后又吃了一大块贡鹅。丁成龙看着他，问："咋了？"

"她要复婚!"

"复婚？你的意思？"

"都老了，还复什么婚？我只是同情这女人，这都大半辈子，还在那个套里没转出来！唉！不管她，咱们再喝一杯！"

第十四章

沧海一粟

倘若没有孟浩长，丁成龙也许不会在一九八一年那年留在庐州。在那之前，兵团已通过函调的方式，完成了他的平反。也就是说，从一九八零年秋天开始，丁成龙不再是一个在外逃亡的人了。胡满香劝他就留在兵团，反正在新疆也待了二十多年了，对新疆的熟悉远远超过了对庐州的熟悉。确实不假，丁成龙在庐州仅仅待了六年，而在新疆一扎下来就是二十二年。二十二与六，这其中的情感不言自明。可是，丁成龙却像心里爬进了蚂蚁，变得狂躁、不安。他甚至一分钟都不想再在口外待下去。他一门心思重回庐州。他也说不清到底为什么要重回庐州。多年后，还是孟浩长一语点破了他：是为了寻找心底里残存的那点自由与尊严。

应该是，也确实是，丁成龙为此踏上了回程的慢车。

庐州火车站早已不在原址。庐州的东边，是大片的钢铁企业，包括一钢厂、二钢厂等，数万人形成了与钢花共舞的庞大格局。而且,在上世纪八十年代,钢厂是庐州经济的巨大支撑。火车站离钢厂不远,丁成龙走出车站时,面正朝西,一天的火烧云,燃烧得格外沸腾。他沿着长江路,漫无目的地行走。走着走着,不禁心生空旷,甚至有了一种阅尽沧海般的苍凉。

接下来的几天,他在从前的文教局、人事局和市政府间奔波。他打定主意要调回庐州重新安排工作。可是,这其中的环节让他感到层峦叠嶂,困难重重。他在不同的单位之间周旋。举首一望,曾经工作了六年的庐州城里,了无亲人。他只能一个人跑东跑西,晚上睡在小宾馆的床上,失眠;起床到街上找酒喝,却没有。他干脆自己买了点酒和下酒菜,一个人自斟自饮。一周后,他改变了主意,决定不再寻求调回庐州了。他打电话给胡满香,胡满香说:"本来就不该回去。那里有啥好留恋的?"

大儿子叶抗美是最不主张父亲回到庐州的人。叶抗美说:"你回去到底会得到什么呢?要说工作,这边有;要说家庭,全家人都在这;你回去干吗?何况那地方对你来说是个伤心之地。"

丁成龙决定了不再调动,心情就一下子放松了。他决定好好看看庐州,也许此生就这一次了。他在淝河边上转悠,又到包河、赤阑桥、李府都走了一遭,还在城隍庙吃了贡鹅,喝了庐州老酒。这样,转了、吃了、喝了,他正准备回新疆时,遇见了孟浩长。

那是在百花井。

孟浩长正等着他。他一走进百花井,就看见了孟浩长。他将百花井留在他告别庐州的最后一站,而孟浩长正提着酒,待在百花井旁。孟浩长见了他说:"我知道你会回来的。回来了,就别走了。这井水多好，这桂花多好，这……还有我这人，多好啊！留下吧！"

于是，丁成龙留下了。

一个月后，孟浩长替他办完了所有调动手续，还要回了丁成龙和胡满香当年在百花井的住房。一年后，又让人帮他办了胡满香、丁石子和丁昌吉的随迁手续。在分配工作时，丁成龙选择了文化馆。孟浩长说这个选择好，你丁成龙骨子里是个文化人，又有这么多年的特殊经历，到文化馆去正好发挥特长，说不定会写出传世之作来。丁成龙一笑，说："我不是想写传世之作，我只是不想回机关而已。我怕那里！"孟浩长说："一朝被蛇咬，十年怕井绳。不过也是，想想这二十多年，多少人被蛇咬了？就是现在，那些咬人的蛇也还有许多在。远离了它，更好！"

丁成龙第一天到文化馆上班，居然是孟浩长送他去的。

孟浩长与文化馆的人都熟。虽然他本身是个散淡之人，而且也不喜欢交际。可是，他是庐州著名的画家，又是一中的名师，文化馆这样的文化单位，自然要笼络他。馆长亲自接待，孟浩长说这是丁成龙丁老师，从前在文教局，后来跑到新疆二十多年。现在调回来了。丁老师也是个文化人，在新疆写了不少文字。我劝他到文化馆来，说这里有用武之地。馆长笑着说：感谢孟老师推荐丁老师来馆，馆里现在正缺专业人手。丁老师来了，那就好了。今后我们的文学创作和其他活动，就能更好地开展了。

丁成龙被分在创作科。整个科就两个人，他和开远。

开远其时不到三十。短发，刘海，皮肤稍黑，大眼睛，有点娃娃像。笑起来，左脸有个酒窝，右脸却没有。因此，形成了让人忍俊不禁的笑感。她负责小戏创作和辅导,她来文化馆之前是市庐剧团的演员。因为嗓子倒了,所以才改了行。她一见丁成龙到了创作科,就笑着说:"这科里清闲,丁老师可得做好准备啊!"

"清闲好,我可是逃亡了二十年呢。"丁成龙道。

开远问:"我是听他们说了,说你跑到新疆去了。怎么想跑了那么远?"

"漫无目的,到处都是目的。"丁成龙说,"其实是边逃亡边找地方的。一开始也并不在新疆,是一路逃着逃着,就到了新疆。"

"二十多年,唉,不容易。受了不少苦吧?"

"那……一言难尽。"

"哪天等丁老师有空了,我慢慢听你说。"

丁成龙虽然到了文化馆,心却时常还在新疆。毕竟二十多年了,他的所有美好的时光几乎都扔在新疆那广袤的大地上了。有时,坐在办公室里,他会发呆,他脑子里会响起马嘶羊叫,会涌现无边的油葵和飞满连天的黄沙。如果说命定他最后会走上文化这条路,那么,也是与二十多年的逃亡相关。在三门峡,因为出色的工地报道,他成了总指挥指定的要招工的对象。在指挥部正式告知他时,他逃离了。他不仅逃离了三门峡,也离开了那个小旅馆的老板娘竹花。三年后,他到了石河子,战友吴大山不在,却幸运地碰见了另一个战友贾天雷。他在石河子待了两年,塞外风光与思乡之情交织,让他再次拿起笔,写下了一系列的文章,发表在行署和兵团报纸上。他再次成为了被转正的对象,而一旦转正,第一关仍是政审。他故伎重施,逃到了最边远的县城特克斯。一年后,他回到伊犁。到那时候，他已在新疆待了四年了，离他离开庐州是第五个年头了。三年自然灾害接近尾声，从口内跑到口外寻生活的人越来越多。他问那些从口内来的人，口内怎么样？那些人说："不好，都快饿死了"。他反复斟酌，决定给胡满香写信。在那封信中，他化名王功，声称是胡满香老乡，想打听一下胡满香的父亲胡仁义的情况。信在庐州转了半个月，最后到达了胡满香手中。其时，胡仁义已经去世。胡满香回信感谢王功记挂着她的父亲，并且在信封上写下了详细地址。于是丁成龙又写了第二封信，向胡满香告知了真相。一个月后，他接到胡满香的来信，说她带着大儿子抗美，到新疆来找他。他想劝阻，可她们娘儿俩已经出发……

　　开远想听丁成龙的故事，而丁成龙也确实有一种想倾诉的欲望。于是，工作稍有空隙，他们便在一说一听中回到了新疆。当然，丁成龙回避了胡满香带着大儿子一路找他的经历。胡满香带着儿子从庐州出发，到了西安，身上仅有的一些钱就被小偷给摸走了。她和儿子卧在火车站哭泣。幸好碰上一个东北老乡，问了情况，给她们买了车票。她们又到了乌鲁木齐市，从这里开始，胡满香便正式进入了新疆民工的生活。她沿途给连队收麦、种菜，靠此养活自己与小抗美。半年后，她找到了伊犁。一打听，丁成龙早已走了。至于走到了哪里，没人知道。而且，当地的连队领导说：丁成龙这人就是奇了怪了，我们要给他转正，他却……不知是脑子坏了，还是……她相信丁成龙一定是另有隐情。她在伊犁一住就是半年，被民工办安排在连队厨房。厨房人多嘴杂，有一天，她终于听人说在昌吉碰见了丁成龙。她二话没说，搭上连队的车子便到了昌吉。她见到丁成龙时，丁成龙正坐在地头上抽烟。黑瘦，颧骨高突，胡子拉碴。她扑上去就给了他一拳，丁成龙还没反应过来，又被她打了第二拳。打完，她才放声大哭。丁成龙问："咋找到这了？"

胡满香说："你在这，就找到了这！"

丁成龙鼻子一酸，他狠狠地抽了口烟，问："娃呢？"

"在伊犁，我明天就去讨过来。"胡满香说，"我们就在这边不走了。"

丁成龙后来给开远说到胡满香来新疆这一段时，轻描淡写。他也并非有意为之，而是出于一种说不出来的情感的私密与掩饰。开远也没多问。她觉得丁成龙的每一次重新逃离，都是一次新的苦难的来临。而作为个体的丁成龙，在这些苦难面前，无能为力，只有逃离。她问丁成龙："你后悔过吗？"

"不后悔。"

"你恨过吗？"

"从前有，现在没了。我是到新疆之后才知道，像我这样逃亡的人，还有很多。何况还有更多的人，死在了那个年代。"

"这么说，你是个幸运者？"

"相比于那些逝者，我是个幸运者。相比于那个时代，我是个受难者。"

"我父亲就是那个时代的逝者，而你就是那个时代的受难者。你真的不恨吗？"

"真的，不恨。何况恨能让一切重新开始吗？恨只能阻碍前行。我都五十多岁了，我需要的是时间，是前行。"

开远说："你应该把这些写出来，这个时代需要它！"

半年后，丁成龙和开远坐在淝河边的长椅上，开远头发的香气，不时地冲击着丁成龙的脑神经。丁成龙侧了侧身子，开远却又往他这边靠了靠。终于，暮色之中，两个人靠到了一起。

丁成龙吻着开远的额头，问："为什么？"

开远说："不为什么。"

"……我有家！"

"我知道。"

"那……"

"你骨子里有苦难，我喜欢。"

"说不通的逻辑！"丁成龙掠着她的头发。开远却张着嘴，像只蚌壳，吸住了丁成龙的双唇。

淝河水无声，两岸的树影，越来越浓重。

丁成龙道："我们该回去了。"

开远没说话，却更加贴紧了。丁成龙有一种被窒息的感觉。他挣扎着，他明知徒劳却依然挣扎着。他额头上沁出了汗珠，身体却在不停地颤抖。那些在他身体里积攒着的激情，如同大戈壁上的流沙，似乎随时都会喷涌而出，熔化一切。他极力克制着，他的心里一边边地默念着"胡满香"三个字。然而，开远这只丰饶的河蚌，不断地缠绕，吮吸，错杂，电与火，光与热……开远说："我要到百花井去！"

后来，丁成龙与开远之间有过一次长谈。

丁成龙问:"如果说爱,到底是爱一个人本身,还是爱这个人的历史?"

开远说:"我更多地爱的是你的历史。"

丁成龙:"这就对了。"

开远:"在男人中,你并不算相貌出众;论气质,也并非高雅。但是,撇开单纯的一个男人的外在,你所经历的历史吸引了我。我虽然经历了那个年代,但不曾深入。尤其不曾深入到一个人漫长的逃亡的历史。"

"一个人的历史,其实就是一个国家的历史。"

"不错。"

"我并不抱怨历史,但我也无法改变历史。"

"没有必要,从前的历史不能改变。历史是过去式!"

"那么,你是爱着我的过去吗?"

"说不清楚。你也知道,我曾经有过一段短暂的婚姻。他是我们团的一名小生演员,后来他死了。他得了抑郁症,跳楼死的。"

"难道你一点也没发觉他有病?"

"我以为他只是性格忧郁罢了。哪曾想……所以后来我倒嗓子了,正好就改行离开了剧团。"

"离开是一种明智的选择。可是,现在你选择我,却并不明智。"

"两种不同的选择。从前是选择婚姻,现在是选择情感和历史。我只爱你,而并不期待婚姻。"

"……"

"最近看了张贤亮的小说,觉得那里面有很多东西就是你的经历。"

"也包括性?"

"包括。想起我们第一次时,你……"

"我不想对你犯错误。"

"我不是上帝派来补偿你的,而是让我来爱你、阅读你的。"

"可这是本千疮百孔的书。"

"那不是因为你,是因为历史!这个民族同你一样,也曾千疮百孔。"

"没想到你如此哲学!"

"哲学只应用于苦难之心,我从小就跟着父亲学哲学。后来唱戏,我觉得人世间有许多说不出来的哲学,都在戏文中被唱出来了。"

丁成龙停止了谈话。他用身体和更加猛烈的动作,代替了他的所有语言。他没想到开远这个有着一张娃娃脸的女孩子,竟然也有如此深刻的思考。而事实上,当一个民族正在重新觉醒时,思考是一种常态。不仅学者们在思考,政治家们在思考,广大的民众也在思考。丁成龙也正在酝酿写一部小说,题目就叫《思考者》,或许开远将成为小说中的主要人物。他搂着开远,这个从不谈物质的女孩子,不,女人,接触久了、深了,你会发现:她一直游离于许多人之外。她建立了内心的城堡。然而,那坚固的城堡,却在丁成龙的千疮百孔的历史中轰然坍塌。丁成龙到这一刻为止,也无法确定他将来到底会给予开远什么。而开远真正需要的,又到底是什么?他在停止动作的那一瞬间,竟然有落日之慨。

在文化馆里,开远从不避讳别人对她与丁成龙的评论。有时,她甚至高昂着头,这让丁成龙感到为难。这个逃亡了二十多年的男人,如同一株植物,需要站立、蓬勃,但他的脚底下还是阴影。可开远不是,开远似乎希望全世界都知道:她轰轰烈烈地爱着平反后的知识分子丁成龙。

丁成龙由此时常在黑夜里的百花井游荡。孟浩长切了贡鹅,拉他到月门内喝酒。只喝了三杯,他颓然而醉。孟浩长说:"你这不是身醉,是心醉。"

丁成龙望着他,问:"如何解?"

"任他去!"孟浩长倒挺洒脱。

"我怕……再说,石子也回来了。明年,胡满香就得回来了。我怕……"丁成龙说:"馆长也找了我,让我尽快作出决定。要么跟胡满香离婚,要么跟开远断了。可是……"

孟浩长慢慢咀嚼着贡鹅,笑道:"我知道你,老丁呐,鱼与熊掌都要得。这美事,危险着呢。"

丁成龙竦了下。

孟浩长又道:"胡满香跟了你快三十年,开远跟了你几时?你这回浪漫也浪漫过了,爱也爱透了。想想吧,早同开远断了。你这一生啊,被耽误的时间太多了。可不能再自个儿耽误自己了。"

丁成龙又一竦。

过了不几天,丁成龙接到大儿子叶抗美的电话。叶抗美说:"我妈她们不回去了。"

"怎么了?"

"怎么了,你不知道?石子可都跟妈妈说了。整个庐州城都轰动的事,你还想瞒着?"

"这……那，都是外面瞎说。我们，我和……"

"不必解释了。我妈说不回去，我也赞成。你就给个痛快话吧！"

"这个……我得考虑考虑！"

"那好，三天。我妈说她从口内找到口外，找了你一年，又陪了你二十年。她也尽了心了。"

"你妈她……我是对不住她！"

"事到如今，说多无益。你做个了断吧！"

三天后，丁成龙告诉叶抗美，胡满香和丁昌吉必须尽快回到庐州。叶抗美说："我打心眼里不希望我妈回去，但我尊重她和昌吉的选择！"

一个月后，开远调走了。她主动要求援疆，她被分配到了石河子文化馆。除了丁成龙，她没有告诉任何人她新的单位。她希望丁成龙也别再去找她。她去援疆，不仅仅是为了丁成龙，更重要的是想沿着一个人的历史，再重溯一回。那样，她就能完完整整地爱一个人，和拥有一个人了。

丁成龙答应了她。

丁成龙后来从孟浩长那里知道了开远父亲开尚的事情。开尚是省立大学的哲学教授，同时也是一位有影响的美学家。这个人才气十足，英气逼人。年轻时候在北大读书，后来从文，被人冤枉了。他拒绝写任何检查，宁愿到劳改农场，也不改变自己的观点。他受不了折磨，有一天晚上，他将女儿小远送到朋友家，自己和妻子双双上吊自杀了。

孟浩长述说完开尚之事，长叹三声，说："那是一个纯粹的人，可惜……"

丁成龙也感叹。个人历史何其相似，然而有人以死抗争，有人苟活于世，有人出卖亲朋，有人躺进小楼，有人一过即忘，有人铭记于心。在大的民族史之中，个人史何其渺小、微弱甚至无能。

每个人有每个人个体的历史，那是个人史；而所有的个人史，都无一例外地被概括在民族史之中。探询一个人的历史，最终探询到的必将是这个民族的历史。而且，即使探询再怎么深入，除了自己，没有人能真正进入他人的个人史。所有进入的，只不过是最接近历史的历史。

多年之后，丁成龙已是八十岁的老人，胡满香也去世经年。他突然收到一本书，这本书直接寄自海外，书名就叫《丁的个人史1959—1979》。作者：开远。

丁成龙并没有阅读这本书，他将之放在书橱里，同一枚一九八三年捡到的鹅卵石一起，默然并列。

第十五章
追思华年

胡满香经常一个人坐在百花井的井台上。桂花树春天发芽，长出紫红的新叶。夏天叶子不断增大、肥厚，犹如婴儿的小手。到了秋天，叶子越发浓密，所有的枝干都被叶子遮蔽。乍一看，整棵树就是一座被叶子包裹起来的叶雕。可是，不经意间，往往是在黄昏，你坐在树下，或者走进院里，蓦然闻到一缕清香。桂花香浓而不腻、贵而不骄、密而不奢，这种花在庐州城里，尤其是小街小巷里，到处都是。庐州人爱桂花，因此早年庐州曾有"木樨城"之说。桂花是一种平民的花。如今高楼不断竖立，桂花却宁在巷子里，宁在僻静处。它也是一种宁静的花、淡泊的花。胡满香喜欢桂花，这在大院子里人所皆知。她坐在井台的桂花树下，看着桂花，听着桂花。事实上，丁成龙知道：这个跋涉了一生的女人，她内心的深处也开着一朵朵桂花。

女儿丁昌吉从劳改农场出来后，胡满香突然变得沉默寡言。她本来有一副大嗓门,她在家中一说话,老陈家和孟家都能听清。可现在,她坐在井台上,一坐就是半天。丁成龙刚刚退休,被馆里留用。退休后的工作似乎比退休前还忙活。群众宣传这一块,随着城市的增大,活动越来越多,需要文化馆写的小戏小本子,也越来越多。丁成龙毕竟是庐州城里有名气的剧作家,他写的本子就是好看,就是被老百姓喜欢。因此,请他写剧本的人一直不断。丁成龙也乐得如此,他大部分时间都泡在剧本和指导演出上。胡满香的情绪变化,他也不是一点儿没察觉。他总以为这是正常的。一个女人,快六十岁了,更年期的晚期,性格上有些改变,也是正常的。他依旧天天在单位与百花井之间来回折腾。丁昌吉出来后,他也曾想替她找份工作。丁昌吉态度坚决的否定了。他与胡满香商量,胡满香说:"你的女儿,你做主!我管不了她。"

胡满香这话有些牢骚,却也是事实。大儿子叶抗美远在昌吉,小儿子丁石子在区里当个干部,加上新婚不久,忙得两个月也见不上人面。偌大的百花井大院里,人气越来越淡。好在隔墙不远的百花井小学,书声琅琅,总算给这寂静的大院子,添了一些生动。

有时候,胡满香会在树下睡觉。

这两年,她老是喜欢睡觉。有时,站在客厅里说话,说着说着,头就慢慢地沉下去,人也有些空濛;有时,坐在沙发上看电视,看着看着,便进入梦乡;特别是跟人说话时,她总会难以集中心思,而是感觉脑子里总有什么在旋转。那是时间之轮吗?要把她旋转回往昔的岁月?

是的,的确,胡满香越来越沉湎于往昔。四十多年来,她很少回头。就连走路，她也是个不愿走回头路的人。既然走了，就往下走；既然走过去了，就别再回望。从一九五六年她嫁给丁成龙开始，她所有的岁月都在往前奔跑中度过。现在，大概是应该停下来回望的时候了。

她想到与丁成龙第一次一起到百花井时，院子里的人都看着他们。那时他们年轻，丁成龙一身旧军装，她穿着红色的毛线衣。那天晚上，院子里的人都来他们的新房子看热闹。孟浩长家的那个巧云，还特地给她煮了碗鸡汤。想到巧云，她不由得叹息了一声。这个比她小不了几岁的女子，在丁成龙逃亡庐州后很长一段时间，曾是她唯一可以聊天的伙伴。巧云喜欢孟浩长，可是，在骨子里，她依然觉得孟浩长是少爷。她告诉胡满香：少爷心情不好，少爷有心事，少爷常常一个人躲在房间里哭泣，少爷父亲死了，娘跑了，少爷是个苦命的人……胡满香劝她：干脆嫁给少爷算了。她摇头，说她不配。再过半年，胡满香回到娘家。后来就听说巧云也离开了百花井。

十多年前，胡满香重回庐州后，庐州城对于她来说，比昌吉比新疆陌生。她站在百花井旁，看着大院，问丁成龙："从前那些人家呢？"

"孟浩长家还在，其余都搬走了。"丁成龙说，"都二十多年了，就是种稻子，也二十多茬了。"

胡满香眼神一亮，问："那巧云妹子……"

"她早已离开百花井，嫁到了东大圩。前年就死了。"丁成龙说："老孟家现在就孟浩长一个人。"

胡满香眼神立即黯淡了。

胡满香后来问过孟浩长：怎么不娶了巧云？孟浩长说不是他不想娶她，而是……胡满香骂道："你们男人呀！可怜的巧云妹子。"

也就在那一年，李光雪第一次到百花井来。丁成龙让胡满香烧几个菜，请光雪和光升兄妹俩吃顿饭。胡满香见了光雪，欢喜得不得了。她一个劲儿地给光雪夹菜，弄得丁昌吉在边上鼓着小嘴。胡满香说："这孩子跟她妈真像，剥了个壳似的。"

李光雪那年高二，虽是乡下孩子，可出落得格外高挑，人也大方。胡满香对丁昌吉说："看看人家，只比你大一点，可是，多懂事！"

丁昌吉头一歪，说："那你让她做女儿好了。"

胡满香说："我正有这个意思呢！"

当然，胡满香后来并没有认李光雪做干女儿，而是爽快地同意了丁成龙给予李光雪的资助。每次，光雪到百花井来，胡满香都会烧些好菜，留她吃饭。过年过节，还会给光雪扯些布料，做件衣裳。可是，光雪似乎永远与她和百花井，甚至与孟浩长，都隔着一层。光雪温和有度，那种度让你总觉得她心里有一堵墙。丁成龙曾同胡满香说过这事。胡满香说："也难怪，这孩子不容易！"

一晃，都十几年了。李光雪上了大学，接着又出国了。胡满香曾经对李光雪还寄予过小小的心愿，随着丁石子与冯娟结婚，这小小的心愿也破灭了。有时，李光雪隔洋打来电话，胡满香总是要问一句："有人了吗？"

李光雪给的回答也永远都是那一句："没呢，不急。"

胡满香叹了口气。李光雪劝她："别叹气，我真的很好的。真的！"

胡满香开始沉浸在对往昔的回望中,往昔就像一条大蛇,吞噬着她。这种吞噬有让人看不见的疼痛。一如九月沙漠上的风沙,细小却坚硬的沙砾,密集地打击你。疼痛涌进内心,伤痕却从不显露。

一个人的一生,就如此被覆盖了吗?

当丁成龙在一九五七年冬天的那个夜晚突然失踪之后,胡满香一开始觉得天塌了下来。一个刚刚结婚的女人,丈夫莫名消失,她找不出答案。父亲胡仁义倒是有些警觉,他对回家哭诉的女儿说:"别哭了,成龙也是迫不得已,他走有他的理由。等着吧,他总会回来找你的。"胡满香说:"他不该就这么走了。要走,也得带上我,还有孩子……"胡仁义道:"他不也是太匆忙了吗?而且,现在大家谁都不能肯定他逃走了。要是有人问你,就说不知道。事实上,你就是不知道的。"

大儿子出世,胡满香用了丁成龙曾经说过的名字:丁抗美。孩子长得粉嘟嘟的,眼睛像极了丁成龙。胡满香为此又哭了一场。别人劝她:坐月子时不能哭的,哭多了,将来眼睛会一直流眼泪,她还是止不住哭。果然,这话真的应验了。当她到了新疆后,每遇风沙,泪水直流。丁抗美,后来叫叶抗美问她:"妈,你咋总是流泪?"

胡满香说:"风吹的。"

抗美说:"风也吹我,我咋不流泪?"

"你是孩子。到我这么大年龄,就会的。"胡满香想:到了我这么大年龄,你就不会再问了。

胡满香带着大儿子从庐州一路寻到新疆，她离开庐州时，父亲已经过世。母亲也已回到东北老家。她五月出发，年底才见到丁成龙。丁成龙请求连里给他多分了一间房子。这样，他们便在昌吉城外的农场里，有了两间房子，加一间厨房。丁成龙在连部上班，主要是写写画画；胡满香被安排在厨房，主要工作是种菜。新疆不比内地，种菜也是一件技术活。一般的菜在这生长特慢，胡满香就掏来马粪，委在菜棵子底下。因此，她种的菜长得快，且个头大。第二年，连队便让她到后勤班去负责全连种菜指导。昌吉临近乌市，城市外围有十数个兵团农场，大都是以连建制。农场里的人来自四面八方。有从部队直接转下来的，大多当了干部；有从其他地方调动来的，一般也在班排长的位置上；农场工人几乎都是从口内逐渐转移过去的。这里面情况相对复杂，一半是干部们从老家带过来的亲属、朋友，另一半中既有盲流，又有当地的主要以汉人为主的老百姓。农场里语音混杂，囊括了全国各地的方言。胡满香一直说东北话，虽然侉气，但好懂。她心眼儿好，为人实诚，很快就在农场里得了人缘。等到她生小儿子丁石子时，她已经是后勤班副班长了。丁成龙酒后总是笑话她：说整天乐颠颠的，真像个官儿。说到底还不是猪鼻子插大葱——充象。她也不恼。自从到了新疆，胡满香就很少有恼的时候，她寻思着找到丁成龙不容易，能有个工作更不容易，能在新疆这地方，踏踏实实地活着那是更大的不容易。所以，她处处事事都想得开，在农场里，跑前跑后，甚至怀孕了，也挺着个大肚子，在田地里跟别人一样劳动。

丁石子出世时，团长叶大胡子专程到家里来祝贺。说起叶大胡子，也算是丁成龙的战友。他早年在豫南打过游击，后来加入了野战军，随王震入疆。部队整体改制兵团后，他先在石河子，后来调到昌吉。叶大胡子一个人，没妻没子。每天，他总在裤腰上挂一只酒葫芦，唱着豫剧小调，边唱边抿一口白酒。据说也有不少人给他介绍过对象，还有女孩子主动追求过，但都无结果。他似乎对女色从不感兴趣，对待女性，他也没有什么性别感，跟和大老爷们说话一个样。胡满香初到农场，丁成龙找到叶大胡子，问能不能安排个工作。叶大胡子说："当然安排，来了就是我的人。"丁成龙笑笑，后来叶大胡子总喜欢到丁成龙家来喝酒。一来是因他跟丁成龙是从桐柏山出来的生死战友，二来是因为胡满香烧的菜好吃。

每喝必醉，这是叶大胡子喝酒的最大风格。可是，倘若你不让他喝醉，他便会站在门外，高声骂娘。整个团，八个农场，很少有人愿意请叶大胡子到自己家里来喝酒。他们控制不住这个每喝必醉的团长。丁成龙有这个手段，他每次拿出来的酒恰到好处。酒喝完，菜吃完，叶大胡子正好到了醉点。他额头冒汗，眼睛发红，坐着傻笑。胡满香会递上热毛巾，叶大胡子擦着汗，抓住胡满香的手，望着丁成龙说："大妹子，把你家的大娃给我吧！"

胡满香吓了一跳，丁成龙也待着。但他们心里立即都明白：叶大胡子这话不是醉酒后说的，而是瞅了很长时间才说出来的。就像搞侦察，他是摸清了底细，选准了突破口，然后才开始进行这必胜的战斗。

当然，叶大胡子胜利了——丁抗美成了叶抗美。

这事胡满香虽然一开始就明白了叶大胡子的心思，但她不同意。

儿子是她身上掉下的肉,她怀了他,生了他,又带着他千里迢迢跑到新疆,现在养大了,怎么能送给别人家呢?何况自己家又不是养不起这个孩子,要是真送了,让孩子难过,也让农场里的人笑话。丁成龙并不这样认为。丁成龙劝胡满香:既然叶大胡子动了这心思,他就必定是有把握。你想想看,我们都在农场里。而且,我的身份还是……我要是出了事,你们几个还能安稳?你们不安稳,就是抗美在家里,又怎样?叶大胡子现在提这么个要求,我看也不过分。一来,他是单身一人,要个孩子,无非是在心理上有个做父亲的名分;二来,他看上了咱们家抗美,那也是瞅了很长时间的,他觉得抗美这孩子好,他才会要;农场里养不活的孩子多着呢。还有就是叶大胡子一个人过,工资高,老家又没什么牵绊,抗美过去只会比在家过得好。最后呢?大胡子也并不是不讲理的人,他让抗美跟他姓,户口转到他一块,但同意抗美两头住。你想想,咱们两家都在一个农场,搭把手就能望见。抗美在他那儿跟在家里有啥区别?

　　胡满香还是不同意。胡满香说:"我知道你的心思,你是怕他揭了你的老问题,你在这待不下去。待不下去,咱们再跑不就得了?"

　　"哪有那么简单呢?从前我跑,那是一个人。现在是四个人了。"丁成龙叹道。

　　胡满香仍然不松口。

　　僵持了个把月,这中间叶大胡子也不来喝酒了。路上见着,只是看着你,不说话。最后打破僵局的还是大儿子抗美。

　　抗美对着丁成龙和胡满香说:"我愿意去叶伯伯家,你们都别再闷着头吵了,我明天就去!"

胡满香一把搂过抗美，话没说，先哭开了。

丁成龙问："抗美，你真想好了？这可不是爸爸妈妈要你过去的。"

"是我自己愿意的。"抗美重复了句。

胡满香将儿子搂得更紧。第二天，抗美便拎着简单的小包袱，去了农场东头的叶大胡子家。叶大胡子特地摆了桌酒席，请丁成龙夫妻上座。酒酣之时，叶大胡子对丁成龙说："丁老弟，如今，抗美虽然跟我姓了叶，但他还是你的儿子。我们共同的儿子！你也不要介意，也不要以为我手里拿着你什么把柄，在要挟你。真的不是！我这一大把年纪了，就想要个儿子。就想要个儿子呢！"

丁成龙说："我知道，知道！"

叶大胡子将丁成龙拉到里屋，递给他一摞信件，说："这都是庐州那边的函调信件，说你有问题。上级转到我这儿，我一个人看了，然后给他们回了公函：查无此人。这事都一年多了，我从没跟你说。这信，给你了。你将它烧了。"

丁成龙拿着信，身子禁不住发抖。他没料到：逃亡这么多年，还有人在举报他，还有组织在函调他。这太……他手一抖，信掉到了地上。叶大胡子弯腰捡起信，又递给他，说："我们都是战争中过来的人。我知道你。下一步，你改个名字吧，我来给你重新建个档。满香也得改，不然将来再函调，就麻烦了。"

丁成龙说："我这名字是我祖父取的。改不得！"

"真不改？那……"叶大胡子再问道。

丁成龙这回语气坚定，说："坚决不改！"

事实上，后来丁成龙和胡满香的档案上，名字都被改了。丁成龙改成了叶成，胡满香改成了王兰英。只是这改名的事，他们俩压根儿也不知道。叶大胡子替他们一手做主，把个档案做得天衣无缝。这些做过的档案，在后来的事情中，果然起了作用。丁成龙是在七九年被平反时，才看到这些的。他当时就拎了两瓶老酒，与叶大胡子相对而饮。只可惜，那时候叶大胡子由于高血压，已很少喝酒了。

胡满香去世前几年，都沉浸在这种漫无边际的对往昔的回忆之中。而且，她的回忆也几乎都集中在新疆的那些年。她很少回忆自己的父母，偶尔会想到当年的百花井。她更加让丁成龙不理解的是：她很少记得起当下。一些事情，她刚刚做过，便忘记；一些话，她刚刚说过，便想不起来。丁石子说这是健忘症，也是老年痴呆症的前奏。因此，专门带她到医院就诊。一圈检查下来，医生说身体没有器质性病变，主要还是心理原因。那时候，女儿丁昌吉已经从劳改农场回来，又去了新疆。大儿子叶抗美打电话告诉这边：丁昌吉结婚了，与一个叫买提明江的维吾尔族。胡满香这回突然清醒，问了许多买提明江的情况。叶抗美说买提明江在昌吉做生意，前不久刚离婚。听说昌吉高二那年回新疆时，就与他认识了。丁成龙有些生气，呆在文化馆里三天没有回家。胡满香头两天也不问，到了第三天，她亲自到文化馆。丁成龙正闷在办公室里抽烟。她只说了一句："咋了？想不开了？本来就是维吾尔族，这婚结得挺好的。回去吧！"

丁昌吉是丁成龙的软肋,这点,胡满香比丁成龙更清楚。

丁成龙回到了百花井,正遇上孟浩长和另外两位画家喝酒。他迅速加入,且浮一大白。喝完酒出了月门,他看见胡满香正坐在井台上,一派幽冥。他心里禁不住有些心酸,这个跟了他四十年的女人,曾经像一条河流般宽容和温暖着他。而现在,她自己却正在一天天地枯瘦下去。当然,这枯瘦并非仅仅是身体,而是灵魂。胡满香用前半生把所有的灵魂都预支了,因此到了现在,她渐渐流出了原野,流向了天边。

胡满香发呆的时间愈来愈长。一天中,有一半的时光,她在发呆中度过。

有一天,她在自己的心里一个劲地掏着往昔,于是,她忽然就想到了呼图壁的那个"老山东。"

那年冬天,白雪皑皑,丁成龙被押去了乌鲁木齐。其实一开始,因为有叶大胡子的暗中保护,加上后来他们才知道的档案上早已作了修改,丁成龙平安无事。可是,到了第二年,兵团里来了一批外地的大学生。这些学生将外地的经验和方法运用到了各个农场。丁成龙这只漏网之鱼,再次被打捞起来。当丁成龙被抓走时,胡满香一点儿也不意外。丁成龙这人一生的缺点就是:好了伤疤忘了痛。他在三门峡,写写画画,临到要招工时吓得跑到了石河子。在石河子蛰伏了不到一年,又写诗写戏,被领导看上,临要转正时,又跑到了伊犁。在伊犁,他算是过了几年平静日子,结果闲不住,又写了个剧本且获奖,他奖都没来得及领便逃到了昌吉。胡满香到了昌吉后,一直劝他不要再写东西了。那些文字招惹人,容易被盯上。

丁成龙也着实消停了，他开始喝酒，到处逛荡，跟维吾尔族牧民到草原上放牧。当号角一吹响，他的神经又绷紧了。他一开始并没被盯上，而叶大胡子被盯上了。农场里都知道丁成龙文字上是把好手，他被要求写叶大胡子的事情。丁成龙的倔劲再次发作，反而写了叶大胡子的"伟大"。胡满香也受牵连被派遣到呼图壁农场喂猪。

就在这里，胡满香遇上了"老山东"。

说老山东老，其实并不老。他比胡满香只大一岁。作为农场的副场长，他主要负责后勤工作。呼图壁离乌市也就一百多公里，中间要经过昌吉。老山东每次到乌鲁木齐，总要安排胡满香跟车。胡满香先是不太理解，后来发现每回跟车，老山东都让她直接在昌吉下车，他到市里办事。办完事，回头在昌吉再带上她。这样，胡满香就有了半天在家的时间，正好洗洗涮涮，搞点卫生。丁石子跟着她，抗美呆在叶大胡子家。叶大胡子也被抓走了，她还得为抗美做点吃的备着。三天两头下来，胡满香对老山东心存感激。只是这老山东一天到晚黑着脸，包公似的。他很少与人说笑，做起事来也一板一眼。胡满香难得说上句感谢他的话，他也不求。有时，他会到胡满香的宿舍，逗丁石子玩。丁石子长得清秀，又会说话，惹得老山东背着他在农场里转悠。有人就打趣问："老山东，咋的就有儿子了？"

老山东黑脸带着笑意，也不回答，只是继续背着丁石子。胡满香也听说了，她背后对老山东道："场长，以后就别再背着娃了。让人说闲话。"

老山东脖子一梗，说："说啥？俺不怕说。说了也白说！"

半年后，昌吉那边传来消息，说市里决定处决一批人，这里面或许就有丁成龙。这一下，把胡满香真正给吓瘫了。她跑去找老山东，还没说话，就哭了起来。老山东过来拍拍她的肩膀，问："咋啦？被人欺负啦？"

她撩起袖子擦泪，边擦边说："丁成龙要被……被处决了。"

"谁说的？"

"昌吉那边传的。"

"这……"老山东攥着手，在办公室里转了两圈，然后道，"我去趟乌鲁木齐，你等着。"

胡满香说："我也去！"

车子到达乌鲁木齐已是黄昏。老山东让胡满香在车子上等他，自己去找一个在市委工作的战友。结果，胡满香一直等到晚上十点，老山东才歪歪扭扭地回到了车子上。老山东说："没事了。"胡满香再问，他已打起呼噜。

下半夜两点，卡车才回到呼图壁。胡满香和司机将老山东搀扶着回了宿舍。胡满香又烧了热水，泡了杯姜茶，才回家睡觉。老山东说丁成龙没事，那就应该真的没事。老山东这人说话一向实诚，说一不二。第二天上午，胡满香没像以往那样看见老山东出来，便去宿舍找他。结果，老山东已经在睡梦中走了。

第十六章
命中注定

陈健康和耿丽萍刚从拆迁办回来，手里拿着拆迁协议。一进大院，陈健康就喊道："丁老师，孟老师！"

丁成龙从《庐州地名志》里抬起头，皱了皱眉，喝了口茶，就又听见陈健康在喊："孟老师，丁老师，快出来呀！"

丁成龙没动，又将头低进书稿里了。

孟浩长倒是出来了。孟浩长手里还拿着毛笔，边出月门边问："有啥事呢？这么大惊小怪的。"

耿丽萍道："拆迁协议出来了，我找你们商量下。"

"啊，协议出来了？"孟浩长说，"都说些啥？"

耿丽萍又走到丁成龙的小别墅前，从窗子向里望，然后又到门前，用劲地敲门。丁成龙只好从书稿里钻出来，出来开门。耿丽萍赔着笑，说："打扰丁老师了。我们去拿了拆迁协议，大家来商量商量。"

丁成龙点点头。

大家就坐在桂花树下的石凳子上，孟浩长戴上眼镜，开始读协议、前面都是些套话，真正重要的也就是补偿这一块。政府给了两种方案：一是实物补偿，就是拆房子再还房子，按一比一点一的比例，就近解决；二是货币化补偿。就是按现在的市场价，对被拆除的房屋进行估价，然后由政府一次性地补齐房款。

陈健康点了支烟，说："我们当然得要房子，不过这房子将来在哪？不会跑到郊区去了吧？"

耿丽萍说："我可听说是在钢厂那边。钢厂破产了，那些地就用来开发了。"

孟浩长说："总归不会太远，政府会考虑的。"

孟浩长看丁成龙似乎对这事没什么兴趣，便道："丁老师，你咋想？"

"我不想，我这房子是昌吉建的，由她做主。"丁成龙说，"我还活得了几年，有个窝给我，让我把这书稿弄完就行。"

耿丽萍四下张望，好像在看什么人，然后问："昌吉呢？不是回来了吗？咋一直不见人？"

"她啊！忙得很。天天在外面跑，听说又成立了一个什么房地产公司，目标就是这百花井地区的开发。"丁成龙说，"现在这些年轻人，搞不明白，天天折腾，似乎不折腾就不是过日子一样。"

"你们家昌吉就喜欢折腾，连我们小健也被……"耿丽萍说了一半，停了。

丁昌吉正转过巷子，往井台这边走。她笑着问："都在开会呢？

咋这么齐整？"

耿丽萍剜了她一眼，没好气地说："开啥会？商量拆迁。"

"商量出啥结果了？"丁昌吉从小包里掏出包烟，拿出一支，细细的、长长的。她犹豫了下，问："孟伯伯，陈叔，你们抽不？"

"不抽。"陈健康闷着声道。

孟浩长倒是笑着说："这是哪国的香烟？来，我抽一支。"

丁昌吉边递过香烟，边说："也不是哪国的，就是女士专抽的摩尔。"

孟浩长已经点了火，抽了一口，说："果真是女士们抽的，一点劲儿都没有。"

丁成龙一直不说话，丁昌吉吐了口烟雾，问："爸，你咋想？"

"我咋想？房子是你出钱建的，你定。"丁成龙说。

"我出钱，但房子是你的，你咋说就咋办。我这不正在跟政府洽谈，想拿下这一片区的开发。要是我来开发，这百花井……"

丁昌吉没说完，孟浩长便道："这百花井说什么都得留着，这一块不能建高楼大厦。从前，这里就是吴王府。庐州有文化的地方不多，要是再拆了，将来人怎么看庐州历史呢？"

"孟伯伯，你这意见好。要是我开发，我就将这整个片区开发成一个旅游和商住综合体。全是仿古建筑，同时修建一条庐州文化街。"丁昌吉说着，丁成龙心想：这孩子咋就突然文化起来了呢？你别说，她这想法还真是一条路子。庐州这些年在飞速发展，可是，文化意蕴却越来越少了。一个城市，没有文化就无法厚重，就会显得轻浮。就像一个人，没有文化，便会低俗。

陈健康说:"要是都建那些仿古的小房子,昌吉啊,你还怎么赚钱?"

"那也未必,有特色就能带来效益。"丁昌吉说,"我还想把这百花井和这公主府第都保留下来。不仅保留,还要扩大重修一些。我已经让小健联系这方面的专家了。"

"小健人呢?"耿丽萍问。

"还在新疆,不过快了,下周可能就会回庐州。"丁昌吉问孟浩长:"孟伯伯,到时我请你来当这项目的文化顾问,行不?"

"行!行!一定行!"孟浩长痛快答应着。

回到家,丁成龙批评了昌吉几句,说八字还没一撇的事,咋就到处讲呢?丁昌吉说我就是要讲,不讲,显得我跟那些搞房地产开发的公司没区别。老爸,你可是听好啰,我不是单纯地冲着做房子来的,我是想为咱这百花井做点事的。想想我这十几二十年,波波折折,啥事都做过,啥苦都吃过。到头来,我发觉似乎什么也没留下来。雁过留声,人过呢?我丁昌吉也总得留点什么吧?

丁成龙望着女儿。这十几年来,特别是昌吉在城隍庙开店做生意后,丁成龙好像从来没有跟她有过深入地交流。胡满香在时,他总感到有所忌讳。跟儿子说话时,他能发脾气,梗脖子,可是跟女儿说话时,他就得看着胡满香的脸色。说得太重了,胡满香说他是在做给她看;说得太轻了,胡满香说他是在护着她。所以他干脆不说。胡满香去世后,昌吉就很少在庐州待。她就像一只大雁,总是在天空上飞来飞去。

"再会飞的大雁,总有累了的时候;再跑远的马儿,总有回家的时候!"这是丁成龙会唱的一首新疆民歌。他望着丁昌吉,轻轻地哼唱起来。

丁昌吉从劳改农场回来后,很快就离开了庐州。陈小健一再地劝她,并且给她拿钱,让她在城隍庙或者其他地方,重新开个店。他的观点是:丁昌吉天生是个做生意的料。丁昌吉并不反对陈小健的判断,但她不想再待在庐州。陈小健说那也行,我陪你出去,咱们一道闯荡。丁昌吉说那也不行,我还有些必须要走的路,必须要见的人,必须要做的事。我必须要去!陈小健望着丁昌吉,没有再问。虽然他心里有一千个一万个问号,也充溢着无数的疼痛与哀伤,他还是在最后一刻看着丁昌吉离去。丁昌吉离开庐州那天,秋雨沁凉。陈小健看着丁昌吉上了火车,一任秋雨模糊了他的双眼,火车也早已驶离了站台,他才回过神来,看着空空的钢轨,像个孩子般地蹲在地上哭了。

陈小健的哭声,丁昌吉是不可能看见的。可多年后,丁昌吉扪心自问:倘若在那站台上,最后一刻,陈小健还继续坚持的话,她也许就真的会留下了。她要是留下了,那么,一切又会变成怎样呢?

无法想象,也无从想象。丁昌吉当年随着轰隆的列车,重新驶入新疆大地时,她近乎枯寂的心又泛活了。空气中有牛羊与牧草的气息,有馕与葡萄的气息,有奶片子与凉粉的气息,有空旷的院落与遥远的雪山的气息……

半年后,她正式嫁给了买提明江。

结婚前，丁昌吉给胡满香打了个电话，说自己就要结婚了。胡满香说听抗美说了，是个维吾尔族？丁昌吉说是的，我自己的血液里也有一半维吾尔族的血统，所以我们才结婚的。胡满香说既然你选择了，我们尊重你。不过你真得改改你那心性，好好地过日子。丁昌吉说我的心性改不了了，我嫁给他，就是因为他了解我，宠着我。胡满香说那就好。丁昌吉最后迟疑了下，问你们能不能来新疆一趟？胡满香说这事得跟你爸爸商量。

丁成龙一口拒绝了。原因很简单：他不想再回去。

胡满香说这是女儿结婚，是人生大事。丁成龙说那是她自己的事，让她自己弄好了。真要不行，让抗美在那边替她操持一下。我们寄些钱过去。

胡满香知道再劝丁成龙也无益，便婉转地将丁成龙的意思告诉了丁昌吉。丁昌吉说那也好，既然你们都不过来，我也不需要大哥替我操持了。我直接去找玛依娜。

玛依娜？你都知道了？胡满香问。

高二那年暑假就知道了。丁昌吉冷冷地回答。

胡满香挂了电话。那天晚上，丁成龙回家很晚，等他回来后，胡满香正一个人坐着流泪。丁成龙问："咋啦？"

"能有咋？"

"昌吉的事？"

"那孩子……她早就都知道了。"

丁成龙愣了下。

胡满香说："都是你做的好事。我说你丁成龙，当年怎么就敢跟她搞关系,你没被捅死就算幸运了。"

丁成龙不说话。

胡满香继续说:"你见过几个汉人跟维吾尔族女人搞关系的事?就你胆大,就你……唉!要是早知道,我宁愿待在庐州一辈子也不见你。"

"不是都过去二三十年了嘛?不说了。"

"咋能不说?你说,就昌吉这丫头,我可是从她出世一直养着她。可现在呢?结婚了,又要嫁给一个维吾尔族。这倒无妨,说什么要请玛依娜参加……"

丁成龙颓然坐到了椅子上。

胡满香道:"玛依娜除了怀了她,还做了什么?丁成龙,这都是你作的孽!"

丁成龙额头上开始出汗。

胡满香还在说:"当年我要不是怕你会被开除、会被逮捕,我可是不会替你收拾那个烂摊子的。丁成龙,你现在是不是还经常想到那个玛依娜?是不是?"

丁成龙身子开始沿着椅子往下滑去。

胡满香停了话,她上前来拉了下丁成龙。丁成龙嘴角上冒着白沫,她马上喊道:"老丁,老丁!"

喊完,她立即跑到院子里,叫唤道:"来人呐,来人!老丁不行了!"

陈健康和耿丽萍首先跑了过来,耿丽萍一看,说这是脑溢血,我父亲当年也就是这么走的,赶快打120。陈健康正往前凑,耿丽萍骂道:"凑啥?快打电话啊!"

孟浩长也过来了。正在孟浩长那学画的陈兰,马上给丁石子打电话。

一周后,丁成龙醒来时,大儿子叶抗美正站在病房窗子前抽烟。丁成龙心里动了一下。他侧着头,没出声。阳光将叶抗美的身影投在白床单上,眼前这个男人,当年被胡满香带着一路颠簸到了新疆。在他幼小的心里,也许仅仅是为了去找爸爸。可是,他大概永远也不会想到:他从此就留在了新疆,成了一个地道的新疆人。而自己这个当年被儿子哭着要找的爸爸,却回到了庐州。

而且,他还从丁抗美变成了叶抗美。

叶大胡子已经去世了。农场里有些与丁成龙和胡满香都熟悉的老人就劝叶抗美:当初你爸妈是因为情况特殊,才把你送给叶大胡子的。现在,大胡子走了,你得改回你原来的姓,否则对不起你爸妈。叶抗美说这不是对不起我爸妈的事,而是对不对得起我叶伯伯的事。我既然跟了他,做了他儿子,我就得对得住他。这辈子我是不会再改姓了。不仅我不改,我的儿女也还都得姓叶。人嘛,总得凭着良心,是不是?

叶抗美转过身,丁成龙正看着他。叶抗美嘴唇动了动,说:"醒啦?醒啦!"

丁成龙伸出手,叶抗美上前来拉住。丁成龙没说话,叶抗美也没说。医生过来,检查了会,说醒了就好。这病人还真有韧性,都昏迷一周了。

第二天,叶抗美便离开庐州回新疆了。临走时,丁成龙对他说:"拜托你,关照下你妹妹。"

叶抗美道:"放心,我就她这么一个妹妹呢。"

丁成龙说:"我这病了,不然,我也得陪你好好喝两杯。"他嘱咐胡满香,将橱子里那两瓶他收藏了十几年的茅台给抗美带上,另外也给昌吉带一床蚕丝被。抗美说真的不必,酒,新疆那边也有的是。丁成龙说:"那边有是那边的事。这酒,还是十几年前别人送我的。你带上,慢慢喝。下次回来如果我还在,咱们爷儿俩好好喝上几杯。"

叶抗美说:"肯定还在,别说这样的话。我带着,回去喊昌吉,还有买提明江一块儿喝。"

丁成龙艰难地点了点头,又加了一句:"别告诉昌吉我生病的事。她这孩子……反正别告诉她就是。"

世纪之交,丁成龙接到叶抗美的电话,说妹妹丁昌吉生孩子了,一个男孩。

丁成龙放下电话,想了半天。一九八五年,当丁昌吉随着胡满香一道回到庐州时,丁成龙曾经觉得这个浸透了他的爱和恨的女儿,会一直待在庐州。至少会待在口内。可是,他万万没想到:血液的吸引力如此巨大。虽然远隔千里,丁昌吉还是早在高二时便偷偷回了趟新疆。接着,在从劳改农场回来后,又不顾所有人的反对,不仅回了新疆,还与维吾尔族小伙结婚成家。胡满香也曾问丁成龙:"到底是咱们待她不好?还是……"

丁成龙说:"都不是,她根子里就这样。"

本来，丁成龙想说：那是血液的力量，那是奔涌在丁昌吉身体内的血液的牵引与召唤。丁昌吉的血液中，一半是维吾尔族，一半是汉族。当她忧伤苦恼和面临人生抉择时，她选择了回到新疆。在那里，她需要的是温暖，是依赖。而在庐州的这些年，丁成龙后来回想起来总觉得丁昌吉其实是孤独的，是游离的。只是他和胡满香未曾认识未曾重视。如果说有人窥见了丁昌吉的孤独和游离，那就只有陈小健了。陈小健是一直站在丁昌吉身影里的人，但是，可以肯定的是：他并没有走进丁昌吉心灵的深处。否则，丁昌吉就不会远离庐州，重回新疆了。在丁昌吉回新疆后，陈小健曾请丁成龙和孟浩长到城隍庙喝过一次酒。陈小健问丁成龙："她咋就坚持要离开呢？"

孟浩长说："那是命定的事。就像当年我母亲坚持要离开一样，也像我父亲坚持要出家一样。离开，是一种宿命。"

陈小健摇摇头，说："太玄，我不懂。"

丁成龙说："你们注定就是平行线，即使偶尔相交，也只是短暂的缘分。小健，放弃吧！她不值得你这样。"

陈小健说："我相信她还会回来的。"

丁成龙和孟浩长都无话可说。那天，陈小健喝醉了，醉后，站在酒店的窗前喊"丁昌吉"。丁成龙拉着他，说："小健，听伯伯的话，开始过你自己的日子吧！否则，我也对不住你父母。"

陈小健哭着，但却坚定地摇了摇头。

丁成龙本来想让胡满香去趟新疆，毕竟是女儿生孩子这样的大事。结婚时，他们没去，那是因为心里怄着气。现在，都添孩子了，还有什么可计较的呢？可是，胡满香现在的状况，根本不可能再去承担服侍坐月子和带孩子的重任了。胡满香基本上处在一种难以说清的混沌状态，忽明忽暗；大多数时光，是在因为过多沉湎于往昔而带来的那种幽冥里。她可以独自坐在井台一个下午，倘若不去喊她，她会一直坐到月亮升起、露水降临。丁成龙为此心疼，但亦无奈。他放弃了让胡满香去新疆的念头，打电话给叶抗美，让他给丁昌吉请一个保姆，所有的费用由这边承担。过了两天，叶抗美来电话说保姆不必了，丁昌吉已经请了人。丁成龙说那人可靠吗？叶抗美说可靠，是……叶抗美迟疑了下，还是说了，"是玛依娜！"

丁成龙拿话筒的手被刺了下，就像当年他被玛依娜抱着时的那样，他的眼前幻化出了那片葡萄园。葡萄园面积很大，一直伸展向遥远的天边。在园子的尽头，是玛依娜家的小院子。春天的时候，丁成龙闲来无事，就在葡萄园里转悠。他喜欢葡萄的香气，更喜欢听葡萄园里维吾尔族女孩子唱歌。他信步而走，越走越深，最后就看见了维吾尔族姑娘玛依娜。

其实，玛依娜也在农场宣传队工作。只是平时丁成龙很少和她们这些宣传队员们接触，所以，他乍一见玛依娜，还真的没认出来。玛依娜笑着说："我认得你，昌吉的大作家。"那时候，丁成龙经常在昌吉的报纸上发表些诗歌和小戏。

丁成龙说："我不是作家。"

玛依娜闪着蓝色的大眼睛，说："大家说是，就是。"

丁成龙让玛依娜给他唱维吾尔族民歌。维吾尔族女孩子天生就有一副好嗓子，热情奔放。而且从小就学唱民歌，因此，每个人只要一张口，就能唱上十天八夜。玛依娜一张口，葡萄园里就只剩下了她的歌声。葡萄架上的小鸟也听醉了，即将成熟的葡萄也听得愈发透亮。

玛依娜唱了三天。

丁成龙听了三天。

丁成龙整整记了一本子新疆民歌，玛依娜停了歌头，问丁成龙怎么就到了新疆？丁成龙说每个到新疆的口内人都有一段历史。玛依娜说那你的历史呢？丁成龙说我的历史，只是所有人历史的一部分，不值得说，也没法说。玛依娜笑着，说在农场所有的男人中，就你丁老师最深刻。像我们维吾尔族人说的那样，最有思想，最有文化。

一年后，丁成龙从乌鲁木齐被押解回昌吉。他没有被处决，而是被送回来监督改造。他改造的地方，就是这片葡萄园。胡满香被调到了呼图壁。他有时候晚上就待在葡萄园的工棚里，喝酒、看天、数星星。终于，有一天晚上，玛依娜走进了工棚……

直到八十岁时，丁成龙也从没在内心里原谅过自己。对于玛依娜，他相信那一切都是幻觉，都是月光下葡萄园中的梦。可是，这梦结出了果子。当玛依娜告诉他：她怀了他的孩子，并且按照维吾尔族人的风俗，必须要生下时，他有一种预感：他再次进入了人生的黑胡同。他望着玛依娜，说不出话来。玛依娜说："你不必怕。我不会说出来的。可是，孩子生下来后，你必须带走！"

丁成龙答应了她。

八个月后，丁成龙在一个黑夜带回了刚刚满月的丁昌吉。这个粉嫩的女孩儿,躺在丁成龙的掌心里,如同一弯满月。胡满香一眼看见就喜欢上了,但她并没有接过女孩。其实在此之前,她已经隐约听说了一些关于丁成龙和玛依娜的传闻。她哭泣,她愤怒,她让丁成龙将孩子送走,她离开昌吉回到了呼图壁。但最终,她接受了孩子,她不能再将丁成龙推进火坑。她对丁成龙说:"我收养她,不是为了你,而是为了自己,为了这孩子!为了这个家!"

玛依娜也离开了昌吉。没有人知道她去了哪里。只有偌大的葡萄园里,还时时飘荡着她的歌声……

第十七章
孽缘孽果

钢厂改制，是庐州进入新世纪第一年最重大的消息之一。这座钢铁占了半边天的省会城市，仅钢铁这一块，涉及的产业工人就有十多万。这十多万人，后面又拖着近三十万家属。一个庞大的群体，在钢铁企业改制的号角中，被冲撞、被打击、被崩析、被解体。甚至被悬在空中，无所适从。

耿丽萍早在改制前就已经退休了。可是，钢厂改制的消息，却一样折磨着她。一个从前赖以生存的企业，现如今面临破产，或者转手重组给其他企业，这无论从情感上，还是理智上，都难以让人马上接受。耿丽萍特地跑到厂里。因为即将改制，企业处于半停产状态。轰鸣的机器声弱了，飞溅的钢花不再那么闪亮，而大多数车间里，工人们的注意力不再在生产上，而是在改制以后何去何从上。她遇到几个以前的老同事，她们个个忧心忡忡。她自己的心情也跟着沉重起来。晚上回到家，她特地让陈小健回来，问儿子对钢厂改制怎么看？陈小健倒说得轻松："这是大趋势。其实早就应该改了。"

耿丽萍说："不是好好的吗？"

"好什么好呢？我当初为什么要出来单干？不就是因为厂里那套体制不行。效率低下，人浮于事，企业行政化，导致钢厂这些年不断滑坡。同时，由于国际国内钢材市场也在不断变化，国内钢铁企业产能已严重过剩。在这种大环境下，没有先进的现代企业管理制度，不进行有力的企业改制改革，钢厂到最后只有关闭一条路。与其让它关闭，不如现在痛下狠手，加紧改制。改制是钢厂继续生存的唯一途径！"陈小健说，"我虽然走出来了，可总还是钢厂人。我一直都关注钢厂的发展。"

陈健康插话道："那改制后，不就不是庐钢了？"

"那很难说，看谁来接手，我听说上钢要来接盘。如果那样，就很好。"

"上钢？"

"听说是。但好像还没定。"

"其实谁来接盘不重要，重要的是我们会不会受影响？不会连退休工资都没了吧？"耿丽萍担心道。

陈小健说："那不会的，改制首先就要解决养老这一大块。保证现有员工和退休员工养老无忧。"

"那就好。"耿丽萍道。

陈小健说："我也正在考虑，要是真改制了，我要不要回到钢厂？"

"这……"陈健康望着耿丽萍，然后道，"好马不吃回头草。你还是干你的好。不过，小健哪，你都这么大了，再怎么着，也得成个家了。你不成家，我和你妈心里不安定啊！"

"不说这事了。"陈小健起身说，"我晚上还有点事，先走了。"

耿丽萍咕噜着："一说成家，就走人。你难道是要我们给你叩头不成？"

陈健康劝道："这孩子是中了那昌吉的邪了。按理说，现在也该死心了，人家都养孩子了，他还……我们怎么养了这么个迂腐的儿子呢？"

钢厂改制一开始人心惶惶，但很快，大家也都接受了改制的现实。工人们关心的是改制后的工作与收入了。上钢作为入主企业，整体兼并了庐钢。十万多工人中，三分之一提前退休；三分之一分流下岗；三分之一继续留用。三个三分之一，一夜之间使庐钢内，几多欢喜几多愁。特别是那些下岗工人，面临着重新择业。在钢厂，他们学到的技术，到了其他地方，几无用处。这三分之一的工人怎么也想不通，为什么下岗就下到了自己头上？将来怎么过？

没想到，早已辞职离开二钢厂的陈小健在钢厂边上专门租了间办公室，要为钢厂下岗工人谋利益。最终，经过陈小健的努力，通过法律途径，庐钢下岗工人的权益得到了保障。

工人们欢呼着要来感谢陈小健，陈小健却没现身。他离开了庐州，独自去了新疆。

就在陈小健离开庐州不久，陈春忽然回到了百花井。按理说，陈春就工作在庐州幼师，她回百花井，回自己的家，应该是常事。可事实上，自从工作后，她便很少回家。一年中回来的次数屈指可数。甚至，连中秋、端午这样的节日也不回来。一开始，耿丽萍还打电话让她回来，可她一接上电话就生气。耿丽萍说再怎么着，也得回家过节吧？你一个人待在学校里，冷冷清清的，有什么意思？陈春反问了耿丽萍一句：那回家有什么意思？耿丽萍一时语塞。

陈春的性格是在她生病后就渐渐改变的。一个病人的病情，和对这个病人的怜爱，遮蔽了她心理疾病的真实。等到她毕业分到幼师后，她没有从家里带任何一件东西。所有物品都重新购置；她不再回家，也不与家里人联系。关于她的消息，要么来自于她的同事和同学；要么就来自于妹妹陈兰每隔一段时间去幼师的探望。陈兰每次回来，神情都一样凝重。陈健康为此十分担心，坚持要送大女儿去医院。耿丽萍阻止了他，她说这万万使不得。虽然春儿心理上有些问题，但还不至于非得让天下人知道。倘若一送她到医院，且不说她自己如何承受，就是学校那边一传开，那将来春儿怎么工作？她也那么大了，难道就一直不嫁人？陈健康叹着气，问耿丽萍那你说咋办？总不能看着她一天天病重下去吧？

好在这三五年来，陈春的病似乎稳定了。特别是近两年来，据陈兰说：姐姐心情开朗了一些，平时脸上也有了笑意。陈健康和耿丽萍为此高兴，他们嘱咐陈兰多去看看姐姐，背地里还让陈兰带些好吃的给陈春。最近，他们还在张罗想请人给陈春介绍介绍。陈春已经二十七了，她要是早一点嫁了人，有个安稳的家，他们总会更加放心些。

因此，陈春刚一回到家，陈健康就打电话给在外打牌的耿丽萍。耿丽萍立即走下牌桌，又折身到菜市场买了菜，还特地去超市买了陈春从小就喜欢吃的青团。等她进了家门，陈春正伏在桌子上哭着。陈健康攥着手，来回走动。耿丽萍向陈健康使了个眼色，陈健康摇摇头。耿丽萍便上前扶着春儿的肩膀，问："咋啦？春儿。"

陈春哭的声音更大了。

耿丽萍禁不住心酸，又问道："咋啦？说嘛。"

陈春停止了哭泣，头却没抬。耿丽萍正等着她说话，她又"哇"地大声哭了起来。这一哭，整个大院子里都传开了。好在这院子里现在只住着老陈家、丁老师和孟老师。这丁老师和孟老师平时是不太喜欢看热闹的。耿丽萍摸着陈春的头发，说："既然回家了，就哭吧。有啥心事，哭出来就好。"

她示意陈健康关了门，然后和陈健康一道到厨房烧菜。

陈春哭了一阵，歇了会，又哭。

终于哭完了。耿丽萍听没了哭声，便出来递上杯茶。她也没再问，只是静静地陪着春儿。天色渐渐暗了，外面院子里传来蛐蛐儿的叫声。耿丽萍说："先吃饭吧，春儿！"

晚饭后，陈兰正好回来了。陈春说："我在学校没办法待下去了。"

"咋了？"这可真的惊坏了耿丽萍。

"我欠了他们一大笔钱。"

"欠钱？咋欠了？多少？"

"三百多万。"

"啊！"陈健康也倒吸了口凉气。陈兰忙道："姐，你一个人咋欠人家那么多钱呢？干啥了？"

"不是我欠的。是……"

"是谁？怎么要你还？"

"是……"陈春欲言又止。

陈兰说："都这时候了，还遮遮掩掩个啥？说嘛！"

"是孟明月。"

"孟……孟明月？就是孟老师家那个……"

陈春点点头。

陈健康按住耿丽萍，对陈春说："别急，慢慢说，慢慢说！"

原来两年前，陈春带着学生参观禁毒展览，正好遇见了值班的孟明月。两个人说到百花井，自然距离就拉近了。参观结束后，互留了电话。那以后，孟明月就三天两头地往幼师跑。有时还送些花，或者请她出去喝茶。孟明月比她大十几岁，在她面前就是个沉稳、厚实的大哥哥。渐渐地，陈春发现自己就……一年前，陈春怀上了孟明月的孩子。陈春说要跟孟明月结婚。孟明月说等着吧，我正在离婚。等我离了，一定娶你！孩子被打掉了。孟明月说他手头上有个项目，能赚大钱，可惜就是没有资金。孟明月让她在学校里老师间宣传，大家每人都投资一点，把这个项目搞起来。孟明月还给了她一些宣传画册，里面有项目介绍及盈利说明。学校同事们大概因为陈春一向比较实诚，加上宣传册上的介绍确实诱人。于是，第一批就有十来个人投入了几十万元。三个月后，孟明月按一分的利给这些投资老师返还了利息；这一下，可在幼师引起了轰动。那些拿到钱的老师，又都增加了投资。另外一些先前观望的老师，也加入了投资行列。到上个月，总投资已达到三百多万。可是，这一个多月来，孟明月再也不去她那儿了，到期的利息也不见返还。她急着跑到公安局找孟明月，公安局的人说孟明月涉嫌非法集资，已经被抓了。她当时就急昏了头，差一点在公安局里晕倒。这边学校里老师们天天缠着她，那边孟明月在里面出不来。公安局那边还让她过去配合调查，说孟明月这两年以投资项目的名义，非法集资上千万元。至案发时，追回六百多万，其余钱款均已被他挥霍殆尽。她问那我们学校那些老师的钱能回来吗？公安局的人说能不能回来，那就得看孟明月出来后有没有能力偿还了。

"现在，学校的老师整天都跟着我。你们说这……"陈春又哭了。

陈健康捋着袖子，说："我去找孟明月，这小子！你咋能这样害我闺女呢？咋能这样嘛？这小子！"

耿丽萍骂道："你咋呼个啥？这是光彩的事吗？何况现在孟明月被抓了，你怎么找？这事，我看得跟小健说说，他有主意。"

陈兰打陈小健手机，关机。她发了条短信，将情况简单说了，请哥哥看到后回复。

耿丽萍也掉眼泪。陈健康让陈兰陪着陈春先去休息，他又过来安慰耿丽萍："这事虽然跟春儿有关，可又不是春儿自己做的。别怕！慢慢想办法。"

"你能想个啥办法？平时尽是喝酒，到了关键时刻，怂了？"

"我不是在想办法吗？你说这孩子，怎么那么糊涂？居然信了孟明月，还想跟人家结婚……从小就傻，大了，更傻了。"

"还不像你？我们这孩子都怎么啦，小健小健他抱着棵树不移窝，春儿这又……我这是咋啦，前辈子造了啥孽，生了这两个不成器的东西?"

"别嚷了。"陈健康忽然一拍大腿,说:"这事得去找孟老师。孟明月是他儿子,这事他得替我们春儿出头。"

耿丽萍想了想,说:"事到如今,也只有这样了。"

没等到陈健康去找孟浩长,孟浩长自己找上门来了。

孟浩长一进门就道:"实在对不住你们家春儿了,我早晨才知道。明月那个孽障,竟然做了这等伤天害理之事,我这老脸也被他丢尽了。健康、丽萍,我对不住你们呐!"

陈健康说:"我们也是昨晚上才听春儿说的。这都两年了,我们一点消息都没听说。我们也有责任。"

耿丽萍说:"怪就怪孟明月。他是看我们家春儿实诚,不仅……还害她现在在学校没法做人。孟老师,你说这孟明月咋就这么……我们家春儿将来怎么过啊?"

"唉!"孟浩长正叹着气,丁成龙也过来了。丁成龙劝道:"事情搞成这样,谁都不想看到。但既然已经发生了,就想办法处理。"

孟浩长说:"这事从头到尾,孟明月都没对我说过。今天早晨,他妈妈给我打电话,我才知道他被抓了,而且这事涉及到春儿。所以我就过来了。"

丁成龙说:"当下最要紧的是了解情况,然后再想办法。"

陈健康就将陈春说的情况,又说了一遍。丁成龙对孟浩长道:"孟老师,你得打听一下公安局那边的态度。如果能偿还放人,那就想办法先赔偿。"

孟浩长又叹了口气，嘴里说："孽障，孽障呐！"

孟浩长只好腆着老脸，找他的一个在市政法委工作的学生帮忙打听。很快，学生就回了话。说孟明月这案子并不复杂，就是虚拟项目非法集资，总金额超过了一千万。他采用高额利息为诱饵，用后期集资支付前期集资款。同时将集资款用于个人消费和炒股票。到案发时，亏损近四百万。孟浩长请这个学生再打听一下像孟明月这种情况，应该怎么来想办法解决。这学生说首先是积极还款，这是最重要的一步。通过还款，取得集资人谅解，减少损失。当然喽，还得……才能尽量争取不判实刑。

孟浩长放下电话，对丁成龙说："丁老师，我们去月门那边商量下。"

到了公主府第里的月门，孟浩长对丁成龙道："我想只有卖画了。"

丁成龙说："你不是……"

孟浩长说："这个时候，救人要紧。我也顾不得那么多了。"

"那也好。不仅仅能救明月，也能救了春儿。"丁成龙问："有主了吗？"

"去年，庐商集团曾让人找我，说要订一批画作，当时说的金额很大。我再来问问。"孟浩长皱着眉头，这些年来，他的画作只送不卖。这次，他得破自己的这个规矩了。

当天晚上，庐商集团便派人到孟浩长家。一共卖了六十幅画，总额四百二十万元。当来人将支票递给孟浩长并带走画作时，孟浩长沉默着。陈兰看见老师眼眶里泪水在打转。她劝老师："画就是给人看的。他们拿去后，会善待的。"

"我不是怕他们不善待,而是我从此就沾上了铜臭了。我这人一生都不谈画价,可是这……"孟浩长站起来轻轻唱道:

"我一生名节,好比南山竹一竿;

现如今,却因了这浪子,全给抛忘。"

钱交上去后,孟明月却并没能出来。朱平打电话给孟浩长,边哭边说:"我就这么个倚靠,你要是不把他给弄出来,我就到百花井去死给你看。"

孟浩长说:"这事,是明月犯了国法。我再怎么弄,也不能违法啊!"

"我不管。我只要明月!"朱平说,"我都是一口气卡在喉咙口的人了,难道我真的死了都没人送终?你孟浩长,就真的不管不问?"

"我哪是不管不问?我不是替他把钱给交了嘛!"

"那也不行。你得把人给弄出来!否则,我就去百花井……"朱平又嚎啕大哭,哭着就挂了电话。

孟浩长只好带着钱去为儿子还款了。

最后,孟明月因有自首情节,且全额退款,认罪态度良好等,被免于刑事处罚。不过他也因此丢了工作。

就在事情全部结束后,陈春回了一趟百花井。陈春特意到孟浩长和丁成龙家里,感谢两位伯伯。那天中午,陈春陪陈健康喝了杯酒,又将一张存有她工资的卡放在母亲的枕头下,然后便离开了。

半个月后,陈健康和耿丽萍才从陈兰那知道:陈春已经上了紫蓬山,正式出家为尼了。

第十八章

终有月圆

陈小健是在秋天的第一个霜日回到百花井的。他刚下飞机,打开手机,便接到丁昌吉的短信:我在出口处等你。

他的心头一热。

十四岁时,陈小健在百花井的巷口第一次看见丁昌吉。那次,丁昌吉刚刚随母亲胡满香回到庐州。丁昌吉穿一身鹅黄色的套裙,这在当时的庐州还是极少见的。大街上,还都是蓝色、灰色,偶尔有一些红色和黄色,都十分显眼。丁昌吉因为一直在新疆长大,新疆是个少数民族地区,服装比内地本身就多彩、鲜艳。陈小健看着这个有一张洋娃娃脸的小女孩跟在母亲身后,大眼睛,长睫毛,四处瞅着,嘴里还在唱着歌曲。他当时正拿着一只风筝,他刚刚从泗河边上与几个小伙伴一起放风筝回来。他看着丁昌吉,不知怎么地就"嘿"了一声。

丁昌吉回了头。

丁昌吉问："你认识我吗？"

一口普通话，好听。这是陈小健的第一感觉。接着，他十四岁的心里涌出第二种感觉：好看。

"现在不是认识了吗？我叫陈小健，就住在这里。"陈小健指着井台那边的房子，说："喏，就在那！"

"那是你家？那以后我们成邻居了。"胡满香停了脚步问，"你是哪家的？"

"我爸爸姓陈。"陈小健对着丁昌吉说："我叫陈小健。你呢？"

"丁昌吉！"

半年后，陈小健在井台上问丁昌吉怎么长得像个维吾尔族人，那时候，丁昌吉卷曲的头发，显出微微的金黄。她的睫毛更长了，眼睛比一般人要蓝、要深。丁昌吉虽然才插班入学半年，但已成为学校里最有影响的女生，她承包了陈小健每日的关注和牵挂。当他在井台上问出那句话时，他心里隐约就觉得：也许这一生，他就注定与这个女孩子离不开了。人就是这么个怪物，命定之中，总有一些事物会让你一生都想融入、亲近和无私地奉献。而且，心甘情愿，无怨无悔。

机场的嘈杂声中，陈小健到了出口。他一眼就看见丁昌吉站在出口处，她手里居然还举着张牌子，上面写着：小健！

陈小健眼睛立即湿了。

陈小健假装检查旅行包的拉链，停下来，蹲下身子，通过人群杂乱的脚步，看着不远处的丁昌吉。丁昌吉眼神幽深，湖水一般在人群中扫过。他站起来，朝丁昌吉挥手。丁昌吉眼睛停止了扫视，嘴张了张。他快步走上前,隔着出口的黄色的拉线,他伸出手摸了下丁昌吉的脸。

丁昌吉笑着,身子往前靠了靠。虽然隔着黄线,她的身子还是靠进了陈小健的怀里。陈小健说:"昌吉!"

丁昌吉抬起头,蓝眼睛里有泪花。她点着头,说:"小健,咱们回家!"

路上,丁昌吉将百花井拆迁的事,简单地说了一遍。陈小健说:"大方向是对的,必须把握住文旅地产这个关键。这是我们的杀手锏。"

丁昌吉说:"集团已同意了我的想法。下面的事,就靠你了。你回来了,我就……"她侧着头看着陈小健。这个男人,现在轮廓分明,坚毅而沉着。她的脑子里迅速地滑过这些年来这个男人的影像。她突然问:"还记得当年我第一次到百花井时的模样吗?"

"记得,你穿着鹅黄色的套裙。"陈小健说。

丁昌吉没说话,只望着他。然后,将手缓慢而自然地放在他的掌心里。这动作,就像一对几十年的夫妻,一点儿也没有做作。

兵团实业庐州办事处的牌子就挂在城隍庙前的府前街上。陈小健与丁昌吉商量:文通公司既然前期做了大量的工作,而且这家公司还是家专业的房地产开发公司,那么,兵团实业要想横插一杠子,成功率不会太大。据丁昌吉的了解:文通公司早在三年前就进入了庐州房地产市场,兴建了一大批中高档商品住宅。特别是从今年开始的庐州大拆迁,文通公司积极参与。要想在百花井拆迁再建项目上,兵团实业能有所斩获,可谓是难上加难。

陈小健对此却表示乐观,他对文通的房地产开发案做了些研究,大多是单纯的房地产开发。复合式开发与多功能开发尚未出现。这正是兵团实业的长处。所以,在这一场战役中,必须出奇制胜,力求一击必成。

丁昌吉问:"如何出奇制胜?"

陈小健说:"文旅地产。以历史文化街区功能作为定位。"

丁昌吉又问:"如何一击必成?"

陈小健说:"不到决胜时刻,不透出底盘。一旦透出,则必成功。"

丁昌吉让陈小健将这些想法好好地作了总结,报给兵团实业总部。在此之前,实业的副总已经过来进行了考察。陈小健建议尽快邀请兵团领导来庐州访问,在庐州高层加深对兵团实业特别是丁昌吉丁总的印象。

晚上,丁昌吉和陈小健一道,将丁成龙、孟浩长、陈健康夫妇和陈兰都请到了庐州食府。一轮酒罢,丁昌吉正式宣布:"从今天起,我和小健在一块了。"

丁成龙鼓掌,说:"你这丫头,要好好珍惜,好好珍惜!"

陈健康鼓掌。耿丽萍哭了。

孟浩长说:"我得送你们一幅大画!"

陈兰道:"其实早就应该在一块了。是圆月,终究是圆月。祝福你们!"

丁为民车子刚到区政府门口,就接到电话,是秘书小刘。

小刘说："丁区长，最好别过来。又有一大帮上访的人过来了。正堵在院子里呢！"

丁为民问："没人处理？"

小刘说："书记出差。区长开会去了。其他人在等着您过来。"

丁为民是常务副区长。他捏着手机，想了想，让司机在路边稍微停一会。然后对小刘说："这样，我先到市政府去一趟。你让信访局接待。"

司机手扶着方向盘。他并不知道接下来到底要去哪里。果然，丁为民道："去慢庄。"

慢庄在泗河的半岛上。泗河流进市区后，在赤阑桥下不远，突兀地形成了一个宽近百米、长两百米的半岛。从前，这里是泗河管理处。后来，在上世纪九十年代，这里变成了泗河小公园。到了新世纪的第四年，小公园里逐渐开始增添了一座仿古园林。有假山、泉水、亭台楼阁、有小榭、有长廊，内中植有竹木和各种观赏花草。沿水而建有数十处古雅木屋。每座木屋均为二层。一层为会客室、娱乐室与餐厅。二层为起居室、健身房。一开始，庐州的老百姓并不知道这慢庄到底是何来头，他们只知道小公园关门了，代之的是一座铁艺大门。每天，特别是到黄昏，不断有各种高档轿车出入。夜晚，慢庄里灯火掩映，竹木扶疏。然而，你细看，那些灯火却在狭小的半岛上，各自独立，互不干涉。这便是慢庄的最大妙处。时间久了，人们从猜测到后来确认：这是一座现代庄园，名叫慢庄。出入其中的，几乎都是庐州有身份有地位或者手里头有钱的各界大佬，当然，也还有许多庐州名媛。慢庄，渐渐成了庐州最具影响力和最能彰显身份地位的高级会所。

丁为民喜欢到慢庄。

车子直接把丁为民送到了慢庄荷香苑。丁为民下了车，直接进门。文通集团的关文关总正在泡茶。她一见丁为民进来，便问："心情不好？"

丁为民坐下。关文上前将两手放在他的肩膀上，一边按摩一边说："我就知道区长有事，不然，区长也想不起我来。"

丁为民笑笑，说："烦！当这个区长也真的没什么意思。哪有你们自在？"

"我自在？"关文低着头，凑近丁为民的脸庞说，"我一点也不自在。你们这些领导不自在，我们怎么会自在？"

"就你会说。"丁为民拉过关文，让她坐在自己的大腿上，亲了下她的脸，说："我是不自在。到你这寻自在了！"

关文抱着他的头，笑着，说："那就自在呗！"

两个人上了楼。一番云雨之后，下楼来喝茶。茶正好。丁为民看着手机，十几个未接电话，还有一些短信。他扫了扫号码，其中有信访局的，有秘书的，有其他各类人等。他一一删除，但却回拨了书记的电话。一接通，他就道："书记，我正往滨河街道这边赶。想看看这边的拆迁情况。"

书记说："好！上访的事，你得过问一下。"

丁为民说："我的想法是必须态度坚决，不能有任何余地。"

书记说："要注意方式方法。"

丁为民说："我知道。请书记放心。"

关文递上杯茶,说:"这天天上访也不是事,你们得想办法。"

丁为民点了点头,喝了口茶。电话又响了,是区长。区长说他开会马上就回来,市委高书记马上要去检查大拆迁。他让丁为民马上到百花井片区等他。书记主要是看百花井那一片的拆迁,可能也会涉及到百花井的拆迁问题。

丁为民放下电话就起身。路上,他给百花井街道的书记打电话,让他们马上带人到各个重点拆迁点。要及时发现问题,要果断处理问题。既要让书记看到真实的拆迁现状,又要保证不由此影响整个区的拆迁工作。他这话说得有原则,又有具体的要求。作为街道领导,自然心领神会。

等到高书记和区长以及其他领导到了百花井时,丁为民已在此等候。他戴着头盔,显得匆忙。高书记专门看了一条巷子,其中大量的违建,特别是一些市直属单位宿舍楼的违建十分严重。有的甚至在楼顶上加盖了两层木楼。高书记看完,黑着脸,一言不发。区长示意丁为民汇报。丁为民拿捏了下,说这些地方的违建,区里和街道上都做了大量工作。现在的主要问题我们正要向市委汇报,那就是这些市直单位宿舍,因为都属市管,所以对区里和街道上的规定,他们根本不理睬。甚至,我们做工作的同志都进不了小区大门。丁为民这么一说,既突出了区里和街道工作,又点出了问题症结,同时将主要矛盾上交给了市委。区长也觉得这丁常务处理问题越来越有一套了。

高书记问都是哪些市直单位?

丁为民马上让人递上了名单,他刚才先到一步,主要做的工作就是突击出了这份名单。高书记拿着看了眼,立即对身边的秘书长道:"下午你就开这些单位的一把手会议,将拆迁任务与各单位主要负责人挂钩。"

下午,市里刚开完相关单位负责人会议,丁为民便接到好几个市直单位主要负责人电话。这些负责人几乎异口同声讨伐他,说不该把这难剃的头交到各个单位。这不是明摆着推脱责任嘛!他一个个解释,说并不是区里的意思,是市里主要领导的意思。作为区里,会尽力配合各个单位,来做好拆迁工作。大环境嘛,咱们还分什么责任不责任?是吧?回头我请你喝酒,要不,就到慢庄去,喝普洱茶。

单位宿舍的问题基本解决,但上访却日渐严重。丁为民已经有一个星期没敢到办公室了。他与区长商量,也都没什么好办法。上访户的有些要求,显然违背了市里的拆迁规定。倘若一开口子,就难以收拾。可是,如果放任他们继续下去,或许哪天就上访到了省里。现在,上访是一票否决,谁敢怠慢?可是,确实没什么好的办法,丁为民为此也很恼火。最后还是关文给他出了个主意:瞅准带头的那几个,由文通公司私下接触,各个击破。估计有一半人会瓦解。对于顽固到底的,请人给他们做一些手脚。几轮下来,不怕他们不同意!

丁为民有些担心,关文说这方法其他地方用得太多。没事!丁为民让她跟下面人打个招呼:千万别露馅,同时,一定不能出人命。

关文说:"放心。我知道分寸。"

第十八章 / 终有月圆

三年前，庐钢改制，陈小健在带着下岗工人们完成了一系列的维权活动后，悄然离开了庐州。他直接去了新疆，但他并没有去找丁昌吉。

当然，他首先到了昌吉。

西部的苍茫无垠，让生长在内地的陈小健，一下子心胸开阔。天，如此的高远；地，如此的广袤；空气与植物，也如此的奔放。他一个人背着背包到天池，在那深如翡翠的古老池水边，静静地待了半天。临水照影，他似乎看见了水中也有一条坚定的道路，那条路通向深邃的地下未知世界；那条路，同他心中的那条路一样，最终都将把生命导向自己命定要去的地方。在公路边一望无际的葵花地边，落日熔金，一派辉煌。他站立着，想象当年丁成龙一个人来到新疆，逃亡中那种孤寂而执着的心情。在酒吧里，他听着新疆小伙子们唱着当地民歌，幽默、深情，他突然有了另外一种感觉：要爱一个人，必须爱她脚下的土地。那么，他问自己：真的爱吗？一直爱？

答案是肯定的。

陈小健接下来的日子，几乎走遍了北疆和南疆。他并不是单纯的旅行，而是考察。每到一个地方，他都要住上一段时间，与当地人交朋友。两年下来，他的朋友遍及了新疆大地。第三年，他回到了昌吉。这一次，他决定去看一下丁昌吉。

陈小健先找到了叶抗美。

叶抗美请他喝酒，同时告诉他：妹妹丁昌吉已经在半年前跟买提明江离婚了。

陈小健并不诧异,他觉得这只是迟早的事。叶抗美说:"昌吉个性太强,买提明江又很散漫。两个人生意越做越大,矛盾也越来越多。终于离了,孩子也归买提明江。昌吉自己打理着生意,到处跑。"

"那她的生意?"

"主要是新疆农特产。以前由买提明江经营。他们结婚后,就是昌吉负责。"

"那现在还在做这个?"

"还在做。"

陈小健说:"相当好。我这两年跑了大半个新疆,对新疆的农特产品也是很感兴趣。不过,不能只在新疆做,而是要往内地做,往周边国家做。"

"这个,昌吉也有这想法。可是她一个人,难呐!"叶抗美说,"她不像我,我现在已经是完全融入到了当地的文化和生活之中。而她,还在游离。"

"游离?"

"对,游离!"叶抗美说,"她的心一直没定。就连当时跟买提明江结婚,一半也是因为想摆脱庐州那边的影响。"

"啊!"

叶抗美喝了杯酒,他喝酒的神态与丁成龙喝酒的神态十分相似。都是先低着头,看着酒杯,然后端起杯子,递到嘴边,闻闻,最后一饮而尽。他喝酒时,眼光好像在看着你,但其实是在看着酒。他将空杯子放下,说:"昌吉当初过来要结婚,我是坚决反对的,爸爸妈妈也反对。可是后来昌吉说：跟你们说，只是尊重你们，并不是要取得你们的同意。而且，她说：我早已经是他的人了。我后来想想：他们可能就是在昌吉高二回来的那一次认识的。昌吉那年回来找她母亲，买提明江一直陪着她。昌吉回口内后，买提明江结过一次婚，是和和田的一位维吾尔族姑娘。他们生了两个孩子，然后离婚了，据说那姑娘跟别的男人去了哈萨克斯坦。他离婚后性情变得古怪、暴躁，喜欢喝酒。喝醉了，就躺在大街上；或者到处找人打架。有两次，他伤了人，还被派出所抓进去关了几天。"

"那昌吉她……"

"昌吉刚刚回到新疆，就去找买提明江。那时，他离婚已经两三年了。回来后，她就说要跟他结婚。我和她嫂子都劝她，她根本听不进去。这孩子从小就是个犟脾气，她认准的路，九头牛也拉不回来。婚后头两年，买提明江有所收敛。但第三年开始，故态复萌，而且变本加厉。昌吉经常在睡梦中被他给拎起来打。做生意赚的钱，很大一部分都被他给挥霍掉了。更不能让昌吉容忍的是：他在外面有了不同的女人，有时还将这些女人带回家……"

陈小健牙齿"咯嘣"响了下。

叶抗美又喝了杯酒，说："也不能怪昌吉。她自从知道她的身世后，内心里就一直很难过。她回新疆跟买提明江结婚，其实是她对爸爸妈妈的报复。当她知道这种报复错了的时候，已经回不过头了。最后那次，买提明江居然要带别的女人跟她同睡。这下，她忍无可忍，跑来找我。最后离了。买提明江带走了孩子和现金，听说跑到边境去了。"

"这些，我父母都不知道。"叶抗美同陈小健碰了下杯子，说，"你回去也不要再说。现在，昌吉的生意渐渐上了路子，市场不断打开。而且，兵团这边也正在酝酿成立兵团实业总公司，有意跟她合作。她现在可是个大忙人了，只是……"

陈小健知道叶抗美所说的"只是"后面的内容，一个女人，特别是丁昌吉，她的内心，并非只在生意的海洋里游弋。她的内心的丰富，一如海洋。他能想见丁昌吉的寂寞，他也能抚摸到丁昌吉的痛苦。

叶抗美问陈小健："下一步怎么打算？回口内了吧？"

"不！我已经决定留下来，陪——昌吉！"陈小健端着杯子的手，微微地颤了下。

叶抗美望着他，又将各自杯子斟满，然后道："有你，我就放心了。昌吉就拜托你了，小健老弟！"

可事情并非陈小健想象的那么顺利，丁昌吉拒绝了他。丁昌吉说："你的爱与怜悯只会让我更加痛苦。如果你真的爱我，就远离我。我们都过好各自的生活吧！"

陈小健没有和她争论，他明白：除了时间，没有什么能成为他们之间桥梁。

他抄了一段仓央嘉措的情诗《见与不见》发给了丁昌吉：

你见，或者不见我

我就在那里

不悲不喜

你念，或者不念我

情就在那里

不来不去

你爱，或者不爱我

爱就在那里

不增不减

你跟，或者不跟我

我的手就在你手里

不舍不弃

来我的怀里

或者

让我住进你的心里

默然 相爱

寂静 欢喜

第十九章
碎雪无声

丁成龙喜欢在淝河边上散步。他喜欢这条河的缓慢，喜欢它安静地流淌，喜欢它两岸边一年年生长起来的那些树木，喜欢枝头上的蝉鸣，喜欢水岸边悄然冒出来的蕨与地衣。

而且，他更喜欢在夕阳之下，一个人坐在淝河边的石头上。

一生的行迹，流水一般漫漶不已。

一九八五年，胡满香回到庐州。她身后跟着才十五岁的丁昌吉。丁成龙的心情极为复杂。他刚刚经历开远的离去，在区文化馆，乃至更大的范围内，他和开远的故事正在流传。不过，有一点他可以放心：不会有人告诉胡满香的。一来，胡满香在庐州已没有任何熟人；二来，这事最后的结局毕竟有些悲怆。开远援疆之举，让丁成龙欲哭无泪。他自然明白援疆的意义与艰苦。可是，他无法阻拦开远。开远的选择与其说是要远离他，远离这一段终究无望的爱情，不如说是她用另外一种方式，重新走进了他。

开远走进的，是丁成龙的历史。

而事实上，丁成龙十分清楚：没有人能走进别人的历史。你走进的，永远都只是你所能看到的历史。所谓一切历史，都是当代史。一切个人史，都是写史者的个人史。开远在多年后，写作出版的《丁的个人史1959—1979》，虽然丁成龙一直没看，但他可以想见：那也只能是开远心目中的叫丁成龙的那个人的二十年个人史。

然而这一切，都已随着胡满香回到庐州，逐渐烟消云散。丁成龙开始每日在淝河边上盘桓。那些年，他几乎看遍了淝河四季的变化。流水、落花、岸上的树木、水里的游鱼，尤其是两岸的人声，应和着整个城市犹如翠竹抽笋般的成长。城市在不断地扩大，而一个人活动的范围，却还是有限的。丁成龙往往是从淝河边上散步回来，就在百花巷口与孟浩长相遇。然后，两个人说一会儿话，去城隍庙吃贡鹅，喝烧酒。

临退休前两年，丁成龙所有的精力都专注在庐州戏的研究上。他带着人深入到东大圩，寻找民间老艺人，记录古戏曲谱。他乐此不疲，夜以继日，终于弄出来一本《庐州戏古谱》。可是，交到馆里后，却一直因为经费问题，得不到出版，最后只好以内部资料的方式印行。在那本小册子正式印行的第二天，丁成龙就办了退休手续。虽然还一直留用，但他毕竟是退休的人了。

算起来，丁成龙在文化馆也只正式工作了七年。

这七年，相对于他逃亡在外的二十多年，仅仅只有三分之一。也就是这七年，他时时有一种时光蹉跎，岁月不再的感慨。他与孟浩长喝酒，谈得最多的是往事。孟浩长往往在一杯酒之后，便沉入了对父亲虚云法师的解读之中。而丁成龙,他的所有的身心,其实都早已被二十多年逃亡岁月给占据了。他的每一个毛孔、每一缕思想,都跟西部缠绕在一起。他无法回避,也不可能回避。在孟浩长对父亲的解读之时,他进入了另一个世界:那是广袤无边的新疆大地,是葵花金黄、天空高远的新疆大地,是歌声起伏、舞姿翩翩的新疆大地,是儿女多情、风物开放的新疆大地……

孟浩长曾问过丁成龙:"对于庐州和新疆,哪个更近?"

"新疆!"丁成龙说。

孟浩长又问:"那对于故乡,与新疆,哪个更近?"

"新疆!"丁成龙依然如此回答。

孟浩长叹道:"是啊!二十多年。"

丁成龙说:"我的骨头和血都留在新疆了。回来的,只是我的残存的躯体!"

胡满香回庐州后有几年,常常魂不守舍。半夜,她用半生不熟的维吾尔语言,说着梦话。有时,她会在梦境里与从前的那些邻居、连队里的同事、昌吉街上的维吾尔族老乡一道,说说笑笑。有一回,胡满香醒来突然问丁成龙:"我们什么时候回新疆?我是说,回那里再也不到庐州来了。"

丁成龙抚着她的头发,她的头发,从前浓黑如缎,如今已白云悠悠。

胡满香说:"我真的很想回去呢。想吃馕,想喝马奶子,想听新疆民歌。"

丁成龙说:"等我们老了,就回去。"

两个人都用了"回去"。可是，这回去后来也成了一种虚幻。胡满香用猝然离去的方式，找寻到了她自己所要回新疆的道路。大儿子叶抗美带走了她。在昌吉城外农场的那片小山坡上，胡满香已经躺了六年。这六年，丁成龙竟从未梦见过胡满香。他坚信胡满香的灵魂，是不愿意再回到庐州的。她的灵魂，正在新疆大地上自由自在地飞翔。

直到胡满香去世，丁成龙在送走她的骨灰后，一个人静坐在房间里。他很奇怪：胡满香带走了她所有的气息。从卧室，到厨房、到书房、到客厅，再到外面的大院子、百花井、桂花树，一切地方都了无她的任何气息与味道。那一刻，丁成龙算是真正懂得了这个跟了自己一辈子的女人的心思。应该庆幸的是：后来的几年，她一直生活在对往昔的回忆之中。这种回忆，某种意义上安慰了她的孤寂。她的骨灰回到了新疆，连所有气息也消失殆尽。可是，丁成龙却一点点地感受到了在这个已然消失的女人身体和灵魂里，那些被深深隐藏了的秘密。

当年，丁成龙在黑夜之中抱回了丁昌吉。从那以后，胡满香从来没有问过。即使丁昌吉在高二那年，独自去了新疆；再后来，又回到昌吉与买提明江结婚，甚至请回了玛依娜。胡满香依然是从来不问。或许，现在想来，丁成龙明白：胡满香是一直期待着丁成龙自己开口。她明白：丁昌吉是丁成龙的软肋。但她并不想拿这软肋来要挟他。这就如同她刚到新疆那些年，不断有人告诉她关于丁成龙在逃亡过程中的那些风流轶事。她都只是笑笑。她经常说的一句话是：那是因为我不在。她也从来没问过丁成龙，关于那些风流轶事是真是假。那些风流中的人物,何去何从?

这个永远站在丁成龙历史中的女人,甚至,丁成龙曾坐在淝河边上想:她是否也清楚他与开远的传闻?

有一点可以证实的就是:一如从前,胡满香没有问过丁成龙任何关于开远的消息。但另外也有一点可以证实:胡满香心里比谁都清楚。在她去世一年后,丁昌吉回到庐州,在百花井边上盖起了小别墅。别墅建成后,丁昌吉和丁成龙喝酒。酒后,丁昌吉问父亲:"你怎么评价妈妈?"

丁成龙无语。

丁昌吉说:"一个活在你的影子里,却比你自己更清楚你的女人!"

丁成龙心头一颤。后来,在他拿到开远跨洋寄来的《丁的个人史1959—1979》时,他第一时间就想到:开远是如何描述胡满香的?她走遍了新疆大地,她是否真正读懂了一个女人的新疆史?

丁成龙最近又独自去了一趟紫蓬山。他为他的《庐州地名志》做些田野调查。他特地去了虚云法师的墓地,也去看了看孟小书。虚云法师的墓地一如既往的宁静,而孟小书坟头上的青草,又长高了一尺。坟前那株桂花,开出了星星点点的金黄色花瓣。丁成龙上前去嗅了嗅,有些淡淡的清香。他对着坟头道:"我是替孟老师来看你的。都老了,快了,快了!"

在山顶的寺庙里,丁成龙喝了杯茶,又吃了点素斋。

一个八十岁的人,当他行走在这充满往昔与感慨的道路上时,连他自己也很难把握自己的行径。他离开紫蓬山,脚步却移向了东大圩。

李光升如今经营着一家颇具规模的养殖厂,同时开办了农家乐。丁成龙一到,李光升便问:"我爸呢?"

"他在家画画。"

"他咋没来?是不是病了?"

"没呢。我一个人来做些调查,没告诉他。"

"啊,算起来,他也有好多年没来了。我以前说要接他过来一块儿住,他不肯,说他离不开百花井。"

"那倒是,他整个魂儿都在百花井。你要他离开,就等于要了他的命。"

"他自己也这么说。可是,毕竟老了,不太方便。"

"没事,他硬朗着呢。现在,还有陈兰在边上照顾。连我这大老头子都能过,他咋不行?别担心了。"

李光升攥着手,虽然已是西装革履,可他的本色还在。有些神态还如二十多年前第一次到百花井一样。而且,从他那憨厚却透着精明的眼神里,丁成龙多少还能看出一些孟浩长年轻时候的样子。当年,他和胡满香初到百花井,孟浩长请他喝埋在土里多年的老酒。那酒那个香啊!一切恍如昨日,却已五十余年。当时给他们炒菜温酒的高巧云,已是阴阳两隔。世事倥偬,岁月不居啊!

李光升领着丁成龙在厂区转了几圈。说到企业,他充满着激情。农家乐那边,正有客人在用餐。都是城里人,开着车子,三三两两,到东大圩来采风。看好了,走累了,就在这农家乐里吃一点正宗的农家菜。李光升说别小看我这些菜,都是地道的土菜,做法也是地道的土法。白菜吃着没筋,鸡汤喝着香甜,就连那喝的老酒,也是土法酿造。

丁成龙笑着,说:"土法好啊,可惜现在这些法子大都失传了。"

李光升又陪着丁成龙到圩埂上走了走。说是圩埂,已比几年前他陪着孟浩长一道来时,有了翻天覆地的变化。从前的黄泥圩埂,现在成了水泥路,路两旁栽着香樟。香樟之外,还特意设计了人行道与花坛。花坛子栽的花,与城里的花大致相同。丁成龙说:"这圩田早年叫庐州粮仓,现在呢?"

李光升说:"大都卖了,都成了楼房。现在的田地面积不及原来的十分之一。再过三五年,估计就全部没了。"

丁成龙说:"城市化进程太让人不可思议了。蚕食,甚至比蚕食还要快,可以叫鲸吞。"

"鲸吞?"

"也就这么一说。日子还是现在的好。再怎么感叹,农耕文明的衰落都是必然。就像夕阳,你能不让它下山?"

李光升笑道:"丁伯伯说得太深了,我不懂。不过,我倒真的有些担心:现如今这些年轻人,都不愿种田,也不会种田了。将来……比如我那两个孩子,都进了城。即使城里挣不到钱,也不愿回来,他们甚至都已经闻不得泥土味了。"

"哈,不必担心。我年轻的时候在豫南打仗,那时就担心战争一直打到什么时候,什么时候才能解放呢?没过几年,就解放了;五十年代,我转业到庐州工作,又担心自己的命运。结果,一逃就二十年，还好领略了祖国的大好河山；后来又被关到乌鲁木齐市，差一点被处决；再后来，回到庐州，又担心着老婆孩子；等孩子大了，又担心着他们的前途、身体还有婚姻。你说，人生哪一段不是在担心中度过的？可是，担心归担心，还不都过来了吗？你看我都八十了，古人说人生七十古来稀，我都八十了，还能跑出城来上紫蓬山。那些过往的担心呢？都烟消云散了，看不见啦！"

"丁伯伯豁达。"李光升说，"小雪就经常说丁伯伯这一生的路，太坎坷了。可是，硬是被您活了过来。记得以前石子……"

丁成龙问："小雪都还好吧？"

"都好，她说也许要回国的。"

"回国？是回来探亲还是？"

"听她口气，可能是回来就不走了。"

"那好啊，也该回来了。一个人在外总不比在家好！"丁成龙说，"都是我们家石子对不住她！"

东大圩的秋天，是一年中最美的季节。圩田里，成熟的水稻，一大片金黄，直铺向天边。远处的圩埂上，乌桕树和枫树，正举着一树火红，仿佛一团沉静的火焰；近处，除了水稻的金黄，亦有晚荷的碧绿。荷花已经开过，莲蓬饱满而挺实。

丁石子看着李光雪的背影，心思亦如莲蓬，饱满中却含着不得不割舍的依恋。

就在昨天晚上，丁石子就像当年他的父亲丁成龙一样，选择了成为这场感情的逃亡者。

半个月前,李光雪被推荐进入美国大学攻读博士学位。她接到通知的第一时间,犹豫了下,还是赶回来告诉了丁石子。丁石子拿着通知,半晌没说话。

李光雪问:"怎么?"

"没怎么!"

"那……咋不说话呢?"

"好事,小雪!"丁石子说着,将通知递给她。然后望着窗外。秋天正在来临,一转眼,他来到东大圩也已五个年头了。

"都五年了,五年了。"丁石子摸着桌子上的那块碎陶片说,"不过要比起这,那还真……"

李光雪疑惑道:"咋呐?石子,你是不是?"

"没咋,就是有点感慨。"丁石子回过头来,问道:"啥时走?"

"还有半个月。"

"好。"

李光雪上前来用手轻拢了拢丁石子的额前的头发,轻声道:"也只是去两三年。如果你愿意,咱们先结婚吧?或者,我就不去了。国内也一样发展。"

"不,不!"丁石子回答得干脆,"还是先去美国,至于结婚,以后再说吧。"

李光雪愣了下,说:"石子,你?我还是不去美国了吧,我只想和你在一起。"

丁石子摇了摇头,说:"一定得去,得去。"他拥着李光雪,亲了下她的额头,继续道:"当年大学毕业时,我被分到东大圩来,还是爸爸找了孟叔叔。当时,我很抱怨,也很消沉。虽然,那一年的大学生分配,并不是我一个人,但,我们毕竟承担了后果。所有的意气,所有升腾在心中的抱负,也就在分配那一刻被击碎了。后来,好在有东大圩厚实的历史,我开始沉入其中。再后来,有了你。小雪,这些年我常常揣想:当年我父亲和母亲,怎么能跋涉万里,逃亡到了新疆?又如何能在那样一个陌生的文化与地理中,生活了那么些年?这两年我经常与母亲闲聊,才慢慢知道:支撑他们的,其实很简单,就是活着。活着有多种方式,从血泊里爬出来活着,那是重生;从苦难里抬起头来活着,那是坚韧;从爱里舒展四肢活着,那是温暖;从尘俗中独立地活着,那是清白。"

"正是,所以我希望我们都从尘世中独立地活着。"李光雪回应道。她说这话时,眼角闪过一种幽怨,只是丁石子并不曾察觉。

丁石子却转了话题,说:"活着,只是一种方式。更重要的是活着的质量。小雪,你必须去美国。对于你,活着的质量就在科学!而去美国,是你获得更大空间的最好选择。"

"可是……我们都不小了。而且你一个人……"

"我父亲当年在新疆一个人过了好多年呢。那个时候多艰苦,不也过来了?"

"那是在特定的历史条件下,现在不同了。石子,我还是不去了吧?咱们结婚,然后,我给你生孩子……"

"不!小雪,你得听我的。"丁石子坚持着。

两个人都陷入了沉默。丁石子送回李光雪后,一夜无眠。他明白上苍留给一个女人的时间,确实是太少了。李光雪从大学到读硕,现在出国读博，她是赶着时光在跑。即使她努力地在这短暂的时光之中，匀出一块来给了丁石子。可是，他清楚她内心的急迫。倘若她放弃了这次机会，也许一生就不复再有。与其一生都背着这个包袱，不如索性放手，让她去独立地活着。

而丁石子不可能知道，而且这一生都不会知道：那一夜，对于李光雪来说，也是极其痛苦与挣扎的一夜。她在东大圩的圩埂上坐到半夜，回屋后，看着窗外的月光，直到天亮。这十几年的求学生活，看起来仅仅是一个人的奋斗，可是，这奋斗之后的泪水，除了自己，还能让谁尝尝它的苦咸？一个月前，当学院推荐赴美读博的通知下来后，她没多想就报名了。同系的另外两个女生也一起报了名。二十天前，她第一次得知自己的名字列在了最后。她去找院长。院长只是笑，然后说："世界上所有的事，都是靠成绩说话的吗？"她不明所以，院长将手搭在她的肩膀上，她让了让。院长说："晚上我有个饭局，请这次推荐赴美读博评审小组的专家。如果有兴趣，可以一起去。"她摇了摇头，说："我去不合适。"院长说："去了，就合适！"

那天下午，李光雪一个人待在寝室里，脑子里乱得像一锅粥。她想打电话问问丁石子。可她知道以丁石子的个性，只会回答两个字："不去！"她去问了导师，导师说全院十几个人报名，只有一个名额。依成绩，当然也只能是你。可是，这世道，不像从前了。这个时候，你是要搏一下的。一个做科学的人，能出去对将来是会带来巨大的影响的。李光雪说我不想搏，更不想去陪院长。导师叹了口气，说："其他人都去过了，你知道吗？"

那天晚上，李光雪最后一个到达饭店包厢。

那天晚上，她第一次喝醉了。

那天晚上，在酒店的洁白的床单上，她的纯洁绽放出了苦难而屈辱的花朵。而她，一直在酒醉之中。直到第二天早晨醒来，院长向她道歉："我没想到，你跟她们不一样，居然还是……这个名额就是你的了。我负责！"

泪水和着心痛，李光雪怕看丁石子那忧郁的眼神。秋天正美，可它阻止不了离去。水稻会离开土地，树叶会离开枝干，莲蓬会离开荷叶。她甚至想将一切都说出来，可话到嘴边，还是被吞下去了。她不想再在丁石子的心上撒盐。她拉着丁石子的手，问："都想好了吗？石子。"

"想好了。你去美国吧！"

"那……"

"人生中总有离别。沧海是沧海，桑田是桑田。去吧！"

"曾经沧海。石子，你恨我吗？"

"不恨。就像这无垠的土地，恨过这些离去的稻子吗？还有，就像当年我的父亲，逃亡二十多年。他有恨吗？没有。没有恨，才能过好真正独立的人生。我们都不恨，好吗？"

"好！"

第二十章
一生沉默

兵团副司令员李长江一行到庐州考察，庐州上上下下十分重视，李长江此次回来，不仅仅是以副司令员的身份，同时，他还是地道的庐州人，也算是一次还乡之旅。

丁昌吉和陈小健全程策划了这次活动。

两个月前，他们回了一次乌鲁木齐市，将庐州这边的情况，向兵团实业进行了详细汇报。他们反复强调百花井地区的开发，要走文旅结合的综合商业体开发路子。他们的思想，与兵团对兵团实业的要求不谋而合。实业集团的老总建议他们给兵团领导作一次汇报。在此之前，陈小健已经与同是庐州人的李长江有过接触。李长江十八岁参军，在新疆待了大半辈子。因为是独生子女，且父母均已到新疆，所以他也多年不曾回到庐州了。陈小健和丁昌吉的汇报，勾起了他的乡愁。于是，李长江决定去庐州考察。

为配合李长江的考察，丁昌吉还策划了另外两场活动。一是寻找诗意中的古老庐州。二是《百花井——庐州的眸子摄影大赛》。

一时间，庐州的报纸、电台上，滚动播出的都是百花井，都是古庐州。许多庐州市民走出户外，到百花井、到城隍庙、到赤阑桥……一张张精美的图片，不断出现在媒体与公众视野。就在李长江副司令员到达庐州时，摄影大赛颁奖及获奖作品展览在城隍庙街区露天举行。李长江和庐州市委书记参加剪彩。李长江说："我没想到我的故乡如此美好！今后，我的乡愁更重了。"市委书记说："司令员乡愁更重，那就多回故乡。我们会将庐州建设得更加美好，让司令员每次回来，都能感受到庐州的新变化、新气象。"

展览结束，李长江作了一次长达一天的庐州游。

当天晚上，在市委市政府的招待晚宴上，李长江提到了百花井地区的开发。同在宴会上的文通公司老总关文，着实吃了一惊。她万万没有料到：李长江访问庐州会是一次由丁昌吉和陈小健精心策划的公关活动。而且，这次活动如此冠冕堂皇，甚至让庐州高层也措手不及。市委书记对李长江的请求，痛快地表示了赞同。他甚至在讲话中希望：兵团更进一步关心庐州的发展，与庐州开展全方位的合作。期待着百花井地区的开发，能成为兵团与庐州合作共赢的典范。

关文长叹一声。她看见丁昌吉坐在李长江的边上，谈笑风生。而陈小健，正坐在另一张桌上，看着丁昌吉。她以女人的敏感，一下子捕捉到了丁昌吉能如此大手笔的关键所在：那是因为有陈小健这样的一个男人在。而回首自己，她看到了人群中那些或远或近的面孔，想到这些面孔在慢庄的那些说话与动作，她突然感到一阵恶心。她甚至在宴会的角落那边看见了丁为民。丁为民正闭着眼,谁也不知道这位常务副区长正在考虑什么。他神情散漫,但却一本正经。她给丁为民发了条短信:百花井丢了。

丁为民很快就回了条短信:那只是很小的百花井,其余的都还在。

关文勉强地笑了下。而那边,丁昌吉正与一个书记在耳语。那书记似乎很在意她的话,不住地点头。

陈小健也正与李长江碰杯。

关文想起以前听说的关于丁昌吉与冯娟的较量,她现在知道丁昌吉这个女人的独特了。她起身端着红酒杯,走到主桌前,对着同在桌上的副书记道:"陈书记,李司令员到了庐州,我也过来敬一杯,您给介绍介绍吧!"

陈书记稍稍迟疑了下,还是对着李长江道:"这是文通集团的关总,企业家。"

李长江点头。

喝了酒,关文又过来敬丁昌吉。丁昌吉说:"关总,庐州商界的大佬。请多关照!"

关文笑着,说:"长江后浪推前浪,还请丁总多关照!"

丁昌吉也笑着,说:"关总在庐州地产界举足轻重。我初来乍到,有什么不周的地方,还请指点。兵团实业进入庐州,还望得到关总的支持。以后,希望我们能合作。"

"这当然好。"关文说,"就怕丁总看不上我们呐。"

丁昌吉正要回话,关文又道:"前几天还和冯娟说到丁总。果然是豪杰，不简单。"

丁昌吉怔了下，陈小健已经过来了。陈小健与关文碰了下杯子，然后道："听说关总的慢庄很有些诗意，下次也过去体验一下。关总不会不欢迎吧？"

"当然欢迎！"关文道。

关文还想再说，有人进来急匆匆地找她。她马上出去，不一会儿，丁为民就收到了她的短信：出事了。

丁为民心头一惊，忙问："怎么啦？"

庙后巷死人了。关文回了一句，冷冰冰地，一下子戳疼了丁为民。他赶紧起身，直奔门外。

关文正在车旁等他。他焦急地问："怎么回事？不是让你们千万不要……"

"具体情况还不清楚。一个七十多岁的老头，下午吊死在自家老房子里。那房子在拆迁范围之内，但他一直不同意。我们的人这几天采取了一些行动，不过都没正面与他接触。家属说要将人抬到区里，我们的人正在做善后工作。"关文一口气叙说完，丁为民马上道："告诉你们的人，不惜一切代价，迅速处理完。"

关文说："也只好这样了。我去安排！"

等丁为民回到宴会厅的时候，丁昌吉正陪着李长江出来。丁昌吉给李长江介绍了哥哥。丁为民拉过陈小健，问："这事咋不先跟我通个气？"

"啥事？"陈小健有意问。

"就是百花井开发的事，弄得我很被动。你们早说，区里也是会同意的嘛！"丁为民道。

"哈，一样。还请丁区长多多支持！"陈小健说，"哪天，你有空了，回趟百花井，我喊丁伯伯、孟叔叔他们一道，咱们好好喝两杯。"

丁为民没有答应，也没否定。他看见市长正站在过道那边，便快步走了过去。

丁成龙正在台灯下翻阅资料，手机响了。

是大儿子叶抗美。

抗美问："听说李司令员到庐州了？昌吉这丫头越搞越大了。"

"是啊，到了。"丁成龙说，"不过，我也没去见他们。都是年轻一辈。算起来，他到兵团时，我都回到庐州了。"

"那倒是。他是七几年的兵，到兵团应该是八十年代末的事。"叶抗美说，"昌吉这丫头有点子，加上小健，两个人会成大事的。不过，老爸你也得多提醒他们，要走正道。"

"是啊，不仅仅他们。我最担心的是石子。"丁成龙喝了口茶，继续道，"上个月，有个高官出事了。"

"您放心。"叶抗美停了下问："还记得刘老虎吧？"

"记得。怎么了？"

"走了。"

"什么时候的事？"

"就在昨天晚上。"

"唉。他才……才七十八吧？对，比我小两岁，比你妈大一岁。"

"是七十八。你知道他是怎么走的?"

"生病呗!"

"还真不是。是自己……寻了死。严重风湿,浑身疼得厉害。于是,喝了酒,将自己挂在楼下的树枝上了。"

"都没人发现?"

"半夜,谁知道?"

"唉!刘老虎从前可真的是头老虎,五大三粗,能吃能喝,身体棒得像个棒槌(黑熊)。没想到……"

"还有蔡桂花,那个四川婆姨,前几天也走了。最近两年,走了不少老人了。"

"蔡桂花?就是胡二团长家的那个?她年轻时候可是个俏女子。"丁成龙脑子里就闪过蔡桂花的身影:穿件枣红的棉袄,头上别着枝小野花。这女子说起话来最中听,每句话后面都拖个长音,听得人魂儿颤颤的。她刚到连队时,就在宣传队,丁成龙有时带着她到农场演出。她那个劲儿啊,一上了台,浑身都是调调。那眼神勾得人心慌慌的。倘若不是那些年丁成龙怕自己又被翻老账,说不定……

"还有……"

"还有?还有谁呀?"

"还有……"

"到底是?"

"玛侬娜也走了。"

"玛……"丁成龙一下子噎住了。

叶抗美道:"这事我本来不想告诉你,但想想还是说了。毕竟……昌吉估计也不知道。我是听呼图壁那边的人说的。"

"啊!"

"昌吉生孩子那年,玛依娜曾到州里来过,要给她带孩子。但昌吉和买提明江没同意。后来,她就回了农场。上个月,在州里开会时,我听农场那边人说玛依娜得了癌症。不想,这么快就走了。"

"是快。她才六十刚出头吧!"

"是的。"

"老爸,明年夏天说什么也得回一趟新疆了。你再不回来,从前的那些老人可就都……妈妈以前也一直想回来,可后来一耽误就没机会了。你一定得回来一次。这边变化可大了。到时我陪你好好转转。"

"明年吧!我也想回去看看。"

放下电话,丁成龙心里蓦然空落,整个人也像被突然抽空了似的,撑不住了。他起身出门,坐在百花井的井台上。阳光正从桂花树叶间透过,照在他的白发上时,发出银色的细微的光芒。而在这光芒之中,似乎有着许多的身影、许多的面容在浮现。他们犹如空气中最缩微的颗粒,浮现着,涌动着,然后又蓦然消失。你抬起头想寻找时,只能看见光芒中最后的那缕尾音,那片浮动的正越飘越高的羽毛……

是该回去看看了。

这一刻,丁成龙从来没有过的思念起新疆来。他想到胡满香沉湎于往昔中的那种神情,就跟现在的自己一样。那是一种近乎幽冥的神情,是一种超然距离的神情,是一种灵魂出窍的神情,是一种浑然忘我的神情。

丁成龙叹了口气。

他扳着手指，算着手头的《庐州地名志》。按现在的进度，在明年春天应该能完成。这是自己最后一本书了。编完了就封笔，封笔后他就回新疆。他真的想去看看石河子，看看特克斯，看看大草原，看看天池，看看呼图壁，看看那连绵的葡萄园，还有一望无际的油葵地。

"丁老师，咋啦？"孟浩长从巷子那头进来，手里提着一包贡鹅。

"没咋的。"丁成龙站起来，腿有些酸。他晃着腿，孟浩长说："还没咋呢？都掉泪了。"

丁成龙赶紧擦了擦眼，问："又切了？"

"是的嘛。过来，喝一杯。有人送了我两瓶陈酒，据说有二十多年了。"孟浩长像个孩子般笑着。

丁成龙觉得孟浩长这两年越发天真起来了。不过，他倒是真的喜欢孟浩长这样子。孟浩长除了画画，就是到处走走，吃贡鹅，喝点小酒。酒到酣处，唱上一段。他依然唱青衣，嗓音细细的，唱着唱着就像流水一样。丁成龙喜欢看他唱戏时那手指，一勾一点，都随着眼神流转。他觉得孟浩长天生就是个青衣的料子，只可惜后来做了个教书先生。

酒真是好酒，陈年老酒，绵柔、温和。孟浩长呷着酒，说："昌吉和小健两个硬是把这百花井给闹腾大了。这下一步，不知怎么个弄法？要是真的像他们讲的那样，倒不错。"

"那应该是。"丁成龙说,"我听昌吉说,他们要把这打造成一个榜样社区。"

"不过,老丁呐,你也别生气,商人嘛,唯利是图。都难说。"孟浩长又嚼了口鹅肉说,"我当然不希望。我到时交这房子时,得跟他们签个协议。"

"那得签。"丁成龙说:"这年头,不保险的事多。签个协议,好。"

孟浩长又回过头来问:"刚才咋了?想嫂子了?"

"哪是,哪是?"丁成龙将口里的酒吞了下去,说,"抗美来电话说那边又有几个老人走了。唉,都走得差不多了,我也该回去看看了。再不回去,就像满香一样,没机会了。"

"早就该回去看看了。你二十多年的时光都砸在那边,算起来,你生命的主要部分,不在庐州,在新疆呢。"孟浩长说,"记得上次我们谈到历史,你老丁的历史,就是你在新疆的历史。你再不回去,就真的回不去了。到时,我陪你一道。"

"那好。我已经答应抗美明年夏天回去。到时,咱们一道。"丁成龙说,"到时,我得再走一次当年的逃亡路。三门峡、石河子、伊犁,还有呼图壁。呼图壁……"

一九九九年的秋天,丁昌吉已经出狱并回到了新疆。丁成龙和胡满香有过一次长谈。

那时候,胡满香忽明忽暗。她清醒时,思维活跃,记忆力惊人;但当她糊涂时,则一片混沌。

当然，那次长谈也是在忽明忽暗中进行的。

胡满香问丁成龙："这么些年了，不想对我说说？"

丁成龙问："说啥？"

"说啥？你知道的。"

"该说的太多了。多了，就不想说了。"

"那我先说。"

"说吧！"

"天上刮着风。多大的风啊。记得我父亲吗？他把我母亲给打死了。"胡满香第一次说到这事，眼睛突然瞪得老大。她继续说："我亲眼看见我父亲拿着枪，进到屋里。然后，我就听见他们之间争吵。我父亲让我母亲交代那个人是谁，我母亲说根本没有。于是我父亲打她，后来就……"

"这不可能，你父亲不是这样的人。那时我们在一块儿工作，他虽然脾气暴躁，但不可能杀人。"

"确实是他打死了我妈。"胡满香说，"我妈赤身裸体，被他捏颈子捏死了。他红着眼睛，像血，又像火。"

难怪！丁成龙想起这么些年，胡满香一直晕血，怕火。当年结婚时，第二天早晨，胡满香刚起床，就叫了起来。丁成龙循着她的目光看去，原来是被单上那片绽放的鲜红。他笑着，而胡满香则缩着身子，蜷缩在床的一侧。他以为她是害羞，现在想来，便一切了然。在昌吉时，有一年夏天，丁昌吉和几个孩子玩耍，不小心点着了院子里的草垛。孩子们吓得四散逃跑，而胡满香也瘫倒在旁边。后来还是邻居们过来才将火灭了。连队里有人就笑话胡满香，见了火就发软。丁成龙还狠狠地骂了她一回。她只是看着烧成灰烬的草垛,默然无声。那无助的神情,至今仍能让丁成龙记起。

"你当时为啥不说?"

"不敢,也不想。我妈当时……在俺们到庐州来之前,我妈和一个男人背着我父亲好过,好像还被我父亲当场捉到过。所以……我也恨我妈,但我不想我爸杀了我妈。可是……"胡满香哭了,突然变了声音,"不是他一个人干的,你也参与了。你看见他杀我,都不喊人。你也想杀我!你也想杀我!"这声音虽然尖利,却异常年轻,像一个四十岁左右的女人的声音。声音里有东北味,尖利中渗着层疼痛。

丁成龙按住了胡满香。胡满香眼睛上翻,额头上大汗淋漓。丁成龙挤了湿毛巾替她擦了,她眼睛又忽然闭上,过了一会儿,又开口道:"老丁,你和玛依娜在葡萄园里干的好事,你以为我不知道吗?"

"我晓得你知道。"

"我当然知道。"胡满香伸出手在丁成龙的脸上抓了一把,火辣辣的。

丁成龙并没有去擦脸。他看着胡满香,胡满香却突然站了起来,她走到门边上,将门掩上。然后又回到椅子上,说:"葡萄正好成熟,果园里都是芳香。那天下午,我从农场回来,因为时间尚早,就去找你。你不在连队,也不在家。我问别人你到哪里去了?他们都古怪地笑着。我再问,终于有人告诉我你到葡萄园去了。"

"那时,我再怎么也不会想到……我走进葡萄园。我还抬手摘了几颗葡萄，甜，也还有些酸。我走到葡萄园深处，就看见了工棚。工棚的门是关的。我走近了，就听见了你的声音。"

丁成龙问："你咋不喊呢？"

胡满香说："我听见了你的声音。你那声音我太熟悉了，哼哧哼哧的，像拉大锯一样，不断地锯着一棵木头。我听见了，我喜欢听那声音，我竟然站在门外，听了半个小时。然后，我便离开了。"

"你……"

"我喜欢听那声音，我没听过别的声音，就听过你的声音。"胡满香说，"你的声音，但你和玛依娜在一块，怎么也是那种声音？怎么也是？老丁，怎么也是？"

丁成龙咳嗽了声。

胡满香又恍惚了："那天天擦黑时，我从葡萄园走回去，路上就看见已经死了的老山东，光着身子，直往我身上爬。我推啊推啊，怎么也推不开。我哭了。我一哭他就化成了水，流到路边的渠道里去了。"

"老山东？"

胡满香忽然笑了，笑声如同风吹着油葵地，起伏且冰冷。

丁成龙也开始发冷。他从来没有窥见过这个跟了自己一辈子的女人的内心。他站起来，来回走了几步，却又被胡满香给拉着坐了下来，胡满香问："你咋知道我就会收留昌吉？你吃定了我？"

"我也是没办法的办法。"丁成龙说，"除了你，谁还能接收呢？"

"所以你就……"胡满香眼睛睁得老大，望着丁成龙。那眼光中幻化着许多影子,交错纠缠。这些影子从她的眼睛里跳了出来,交错纠缠上丁成龙。丁成龙感觉到呼吸越来越紧,身体开始由发冷变成了打颤。他问:"你还都知道些什么?那二十多年。那二十多年,你以为是我自己想过的吗?还有那些女人,都是……如果我能回头,我还愿意走一趟那二十年的路吗?如果,如果……"

丁成龙苍老地哭了。

胡满香无措地拍着丁成龙的肩膀。接着,她又陷入了更大更持久的对往昔的回忆之中。

那是唯一的一次丁成龙与胡满香就情感的正面谈话。那之后,胡满香一如草原上熟透的野果子,熟得太透,进入了浑然忘我的境界。而丁成龙,仿佛内心的世界被捅开了,那里面流淌的血,燃烧的火,都将那二十多年的岁月更加清晰、理性地翻转开来。他再一次想到一个人的历史:没有什么需要原谅,也没有什么值得原谅。历史永远都是过去式。而写历史的人,却只能是现在式。现在式的局限,与人性中的抑丑的本性,使我们看见的历史,都只可能是部分真实的历史。那二十多年,所有的哭泣与欢乐,俱已逝去。或许胡满香是对的。她选择了独自承受,并且以强大的回忆和沉默,诠释了一切。

丁成龙想起著名的《白桦林》,歌词里有句他特别记着——

谁来证明那些没有墓碑的爱情与生命?

第二十一章
历史洪流

就在胡满香去世的第二年,丁成龙最后一次见到了冯志国。

冯志国躺在病床上。整个人消瘦得如同一只小虾,身子躬着,缩成一团。但在丁成龙进入病房时,他伸直了身子,眼神从刚才的混浊中挤出了一丝光亮。他努力地想挣扎着坐起来,但被丁为民给按住了。

丁成龙也摆摆手。

冯志国点点头,轻声说:"泡茶!"

冯娟在边上泡了茶,茶是绿茶,清清亮亮。丁成龙端在手上,看着冯志国。冯志国也看着他,只是都不说话。

丁为民道:"都老熟人了,这难得见面,都……"

丁成龙说:"是老熟人了,太熟悉了。"

冯志国虽然躺着,眼神的那一丝光亮却强烈地盯着丁成龙。他说话口齿还算清楚,嗫嚅着:"都四十多年了。成龙,我……"

"别说了。孩子们说你要见我，我想想还是来了。咱们都老了，老了，老……了！很多事情是得了了。"丁成龙说着，又道："想当年你多年轻，你比我还小好几岁呢。"

"是啊！可是现在……"冯志国忽然转了下头，朝着病床的另一侧，神情紧张，说："娟儿，看看，那是谁？"

冯娟走过去，用手划了划，说："没谁呢，是影子！"

冯志国说："影子？我怎么看着像……"

冯娟说："那是幻觉，你太虚弱了。"

回过头，丁为民对丁成龙道："就这样，有时会有幻觉。老想着从前的事。"

丁成龙叹了口气。

上一次，丁成龙见到冯志国还是当年丁为民也就是丁石子毕业分配的时候。后来，那事是孟浩长替他解决的。再后来，在丁石子的婚宴上，他和胡满香甩袖而去。那以后，虽然是亲家，可从不走动。而且，这么多年，除了孟浩长，也没人知道他们之间的恩怨。丁成龙不说，冯志国更不会说。就连现在，冯志国也是在清醒的时候一再要求见一下老亲家，说有话要告诉他。他缄口不提当年的事，或许那事早已如鱼刺，卡在他的喉咙里，但他委实无法一下子吐出来。要吐出那刺，必须得有酒，有引子。而这酒，这引子，除了丁成龙，还能有谁呢？

丁为民手机响了，他赶紧出去接电话。冯娟又给丁成龙续了水。冯志国脸又朝向了丁成龙，他对冯娟道："你出去下，我和亲家有话说。"

冯娟嘟噜道："有啥话我不能听？"

"出去！"冯志国猛然提高了声音，虽然与正常人相比，那声音还是微弱，但对于一个病人来说，已是相当的猛烈了。

冯娟望着冯志国，又望望丁成龙，说："别喊，别喊，好不？我出去。你们这……"

冯娟出了病房，冯志国说："成龙，关上门，好吧？"

丁成龙关了门。

冯志国说："我一直想……想给你道个歉。"

"那何必呢？不必了，都早过去了。"丁成龙说。

"可是，可是，我心里……成龙，说真话，我当时真的不是为着私心。"

"我明白。那个时代谁有私心？都没私心，都是为公。"

"可是，你因此逃亡在外二十多年，而且……我对不住你。后来，我也想补偿。可是，我能补偿你什么？你什么也不需要，你这人我清楚，骨头硬。"

"确实不需要。那二十年也算是上帝给我的礼物吧？不过，老冯，这么多年了，我倒是想问问：在那样特定的历史时期，我们每个人扮演的角色，是出于历史，还是出于个人？我们自己的历史，又如何写在那个时代的历史之中？"

冯志国呆了会，眼神又黯淡了。丁成龙并没等他说话，而是道："我这些年常常想到这些。其实你没有错，历史也没错，我们都没错。那么，谁错了呢？"

冯志国眼神里重又挤出了一丝光亮。他轻声道："谁错了呢？这些年，我也经常问自己这个问题。没人能回答。老丁，你能回答吗？"

"不能。"丁成龙说："当年在新疆，我一个人躺在星空下的大草原上，使劲地想啊，想啊，最后太阳出来，露水干了，还是没有答案。后来，我到紫薇山看虚云法师的墓，那墓上有八个字'如梦如幻，如醒如眠'，我一下子就想通了。我们处在这个时代，或者那个时代，我们作为个体能做什么呢？都别想了，别想了。"

"那倒是。可是，老丁，我还是觉得……谢谢你。"

丁成龙说："一晃我们都老了。老了！老了，还说什么呢！"

丁为民推门进来，说："我有点事得先走了。爸，你们好好聊聊。"

丁成龙喊住了他，拉着他到门外走廊上，问："我听人说，你们拆迁出了事，是吧？"

"你咋知道的？"

"你别问我咋知道的，现在，全庐州的人，谁不知道？你以为别人不知道？这事做得不地道，你得想办法补救。"

"正在处理呢。放心。"

"我怎么放心？你妈在世的时候，就不放心你。现在，当官了，更让人不放心。"

"放心吧，爸！我走了，你们老朋友，好好说说话。"丁为民说着，转身就走。丁成龙摇了摇头，回到病房，冯志国说："为民前些年还是很谨慎的。现在可是胆子越来越大了，我批评他，他听不进去。唉！"

"这孩子，一直就是驴脾气。要么就闷着不说话，要么就犟着不听话。"丁成龙说，"要我说，这小子不适合当官。你下次给上面反映一下，你是市领导，能说得上话。"

"哪能呢？人走茶凉。我退下来后，就不说话了。"冯志国说，"其实退下来后我也想写点东西，回忆和思考过去。我们这一代人经历得太多，值得回忆和思考的太多了。再不回忆，再不思考，就忘了啊！"

丁成龙点点头。

冯志国说："还记得当年我们在文教组工作时那些人吧？现在剩下的不多了。老胡死得早，还有那个小李，六几年就跳楼自杀了。那个老张没自杀，但精神出了毛病。算起来，五个人中，就咱们俩了。现在，我也快不行了。就剩了你老丁啦！"

"我们都快了，我都八十了。"丁成龙说，"不过我没感到什么遗憾，要论死，我可是死过次数最多的人。要论整，我也是被整过无数次的人。可不也过来了吗？这样想，我有时觉得小李啊，老张啊，都还是……"

"唉，不说了，不说了。我累了。"冯志国道。

丁成龙站起来，喊冯娟过来。冯娟进来后，冯志国让她给擦了把汗，丁成龙说："你安心养病。"

冯志国说："说开了，我心敞亮了。"

丁成龙说："那就好。"

出了医院大门，丁成龙感到腿酸，便在门外的花坛边坐了会儿。人来人往，熙熙攘攘。也许今天看见的生命，明天便消失无踪。只有城市在不断地壮大，高楼在不断地拔节，穿行的人流中熟悉的人越来越少,生命之暮色,让他品味出了悲伤与寒凉。

三天后,冯志国在睡梦中离开了人世。

他带走了属于他自己的秘密,也完成了属于他自己的那个短暂而不安的时代。

有时候,当阳光照射在书桌前的壁子上时,丁成龙会停下手中的活计,看着阳光。阳光一寸一寸地漫漶过去,从壁子的西端,照向东端,然后慢慢消失在东端的书橱的转角处。

阳光温和而宁静。

这往往让丁成龙想到新疆大地上的阳光。

当年,他从三门峡一路向西,当他一进入新疆,迎接他的便是无边的广大的阳光。他后来一直喜欢用"无边的""广大的"这两个词来形容新疆的阳光。确实是,无边在这阳光,你根本看不出它任何的起始点;广大在它本身所照射的区域,即是一个人肉眼所无法到达的广袤的新疆大地。一路上,他不断地遇到内地前往新疆的人员,包括民工、军人,很多人是拖家带口。他长舒了一口气,战争年代的经验告诉他:越在这样纷繁的人群中,他越是安全。他甚至暂时忘记了他逃亡者的身份。在去石河子的路上,他写下了到新疆后的第一首诗歌:

金黄的阳光,照耀着山川大地,

一颗风尘仆仆的心,正走向你!

我想歌唱,用流血的嗓子,

唱你的无边，唱你的广大，
唱你像母亲一般宽阔的胸怀
唱你不断迎来的五湖四海

金黄的阳光，照耀着草原山岗，
一个坎坎坷坷的人，正走向你！
我想歌唱，用热爱的嗓子，
唱你的雪山，唱你的河谷，
唱你向我张开的有力的臂膀
唱你给我的新生活的希望。

这首诗后来发表在《石河子报》上。一直到现在，丁成龙还能清晰地记得。在这首诗发表二十多年后，在《庐州报》上，丁成龙还发表过一首几乎同样的写月光的诗歌。那是写给开远的。不过他用了笔名，除了开远和他，没有人知道那首诗的真正作者。

骨子里，丁成龙或许是个诗人。但他真正写过的诗仅仅就此两首。他更多的文字，是小戏、快板书、相声等各种群众性文艺节目的唱词。一九八一年，他回到庐州，他带回的自己的唯一的作品，是一本新疆人民出版社为他出版的《边疆剿匪记》。这是一部长篇故事，出版后不到半年，他当时所在的伊犁七十四师农场要给他转正招干。他拿了表格，喝了一斤伊犁老酒，下半夜就离开了伊犁。那年月，通讯不发达，六百公里就足以让一个人消失在人海之中。何况那些年，正是内地人员往新疆迁移的高峰。他离开伊犁后，最终定居在昌吉。昌吉是个自治州，承担着兵团连通乌鲁木齐市与更远连队的中转站的角色。在昌吉，丁成龙沉寂了几年后，创作了大型话剧《葡萄园中的歌声》。话剧排出后，彩排时得到了兵团领导的好评。可就在关节眼上，他被抓到了乌鲁木齐市。话剧流产了，那是他唯一的一部话剧。那里面的葡萄园，那唱歌跳舞的维吾尔族少女，那在革命战斗中所结下的爱情……丁成龙看着书桌前的阳光，想着这些，漫无边际，黯然神伤。

书桌上摊开着书稿，他正写到《赤阑桥》。

姜白石当年在赤阑桥头与心爱的人依依惜别，那时，应也是：

夹道，依依可怜。因度此阕，以抒怀客空城晓角，吹入垂杨陌。马上单衣寒恻恻，看尽鹅黄嫩绿，都是江南旧相识。

正岑寂，明朝又寒食。强携酒，小桥宅。怕梨花落尽成秋色，燕燕飞来，问春何在？唯有池塘自碧。

姜白石三十三岁时，客金陵。遥望淮南群峰，有所思，又写下了著名的《踏莎行》：

自沔东来，丁末元日至金陵，江上感梦作。

燕燕轻盈，莺莺娇软，分明又向华胥见。夜长争得薄情知，春初早被相思染。

别后书辞，别时针线，离魂暗逐郎行远。淮南皓月冷千山，冥冥归去无人管。

而更让丁成龙读之泪下的是姜白石的《解连环》：

玉鞭重倚，却沉吟未至，又萦离思。为大乔能拨春风，小乔妙移筝，雁啼秋水。柳怯云松，更何必、十分梳洗。道郎携羽扇，那日隔廉，半面曾记？

> 西窗夜凉雨霁。叹幽欢未足，何事轻弃？问后约、空指蔷薇，算如此溪山，甚时重至？水驿灯昏，又见在，曲屏近底。念唯有夜来皓月，照伊自睡。

人到八十，他已很少流泪了。但姜白石的爱情，却让丁成龙感慨不已。姜白石的爱情是浪迹者的爱情，是孤蓬飘泊的爱情，是终于要成为绝望的爱情。丁成龙读着姜白石的词，脑子里浮现的是开远的模样。当开远离开庐州到新疆支边后，丁成龙为她写了一个剧本。说是为她，当然并没有明确地写她。他当时就是借着姜白石的赤阑桥，写了《赤阑桥畔》。其实，在开远未曾离开时，他们也曾不止一次地到过赤阑桥。

有一回，开远问他："白石为啥不娶了她们？"

他答道："他早已有婚约在先。"

"既然爱，为啥不毁约？"

"那个时代，那……不可能的。"

"那么，要是换了这个时代呢？"

丁成龙看着赤阑桥下的流水。清风徐来，水波不兴。两旁河岸上的杨柳，婆娑不已。他拉过开远的手，却无言。

开远叹了口气，说："可见惜别也只是惜别而已。白石之爱，终究是爱他自己！"

如今，八十岁的丁成龙坐在书房里，回味着开远这句话，觉得大有来头。这是个看透了人世薄情的女子。他看着书架上那本开远寄自海外的著作，心头疼了一下。他起身，阳光已快移到书橱的转角了。这时，他听见外面陈健康在喊他："丁老师，出来下，有事呢！"

陈健康手里拿着一份《庐州晚报》,对丁成龙道:"丁老师,看这百花井拆迁,事情定了。原来是咱们小健和昌吉他们在搞呢。哈哈,真没想到这两小子……"

"是吧?"丁成龙说:"定了?"

"定啦,这报上都登出来了。"陈健康将报纸递给丁成龙,说,"这样好了,咱们可以住好些的房子了。我回头问问小健,拆迁补偿方案是不是有变化?"

"那应该不会有。拆迁是政府的事,他们只管后期的开发。"丁成龙正说着,孟浩长也过来了。孟浩长有些咳嗽,躬着腰,拿了晚报要看。他看了几行,因为没戴老花镜,看不太清楚,便又递给了陈健康。

陈健康说:"像孟老师那么一大片房子,补偿上千万吧?"

"我一分钱都不要,都捐给国家。"孟浩长说:"前提是保留这老建筑,否则将来这地怎么还能叫百花井?"

"那倒是。"丁成龙说,"这些年,庐州发展得快,拆得也快。许多老房子没了,可惜啊。我刚才还在想着赤阑桥。一个城市,没点文化哪行?"

"那明月那边?"陈健康小声问。

"不管他,房子是我的。"孟浩长道。

说着话,陈兰回来了。陈兰对陈健康说:"妈妈那已经稳定了,暂时没事。"

丁成龙便问咋了,陈健康说耿丽萍昨天晚上突然头疼,送到医院后昏迷。直到早晨才醒过来。这不,一整天都在医院呢。"

丁成龙忙道:"那我们得去看看。"

陈兰说:"不必了,她已经醒了。"

"那也得去看看。"孟浩长说,"明天一早,老丁,我们一道去。"

晚上,孟浩长让陈兰去城隍庙切了贡鹅,又从百花巷口的小饭店里端了三个菜,便和陈健康、丁成龙三个人喝开了。陈健康喝着酒,说:"要真的拆迁了,还有些舍不得呢。在这里都住好几十年了。"

孟浩长说:"我都住了一辈子了。"

丁成龙笑着道:"这百花井里来来往往,最后就剩了我们几家。其实也不是几家,而是我们几个老家伙了。死的死了,走的走了,唉,这百花井,眼看着存了几百年,说不准哪天就真的没了呢。现在这里是昔人已乘黄鹤去,此地空余黄鹤楼,将来连黄鹤楼也没了。"

"丁老师太悲观了。黄鹤终究要去,黄鹤楼也终究要倒,雷锋塔不是都倒了吗?"孟浩长说:"当然,我们得努力,尽量保住。不仅要保住,还得争取恢复一些老建筑。庐州这个城市,文化是太少了。我到欧洲去,不管哪个城市,哪条街道,到处都是名人故居,都是文化遗存。庐州呢?哪怕一寸土地也挤出来建房子。建这么多房子,却没多少文化,想想多么可怕啊!"

"你们呐,这是杞人忧天。"陈兰说,"文化也是一点点积累起来的。这百花井,我哥和昌吉姐他们负责,说不定就建成了庐州的大观园呢。"

"那敢情好。来,我们喝一杯。"陈健康提议道。

酒刚喝进口,陈兰的手机又响了。陈兰出门接了电话,回来说耿丽萍又昏迷了,得赶快去医院。陈健康愣了下,嘴上骂道:"这个女人,连喝口酒也不让咱痛快。"骂着,将杯中的酒喝尽了,便同陈兰一道去医院。丁成龙在背后喊道:"你们都注意点,我们明天过去看看。别着急,啊!"

孟浩长给丁成龙添了点酒,边添边说:"老丁呐,看这喝酒,就知道老了。想当初我们第一次见面时,我们喝了多少?"

"那是你父亲埋在地下的好酒,每个人喝了大半瓶吧!"

"后来等到你重新回到庐州,我们俩对饮一瓶,没问题吧?有时兴致好,还能加点。"

"那倒是,一瓶正好,再加点也无妨。那时,喝了酒就想说话,就想唱歌。唱的都是新疆民歌,跳的也都是新疆舞。我还真不曾想到自己在新疆待了那么些年,还真的学了不少呢。"

"你别说你那嗓子,也别说跳舞。嗓子沙哑,舞步凌乱,也就我愿意听,愿意看罢了。不过,倒是有些新疆风味。我后来到新疆特意观察了下,有些意思。"

"现在想唱也唱不出来了,更别说跳舞了。"

"就是老了嘛!"孟浩长叹着,说,"我最近画画,手拿笔也没从前那么稳了。我就知道自己老了。人要认老,要服老。我最近还常想着到紫蓬山去看看,那里的虚云法师,还有巧云……"

"一样呢。我也常想到要重回新疆走一走,昨天还与抗美在电话里谈到这事。可这身子骨,出远门可不是件容易的事了啊。我下午在写赤阑桥,想当年姜白石感叹:想如此溪山,甚时重至?我也这么问自己,想如此故地,甚时重至呢?"

两个人都沉默。只有杯子轻轻碰触，发出幽远之声。

终于，丁成龙说话了："我还想起我当年写的那本未完成的小说，记得也给你看过。"

"记得，叫《追问》。那是一本注定写不完的小说。"孟浩长说着，嚼了口贡鹅，说，"一个人对历史的追问，除了这个人自己，不可能有回答。"

"正是。我当年就是想通过自己的人生，通过我熟悉的人的人生，来追问那些过往的时代，想寻出一些脉络来。可最终，我发现在历史面前，我个人的追问微不足道。我们这一生，看似没有矛盾，但却处处充满矛盾。那么，这矛盾到底是……"丁成龙停了下，他仿佛又回到了星空下的新疆大地，他继续道："这矛盾说到底，其实还是我们个人与历史的矛盾，与时代的矛盾。这些矛盾，使个人痛苦、困顿、迷惘，但历史照样前行，时代继续发展。因此，从这个意义上，我的那本小说注定是一本无意义的小说，也是一本不可能有答案和完满的小说。所以，我无法写完。"

"所以，只好毁了它。"

"回过头来看，你也一样。你不也毁了那么多自己的画？"

第二天早晨，丁成龙和孟浩长一道去医院。耿丽萍仍在昏迷之中。陈健康双眼通红，陈兰低声哭泣。陈小健和丁昌吉正在从新疆赶回庐州的飞机上。陈健康告诉他们：大面积中风。医生说了，即使能醒过来，也可能会成为植物人。

丁成龙道："唉，太可惜了。不到七十岁呢，"

第二十二章
不问前尘

李光升坐在东大圩的圩埂上。深秋,黄叶落,草亦枯黄。

远处,内圩河道上,闪着波光。那是夕阳照射在河水上的反光。早些年,东大圩一到汛期,圩埂上人声鼎沸。防汛保堤,是压倒一切的大事。就在李老实去世的那一年,东大圩破了。是半夜时分,突然传来轰隆隆的声音,既像是从地底下冒出,又像是从头顶上压下,声声沉闷。等声音未落,大圩上已经敲起了锣鼓。那是通知所有防汛人员紧急撤离的命令。等到李光升他们从圩内撤出时,东大圩南埂已经破了。

一破百了。大圩防汛一旦破了,狂涌的洪水立即就变成了一片汪洋。圩埂悬浮在汪洋之中。李天大的丧事就在汪洋之中的圩埂上操办的。一部分人得靠渡船来到李家,孟浩长也过来了。孟浩长穿一身黑色,是对襟的唐装。孟浩长给李老实上了三炷香,又磕了三个头。他磕头时,李光升想拉他,说:"你年长,就不必行这礼了。"

孟浩长说:"我得行,我一定得行。"

孟浩长双膝着地,行了三个大礼。旁边看着的人,议论道:"这人是谁呢?行这么大礼?而且还是古礼?"

孟浩长也不管。他打心眼里感谢李天大。李天大收留了高巧云,又替他养大了李光升。这恩情,岂是三个大礼能报答的?他看着李天大那朴素敦厚的遗像,心里默念道:"老实兄弟,没有你,就没有小书,就没有光升。你到天堂后,替我看看巧云吧!"

事隔多年,李光升坐在圩埂上,还依然能想起当初父亲孟浩长行三个大礼时的情形。如今,父亲也老了。他几次提出来要接父亲到圩里来过,父亲说他这辈子就钉在百花井了,哪里也不去。前不久,他听说百花井要拆迁,便再次进城,请父亲跟他过。父亲说到孟明月提出来要房子,他不同意,说要捐给国家。李光升安慰父亲道:"捐就捐吧!这房子本就是国家的。等拆迁了,你还是到圩里来。我那儿现在不比从前,条件都好得很。"

孟浩长笑着问:"我一个人在那圩里,连个说话的都找不着,你说行吗?"

李光升说:"这倒也是。不行,你请丁老伯一道吧。我那房子有的是。"

孟浩长说:"还没到时候呢。何况真到了时候,我也不见得过去。我在这百花井待了一辈子了,不想走了。就是拆迁,我将这房子捐了,也有个条件,就是安排我在这边上住下。没有百花井的灵气,我活得不滋润啊!这点,你娘清楚!"

李光升点点头。虽然李光升一向寡言,但心里是有数的。早些年,他在圩埂上搞养殖,后来又搞乡村旅游、农家乐、集体农场,在东大圩，他算是一个走在大部分人前面的人。东大圩这个名字还在，但圩内的人，大部分都迁走了。很多人进了城，圩埂上的房子十有六七是空着的。李光升从五年前开始，有计划地收购了这些老房子，对它们稍事修整，开办了东大圩乡村客栈。你还别说，这些客栈深受城里人的欢迎。他又反租了一千亩的圩田，划成一小块一小块的，给城里人种菜。他免费提供种子菜苗，城里人自种自收。然后到乡村客栈里自己生火烧菜，这种回到原始的质朴生活，一下子让东大圩炊烟再起，人烟浮动。连带着，李光升的农场、乡村旅游全上来了。李光升有时坐在李天大的坟头上，抽着烟，对李天大说："没想到吧，咱东大圩成了这景象！"

李天大确实不可能想到。当年，他遵从父亲的意愿，从城里领回高巧云时，东大圩虽然良田万顷，可同时也是一地贫穷。李天大压根儿也没想到高巧云已经怀了孟浩长的骨肉，好在高巧云一回到东大圩就跟他挑明了。高巧云说："我是为着那男人和这孩子，才来到东大圩的。你若接受了，咱们好好过。等生了这孩子，我会全心全力地跟着你。你若接受不了，权当我在这找个寄宿地，等孩子生了，我再离开。"

李天大蹲在圩埂上抽了一晚上旱烟，第二天天刚亮，他满头雾水，进屋对高巧云道："你先生了孩子吧！既来了，这东大圩就是你的家。"

一年以后，李光升已经五个月了。高巧云问李老实："你给句话吧，我是走，还是留。"

李老实憨厚地笑着，捧着娃儿，问："我都当了这娃的爸了，你咋还能走？"

直到高巧云去世，李光升进庐州城去找孟浩长。李光升才知道自己原本不是李天大的儿子，他心疼了一整天。但为着母亲，他还是进城了。他进城时，李天大送他沿着圩埂走了一段。李天大的目光里，纠缠着许许多多说不清道不明的情感。李光升甚至怕看李天大的目光，他对李天大说："不管咋的，你都是咱爸！"

高巧云自个儿选择了墓地，那是紫蓬山半腰的一处山坡。李天大其实明白高巧云的意思，这个一辈子老实厚道的男人，用沉默最后一次支持了自己爱着的女人。然而，就在高巧云安葬不久，李天大郑重地对李光升说了他的想法：他死后，就葬在东大圩的圩埂那头的坟场上。那是祖坟，他得跟祖宗们在一块。

李光升望着不远处的那片坟场，那是东大圩圩埂唯一的一处高地。据说从圈圩开始，就不曾被洪水淹过。李家祖坟就在那片坟场之中。其实，那里不仅仅是李家祖坟地，也是所有圩里人的祖坟地。新坟盖了老坟，一层层的，坟场越垒越高，成了一个巨大的土墩子。每至清明或者冬至，坟场上会聚集着从四面八方赶来的圩里的后人们，纸灰飞作白蝴蝶，一天漫舞，一片澄明。

李光升收回目光。

他拨通了孟浩长电话，问最近咋样。孟浩长说还行。李光升说："小雪可能要回国了。"

孟浩长顿了下，问："咋回国了？"

"听她说，好像回国就不走了。"

"好事。早该回来了，这丫头！"孟浩长又加了句，"早该回来了，早该！"

一九九五年，李光雪出国前，曾专程到百花井。

李光雪红着眼睛，告诉孟浩长和丁成龙："她要出国了。而且，她和石子……"

孟浩长问："咋了？"

李光雪摇着头。

丁成龙也问："到底咋了吗？"

李光雪说："我们分了。"

"就因为你出国？"孟浩长问。

李光雪说："不是。还有其他原因。"

丁成龙道："是石子那小子的原因吧？"

"不！是我！"李光雪说。

丁成龙和孟浩长都不再问了。那天中午，孟浩长特地请丁成龙和李光雪一道，去城隍庙吃饭。孟浩长递给李光雪一个存折，说："这是我这些年存的一些钱，你出国用。出国不比国内，没钱不行。没钱，会丢了我们中国人的面子。"

李光雪推辞不收，说："我有奖学金。够了！"

孟浩长说："奖学金归奖学金，这是我的意思。你父母都不在了，你就是咱的女儿。你出国这么大事，我高兴！收着！"

丁成龙也劝李光雪："收下吧！出了国，手头活络些总好。"

饭后，丁成龙特意从银行取了些钱，和胡满香一道送到孟浩长这边。李光雪也是不愿意收下，直到丁成龙生气了，才勉强接着。

那年，李光雪二十八岁，本来正是女大当嫁的好时候。可是，当她哭着从百花井离开时，她知道：也许从此便与百花井迢递相离了。去国千里，而且，这中间还隔着她与丁石子的那段情怀。她流着泪，在井边站了很久。

一晃又是十几年了。

当孟浩长听到李光升说妹妹李光雪即将回来的消息时,他第一个告诉了丁成龙。李光雪从八四年踏入百花井开始,就一直受着丁成龙的资助。胡满香直到临死前两年,还时常念叨着李光雪这么个干女儿。

丁成龙问:"是回国不走了?"

"听说是。"

"那是回庐州还是?"

"那可不清楚。"

丁成龙品着孟浩长刚刚给他泡上的黄山毛峰,慢悠悠道:"按理说,现在回国也不错。整个国家都在发展,也比国外差不了多少了。就说咱庐州,这几年简直就是比过去几十年发展还快。现在是满世界找人才呢,她要是回来了,正当其时。"

"我也这么想。回来了,或许比在国外更能派上用场。"

"我就不知道,这孩子如今还是一个人不?"

"这个……我还真没问。国外生活开放,说不准。"

丁成龙看见杯中的茶,正在水中慢慢地起伏。他一瞬间忽地想起三门峡竹花旅馆的老板娘,那人也是喜欢喝茶的。一个西北女人,却整天抱着个大茶缸。她说她喜欢茶叶的那种清香。后来,当丁成龙卧在她的床头上时,她抚着他的下巴,说:"你这个男人,就像茶一般。"丁成龙问:"咋的像茶?"

竹花说:"清香呗!"

丁成龙又问:"咋的就清香了?"

竹花说:"你有文化,会说话。你心疼人,懂得人。你从里到外都跟这茶一般，香得很呢。"

那是第一次也是唯一的一次，丁成龙被人比喻为茶。事实上，丁成龙也是个喜欢茶的人。他这一生，喝过太多的茶。各式各样的茶，各种口味的茶，各种颜色的茶，贯通过他的肺腑。就在那年他刚刚从乌鲁木齐被押解回昌吉时，他心里也不曾明白在关键时刻到底是谁救了他。就在押解他回昌吉的前一天晚上，管教还悄悄告诉他："你已经在处决的名单上了，要是有什么吩咐，就说，我替你转告。"他当时摇着头，说："没有。"他想自己一路逃亡，最终还是落得个处决的下场，他还能说什么呢。一死百了，还吩咐什么？那夜，静得出奇。他一夜未眠，等着第二天的处决。

第二天上午，公审大会在大巴扎举行。

丁成龙被五花大绑，跪在台上。他跟其他人不同，他抬着头。他脑子里闪过当年在桐柏山区打仗时的那些场景。他把公审会场当作了战场。这样，他完全脱离了惧怕。他看着下面的人群，如同面对战场上的草木；他听着台上的讲话，如同听着轰隆的枪炮声。但最后，整个会场一下子沉寂了，宣布处决的名单被公示，可直到最后一个，也没他的名字。他一下子明白了。那一刻，他差点瘫软下来。他强撑着被人推上车。然后，陪同着那些处决的人上了次法场。再然后，他被押回了昌吉。

在葡萄园里，玛依娜给他泡了浓酽的奶茶。

玛依娜说："你知道是谁告发了你吗？"

"不知道。"

玛依娜说："听说是……"

他制止了她。

他说:"我不想知道。我回来了,就更不想知道了。"

一九八一年,丁成龙离开昌吉。临走之前,他沿着石河子、伊犁走了一趟。那时候,叶大胡子还在。叶大胡子送他上火车,就在火车启动前一刻,叶大胡子问他:"你不想知道当年是谁检举了你?"

丁成龙坚定地摇着头。叶大胡子说:"也好。你知道了,便有了仇恨。不知道,最好!"

至今,丁成龙也没问过当年是谁检举了他。他时常想:即使问了,又能咋样?

尤其是冯志国去世前的那次见面,他由此明白:检举者并不比被检举者快活。他与孟浩长曾谈过此事。孟浩长说:"人活就是个心安。心不安,活着岂能快活?既不快活,活有何乐?"

丁成龙觉得孟浩长说的是,一如眼前孟浩长给他泡的毛峰。此刻,窗外秋意深远,而心灵之秋,于他们亦已过了。秋收冬藏。冬者,藏也!藏于胸而乐于形,或许正是每个人期求的所谓旷达吧?

耿丽萍躺在病床上,这个一生要强的百花井女人,此刻已经成了一具没有思想的形骸。甚至,她回归成了一株植物,一株呼吸着大自然气息,而不问人间纷扰的植物。

陈小健握着母亲的手,母亲的手一如从前的温热。但是,他却喊不应母亲了。这些年来,他每次回到百花井,耿丽萍给他说得最多的就是:"快成家吧,老大不小了,我们等着抱孙子呢。"

可现在?

就在几天前,他与丁昌吉回了趟兵团,也去了昌吉。丁昌吉还去看了孩子，那是个虎头虎脑的小男孩，不过，他说的都是维吾尔语。在叶抗美家里，陈小健和叶抗美都喝醉了。醉酒之中，叶抗美哭了。叶抗美边哭边说："我是被他们给丢弃在这里了。回不去了，回不去了！"

陈小健劝他："咋是丢弃呢！这地多好。我和昌吉过些年，也还想回到这边来养老呢。"

叶抗美说："我还记得小时候在百花井井台上玩耍，那井里的水到了冬天会冒出白汽，吓得我赶紧往家跑。我告诉妈妈那井里有魔鬼。妈妈说那不是魔鬼，是井水温度高于外面温度，就成了汽。"

"那是，那水汽现在每年冬天也还有，只是比原来少了。全球气温升高了，水汽也消失了。"陈小健说，"等我们的百花井地区项目动工了，请大哥回去看看。"

就在那天晚上，他接到了父亲的电话，说母亲中风了。他赶着和丁昌吉一道上了飞机。在飞机上，丁昌吉有些羞涩地告诉他：她有了。

他一时莫名，竟然问了句："什么有了？"

丁昌吉嗔道："你要当爸爸了。"

陈小健差点从座位上弹跳起来。他看着丁昌吉，看着看着，泪水就下来了。

可是这些，耿丽萍也许永远不会知道了。她要是知道了，一定会大声而幸福地笑着，一定会站在百花井边宣布：我要当奶奶了，我要当奶奶了！

但现在，她回到了植物世界。

她成了一朵花，或者一棵树。所有的过往，都还原给了那个有思想的女人,现在,她仅仅只是一株植物,一株活在自己世界的植物。

陈健康坐在床边上,他眼神空洞。这一辈子,前三十多年,他活得风风光光。后三十多年,他基本是活在耿丽萍的影子里。对于这个躺在床上的女人,他有过爱,也有过恨;他有过喜,也有过悲。少年夫妻老来伴,可现在她成了株植物。他心里头似乎有许多的话,可是却又像一句话也没有。他仿佛是一只被涨满了的瓦罐,却又空空如也。

他望着儿子,说:"难道你妈她就真的醒不过来了?"

"或许会有奇迹。"陈小健说。

他又问:"那咋叫奇迹呢?"

"有很多植物人苏醒过来的病例。有被呼唤醒来的,有听音乐醒来的,当然,也有自然醒来的。"陈小健看着母亲。母亲安详宁静,呈现出了少有的娴静和温煦。

陈健康想了下,说:"怎么个呼唤法?"

"就是天天喊她,也许哪一天就喊醒了。"

"那法儿好,我试试。"陈健康俯身到病床前,喊道:"丽萍,丽萍!"

陈小健起身,转头拭了拭泪水。他出了病房,正看见陈兰过来。他问陈春知道不?陈兰说她特地去了趟紫蓬山,但没找到姐姐。庵里的人说:她去云游去了。至于几时能回来,她们也不知道。

唉!陈小健说:"现在就看造化了。"

陈兰说:"嫂子呢?"

陈小健说:"正在市里跑呢。她停不下来,何况项目马上要全面规划设计，事情多着。马上还得招人，她又……"

陈兰问："又咋啦？"

"又怀上了孩子。"

"好啊！恭喜你们！"

陈小健谢了，问："你个人的事，也得抓紧了。别让爸爸妈妈操心。"

"我……我正想跟你谈谈呢！"

"谈谈？好啊！"

"那这样吧，等嫂子回来，我请你们喝茶。"

茶楼就在百花巷前。一坐定，陈兰便说："你们知道那个得了诺奖的科学家和二十八岁的妻子的故事吧？"

陈小健一愣，问："咋问这个？"

陈兰说："要是我们身边有了那样的事，你们咋看？"

丁昌吉说："不可理解，也不赞成。"

陈小健心突了一下，他有种预感：妹妹这问话只是引子，重磅炸弹还在后头。但他没让妹妹继续说下去，而是直接道："那不可能。童话里可以有，童话是美好的。可现实生活并非都是美好，如果我们身边真有的话，我更不赞成。"

陈兰转着茶杯，不说话。丁昌吉问："兰兰，是不是？"

"唉，不说了。"陈兰说，"我本指望你们能理解的。不过，也无所谓。我过我自己的生活就是了。"

陈小健想再问，又觉不妥。三个人无声喝茶，茶越来越寡淡，越发无味了。

最后还是丁昌吉打破了僵局，她让陈小健先回去，自己问陈兰:"你刚才是不是说你自己?如果我猜得不错的话,你是不是爱上了……"

陈兰点点头。

丁昌吉说:"这是飞蛾扑火。"

"我愿意!"

"那……也愿意吗?"

"他还不知道。"

"他肯定不愿意,他也不是那样的人。你知道,他这一生心里就装着那一个女人。"

"那个女人早死了。"

"是的,虽然死了,可在他心里,还是活的。"

"……"

"兰儿,你的爱我尊重,你的想法我理解。可是,爱不是你一个人的事,至少是两个人的事。甚至是更多人的事。"

"我都明白,可是……"

"好好想想吧!最好别捅破了这张纸。让美好的永远美好,那才是真的爱!"

"这……可是……我再想想吧!可是,我真的很爱他。真的!"

"越是爱,越得为对方考虑。他守了一生,你为什么要去打破他内心的童话呢?"

"我就是想跟他一起守护这童话。"

"可是,他童话的主角根本不是你,而且也不可能被你代替!"

"……"

"兰儿,再好好想想吧!"

第二十三章

井中人生

庐州城在不断地生长。泥河两岸，房屋栉比。东边，沿巢湖，新区正在耸立。西南边，大蜀山下，政务区环抱着天鹅湖，正迅速地壮大。百花井，赤阑桥，这些老庐州的人文风物，都浓缩成了庐州中心的一小部分。但正因其浓缩，却构成了庐州的独特的气息。

百花井的拆迁进入了倒计时。

拆迁工作队就住在百花井隔壁的小学里。大部分人家都签订了拆迁协议。早晨，丁成龙和孟浩长商量，要不，也将协议签了。孟浩长说："我当然得签。可是，那个逆子，我怕他又来了。"

孟浩长说的是孟明月。

三天前，孟明月再次来到了百花井。这次，他不仅自己来了，还带了一群人来。据说这都是他的哥们。孟明月对正在喝茶的孟浩长道："我今天来是通知你的，这房子有我的一份。我不同意捐了。要么，你补偿给我两百万，要么……"

孟浩长问:"要么怎样?"

"这很难说。我准备跟这些弟兄们搬到这里来住一段时间。你不反对吧?"

孟浩长"腾"地站起来,又慢慢坐下。孟明月笑道:"按捺不住了?好啊,其实也简单,二百万对你也不算多。既省了我的事,又成全了你的好名声。"

"我不是要名声。"孟浩长说,"我是要这百花井。"

"百花井马上都成高楼大厦了,要有何用?别老盯着这口井啦,不就是一口井吗?能换来金,还是能换来银?什么也换不了。老头子,明智些吧!"孟明月将烟斜含在嘴上,一边吐着烟圈,一边调侃道。

孟浩长有些忍不住了,他指着孟明月道:"第一,请将这些人带走,我这是安静之地,容不得人胡来;第二,两百万我没有;第三,捐是定了的,谁也不能改变。"

"那好啊!"孟明月仍然嬉笑着,说,"那好。三条都好!可我不答应!"

孟浩长道:"你,你……"

孟明月凑近来,说:"你咋就真的老糊涂了呢?你捐房子可以,但不能捐我的,我要我自己的那一份,知道吧,我要的可是我自己的那一份。"

"那也不行。"孟浩长道。

"这就怪了,咋的也不行?我给你三天时间,如果你签了协议,我就带人过来。如果你同意了我的提议,那一了百了。"孟明月一挥手,一班人呼啸而去。

事后,孟浩长对陈兰说:"那都是些社会上骑牛放马的人,很多都是当年被孟明月处理过的。现在却搅到一块儿了。唉!"

陈兰担心地问:"那咋办呢?他们可不会真的……"

"我谅他们不敢。"孟浩长道。

丁成龙也有些担心。丁成龙建议孟浩长再考虑考虑。一方面,可以维持原来设定的捐房子的愿望;另一方面,也可以给拆迁工作队提点建议:看能不能单独地给孟明月一些补偿。按理说,孟明月对百花井老孟家的房子,也是有一份的。孟浩长说我这人一生求完美,我不想在捐房子这事上,还带着个尾巴。丁成龙说那不是你想带不想带的问题,是现实就得解决的问题。这样吧,我去找找石子,看看他能不能想想办法。

丁成龙到丁石子办公室时,丁石子正在打电话。丁成龙在门边站了会儿,等丁石子电话打完了,才进来。丁石子脸色看起来不太好,态度也不积极,示意丁成龙坐。然后,问了句:"有事?"

"是有事。"丁成龙说,"你孟叔要将房子全捐了,你知道不?"

"知道。"

"那你咋想?"

"那能咋想?好事呗。区里会奖励他的。"

"咋个奖励法?"

"给他一套房子。"

"就这?"

"那还能有啥?他可是捐,区里的奖励,这跟拆迁补偿是不一样的。"

"可他那儿子孟明月,天天带人去闹,要两百万。"

"那我也没办法。孟叔叔持有房产所有权证,我们只认他一个人。"

"区里能不能想个办法,比如给孟明月一些补偿?"

"不可能。"

"一点余地都没有?"

"没有。当然,如果现在孟叔叔收回捐房子的意愿,我们还可以按拆迁来进行补偿。他那么大面积,补偿量是很大的。他可以从中拿两百万给孟明月。"

"可老孟他……唉!他就认定了捐这条路。"

"那就……或者将区里奖励他的那套房子给孟明月。那孟叔叔就成了无房户了,我们也不主张。"

"你这么说,难道孟明月就真的该得两百万?"

"他有这个权利。"

丁成龙叹气摇头,说:"看来,你是帮不了你孟叔叔了。"

丁石子说:"不是我不想帮,而是拆迁这事儿政策性太强,帮不了。"

丁成龙说:"也好,坚持原则是对的。"他悄声问:"我听人说上次拆迁出了点事,你……没影响吧?"

"这……当然有影响。"丁石子说:"如今拆迁,不比从前,基层工作越来越难做了。力度大了,会出问题;力度小了,会挨批评。难呐,唉!还真不如当年在东大圩快活。"

"再怎么难,也得自身正。这点,你一定要记住啰。"丁成龙说:"你妈妈在世时,就跟你说过不止一次,做人要正。一定得正!"

"我清楚。"

"还有件事,听说小雪要回国了。"

丁石子身子微微震了下,旋即又端坐着。他将眼神从父亲身上移开,漫不经心地问了句:"回国?谁说的?"

"她自己打电话跟她哥说的。"

"啊!好!"

丁成龙临走时,又补了句:"你孟叔叔那事,能想办法就想点办法吧?别让孟明月天天闹得百花井不安宁。"

丁成龙走后,丁石子关上办公室门,无声地抽泣起来。就在父亲丁成龙刚才来之前,他接了两个电话:一个是一位熟人打来的,说市里要对上次的拆迁死人事件进行处理,要对他进行降职处分。另一个电话是冯娟打来的。冯娟说她已经拟好了离婚协议,请他什么时候回家签个字……

晚上十点,丁成龙收拾书稿,正准备歇下来。突然,他感到头晕。头晕如同一汪水,从后脑一直往头顶漫漶,然后又从头顶向前额突破。他心里一紧:难道这也是同胡满香一样,或者说同耿丽萍一样,要中风吗?

他慢慢地走到床边平躺下。虽然八十岁了,但丁成龙身子板还一向硬实。虽然个子高,但偏瘦。这些年来,血压、血脂、血糖都正常。唯一的毛病就是前列腺有点问题,那是长期伏案的结果。所以,这突如其来的头疼,着实让他吃惊。他平时很少感冒,也几乎不曾有过头疼。他将手放在额头上,不发烧;他又用手轻按在胸口上,数着心跳,九十,正常。他估计是一下午趴在书桌前写作导致了颈椎病发作。当年在新疆时，他第一次颈椎病发作，疼得整个头部麻木，吓得胡满香哭着去找医生。结果，医生说是低头太多、晚上颈部受凉引起。那以后，丁成龙一到天冷，就围上一条大围巾。八一年，他刚刚回区文化馆时，系一条白色的新疆真丝围巾，惹得许多人侧目。后来，开远还给他买过一条大红色的围巾，其实是一对，一人一条。他们围起来时，文化馆里的人总是看着笑，却不言语。开远去新疆后，他将那条大红围巾趁一个月夜系在了赤阑桥头。那以后，就再没系过围巾了。不想，现在人老了，骨头也弱了。经不过风寒，这颈椎的毛病就又发作起来。他将枕头拿了，平躺着。不一会儿，竟然做起了梦来。

这是一个漫长而虚幻的梦。

他梦见了鲁北的那片沙地。他清楚地看见母亲弓着身子，一头扑倒在沙地里。母亲临倒下去时，还回头看了看不远处的那座老宅子。他伸出手，想拉母亲一把。母亲却把他推开了。母亲然后开始陷入沙地，平时坚硬的沙地，现在像流水一样开始塌陷。母亲很快就被沙子整个地掩埋了。他站在沙地边上，听见母亲在呼喊。至于母亲在呼喊什么，他侧着耳朵，却模糊不清。

他不顾一切地往吸走了母亲的那片沙地奔去，可他总是走不到边上。他的两个哥哥，也站在沙地边上哭泣。只是他们的形象，已完全改变。大哥丁成江只有一段白色的身子，在沙地边缘飘来飘去。二哥丁成海，却只有一颗头颅，像一盘葵花一样游动着。他喊着两个哥哥，请他们去将母亲给拉上来。可是，两个哥哥都只在沙地边晃动。他再仔细看他们：都没有手，也没有脚，他们如同一片棉絮，也像一团白雾。但是，他却能听见他们的"呜呜"声，同母亲从沙地深处传出的声音奇妙地汇合到了一处。

那竟然是丁成龙这一辈子都在心里哼着却没有能唱出来的歌谣。

他大汗不已。他努力地伸出手，想抓住桌子上的杯子。这时，他看见豫南那一片片血红。模糊的身影，漆黑的发辫，匆忙地闪来闪去。他想捉住那发辫，哪怕一瞬间。

是的，他捉住了。但那是胡满香的发辫。胡满香坐在昌吉的葡萄园里，像一个维吾尔族新嫁娘一样，戴着头巾。他走过去，轻轻一捉，胡满香跟一只蝴蝶似的，飞到了他的凌乱的头发上。他一抬头，阳光正好，蝴蝶却又成为玛依娜。玛依娜年轻而蓬勃的身体，正缠绕着他。他吮吸着，沉醉着，最后却在一声枪响后，向着雪山倒去……

然后，梦醒了。

丁成龙也觉得奇怪：为什么梦总是到胡满香为止。

从胡满香离开到现在，丁成龙每次做梦，都在胡满香出现后戛然而止。胡满香成了个休止符，卡在了他的梦里。有时，他甚至在胡满香出现之时，尽力地请求她离开。然而，胡满香总是站在梦的最高处。

一个人的一生，同一座平原一座丘陵一座山脉没什么两样：所有的走向，都是命定的走向；都是在大历史的框架下，艰难往前的走向；都是一个人被一个时代淹没、又最终成为这个时代的一枚砖石的过程；都是一个人的心灵与时代撞击、纠缠、修正、切割和不断地消失的过程。换言之，一个人的矛盾，最终是一个时代的矛盾，是历史所赋予的矛盾。

因之，丁成龙开始平静。

头疼正在减轻。梦境依旧展开。

丁成龙看见一条悬挂着的天梯，它的上头在云深之处，下面却在巨大的风中飘落。丁成龙就抓着天梯，一步步地往上。他这一生都在这天梯上行走，而他的身边，还有着许多同样飘荡着的天梯。他看见了冯志国，正在天梯的高处触摸着云朵。可仅仅一瞬，冯志国从天梯上往下坠去……他又看见了孟浩长，孟浩长正坐在天梯的台阶上，忧伤而天真地拿着画笔，他正在为失去色彩的云朵添彩……在孟浩长的身后，他却瞥见了另一个女人。那是陈兰。陈兰正凝望着孟浩长，那眼神，那情态……

丁成龙"啊"的一声。天梯剧烈地飘荡，整个世界都被荡碎了。

下半夜，丁成龙从梦中醒来。他一个人起床泡了杯茶，坐在客厅里看着窗外的天光。漫天的漆黑之中，已经有些微小的动静。他听着，那仿佛是百花井的井水之声，正幽静漫过井壁上的苔藓；而在那水声之外，最后的桂花正绽放着一缕清气，薄薄地笼罩住整个百花井。

丁成龙开了门，一股雾气迎面而来。

而天上，还挂着颗硕大的寒星。

孟浩长没有等孟明月再次到百花井来胡闹，而是主动提出了将政府奖励的房子给孟明月。孟明月在电话那头，居然问了一句："那您呢？"

"这个，你就不必管了。"孟浩长说着便放了电话。

拆迁工作队进驻后，孟浩长第一个签订了拆迁协议，同时，他向政府提交了捐献百花井老宅的报告。在协议签订的当天晚上，他请丁成龙和陈健康，还有陈小健、丁昌吉和陈兰吃饭。他特地点了贡鹅，又开了两瓶陈年老酒。那天晚上，孟浩长喝着酒，吃着贡鹅，竟然哭了。他像个孩子般哭得泪水淋漓。他甚至在醉酒之中，喊陈兰叫小书。丁成龙也动了感情，他陪着孟浩长喝酒，却还不得不限制着不让彼此太过沉醉。

丁昌吉说："虽然百花井拆迁了，但我们还会有一个更好的百花井。"

陈小健也附和道："包括公主府第。"

孟浩长道："就像画画，画在纸上的永远都只是纸上的。真实的却永远消失了。"

第二天，孟浩长就搬离了百花井。

整个百花井只有两个人知道孟浩长去了哪里。一个是丁成龙，另一个便是跟随着孟浩长一道搬走的陈兰。

陈健康带着植物般的耿丽萍，穿过百花巷，他一边走一边对耿丽萍道："我们走了，你再好好看看这百花井，这桂花，这百花巷。等哪年我们再回来时，说不定就找不着它们了呢！丽萍，你再好好看看，好好记着。"

丁成龙目送陈健康和耿丽萍离开。他回到院子里，抚摸着陈年的井台，他看见无边的井水正汹涌而出，一下子就漫满了整个百花井……